Résumé du volume précédent (*A.M.O.R.*) :

Paris 1922, la frénésie de l'après-guerre.
Un jeune vétéran, Antoine Maunier est poussé par une pulsion irrésistible à acheter une antique bague en or, au cours d'une vente aux enchères acharnée.
Cet anneau provoque de terribles visions du passé : depuis la décadence de Rome où aurait été créé le bijou et son double, jusqu'au bûcher des Templiers, des destins effroyablement brisés apparaissent à Antoine.

A la recherche du second anneau aperçu dans ses visions, Maunier est subjugué par Olivia, une jeune femme à la beauté irrésistible qu'il est persuadé d'avoir déjà rencontrée.
Sa quête commence.
Dans son ombre, un assassin implacable prêt à tout pour posséder les anneaux...

R.O.M.A.

Mireille Lesage

R.O.M.A.

(AMOR 2)

ROMAN

Éditions SW-Télémaque

© 2006, éditions SW-Télémaque
7, rue Pérignon, 75015 Paris
editionstelemaque.com
ISBN : 2-7533-0034-8
ISBN 13 : 978-2-7533-0034-7

*Une pensée particulière à Joëlle Beaujean, Lorraine Fouchet,
Michel, Gérard, Yvon et François de B.*

c'est bien toi,
François. Je n'en ai pas
d'autre dans ma vie !

Mireille

PREMIÈRE PARTIE

Les pièges de Villevenard

1923

CHAPITRE 1

De la Villa Ronny bâtie sur les hauteurs de Cannes, la vue embrassait le golfe de la Napoule et les îles de Lérins, un panorama d'une indéniable beauté qui, un jour, avait séduit feu lord Ronald Barrett et qu'aujourd'hui, grâce à l'hospitalité de sa veuve, Antoine Maunier pouvait tout à loisir contempler.

La maison elle-même était un abracadabrant mélange de styles où le baroque se mêlait au gothique troubadour, avec, çà et là, de petites fantaisies romano-byzantines bien dans le goût du XIXᵉ siècle. Le résultat aurait pu s'avérer déplorable sans l'extrême confort de l'intérieur et l'harmonieuse luxuriance des jardins.

Étagés à flanc de colline, coupés d'allées de cyprès ou de palmiers, ils rassemblaient des orangers, des citronniers, des eucalyptus, plusieurs espèces rares : lobélies géantes importées d'Afrique, mahonias de Chine, yuccas du Mexique. Ronny Barrett avait dépensé une fortune pour faire de sa propriété un enchantement. L'odeur qui s'exhalait de chaque fleur, de chaque arbre, composait un parfum unique mais qui n'eût pas été aussi captivant sans la touche suave des mimosas en floraison. Antoine ne se lassait pas de la humer à pleins poumons depuis son arrivée, un soir, dans la Rolls Royce de lady Barrett.

Paris et son climat, les brumes froides, la neige et la pluie, semblaient appartenir à une autre planète et Antoine devait admettre que ce séjour méditerranéen qu'il avait accepté un peu contraint et forcé, s'avérait très bénéfique, lady Barrett et le nombreux personnel de la villa s'ingéniant, en plus, à rendre agréable sa convalescence.

Dès la première semaine, il avait donc recouvré toutes ses forces mises à mal par l'agression dont il avait été victime dans le parc Monceau. La seconde avait été consacrée à quelques excursions, en compagnie de son hôtesse. Fière et ravie de lui servir de guide, celle-ci lui avait appris l'origine de l'appellation « Côte d'Azur » attachée à ce littoral magnifique. Un obscur écrivain bourguignon, Stéphane Liegard, dans un ouvrage paru à la fin du XIXᵉ siècle et que tout le monde avait oublié, était l'auteur de cette trouvaille qui, depuis, était employée universellement.

Pour la troisième semaine, Pamela Barrett envisagea d'organiser une ou deux réceptions, afin de présenter son protégé à la riche société cosmopolite qui résidait sur la Côte d'Azur six mois de l'année, jusqu'aux fortes chaleurs. Se félicitant de la bonne mine d'Antoine, elle venait de lui faire part de ses projets au retour d'une promenade qu'ils avaient effectuée dans le massif de l'Estérel.

Mais l'exubérante Anglaise n'avait pas reçu la réaction escomptée. Avec toute la délicatesse dont il savait faire preuve, Antoine lui avait annoncé son prochain départ, lui rappelant qu'initialement, il ne devait passer que huit jours à la Villa Ronny. Bien entendu, il aurait volontiers prolongé ses vacances mais certains engagements...

Lady Barrett l'avait alors interrompu d'un soupir :

– Oui, je sais. Vous avez hâte de retrouver Olivia. C'est bien naturel. Je n'ai pas à vous en tenir rigueur, Tony.

Elle n'avait rien ajouté. Néanmoins, Antoine avait compris, à son air, qu'elle était déçue. Elle avait gardé le silence jusqu'à leur descente de voiture.

Le jour s'attardait ; il faisait doux. Avant le dîner, Antoine accepta le whisky et soda que lui proposa le maître d'hôtel et sortit sur la terrasse pour admirer au loin le soleil qui déclinait lentement au-dessus de la mer tout en continuant à se répandre sur Cannes et sur les collines. Prosper Mérimée, qui avait fini ses jours ici même, avait comparé les couleurs du paysage à des pierres précieuses, turquoises, émeraudes, lapis-lazuli, poudre de diamants. Il n'avait pas exagéré. Antoine regretta un instant de ne pas être peintre ou poète pour, lui aussi, glorifier cette lumière.

Bien vite, ces comparaisons lui rappelèrent d'autres feux, ceux d'un bijou qu'il avait laissé à Paris.

– Vous n'emportez pas la bague d'Aulus ? s'était étonné son ami John Patten.

Aulus, l'orfèvre romain qui avait créé deux anneaux de fiançailles identiques.

Antoine avait expliqué à John qu'il comptait mettre à profit ce repos obligé pour faire le point sur les événements extraordinaires survenus dans son existence. Aucun élément ne devait l'influencer. Maintenant que tout était terminé, que madame Rulaines était morte après s'être tant acharnée contre lui pour s'emparer de cette bague, et, surtout, maintenant qu'Olivia semblait disposée à l'aimer, Antoine estimait qu'un autre voyage dans le passé ne réussirait qu'à semer la confusion dans son esprit. Il savait, sans comprendre pourquoi, que la bague d'Aulus avait le pouvoir de déclencher en lui des effets étranges. Il ne le désirait plus, aspirait à un bonheur paisible. Sans doute la Côte d'Azur était-elle enchanteresse, mais il était pressé d'en repartir, de rejoindre Olivia, de se tenir à l'abri de phénomènes inexplicables. De faire taire les interrogations qui, malgré lui, bourdonnaient toujours à son oreille.

Du jardin et des alentours montaient les vivaces senteurs méditerranéennes. Ce soir, peut-être parce que le soleil avait été plus chaud, celles du myrte dominaient. Troublé, Antoine inspira profondément. Parmi toutes les autres, il les reconnaissait et sentait en lui renaître une impression à la fois douce et douloureuse. Il se souvint d'un temple à Rome consacré à Vénus. Il revoyait Aulus et une jeune fille, Octavie, qui en avait déposé une brassée en offrande aux pieds de la déesse de marbre. Percevant des pas derrière lui, un bruissement léger, il se retourna.

Au milieu de la terrasse, une ombre se dessinait frémissante et fière dans une robe drapée à l'antique. Les cheveux d'ébène étaient retenus par un serre-tête d'or ; les yeux noirs, gravement posés sur lui, reflétaient les rayons du couchant. Ses lèvres remuaient sans qu'il pût précisément entendre le son de sa voix. Que disait-elle ? De crainte qu'elle ne s'évanouisse, il n'osa s'approcher, ni même bouger. Était-ce un mirage ? Octavie paraissait si vivante ! Pourtant lorsqu'il se décida à tendre la main, elle disparut aussitôt. La scène n'avait pas duré plus de trois secondes.

– Qu'avez-vous Tony ? Avez-vous croisé un fantôme ? plaisanta lady Barrett ne croyant pas frapper aussi juste, comme elle retrouvait le jeune homme pétrifié, son verre en équilibre au bout des doigts.

Il dut faire un effort pour se ressaisir, avala précipitamment une gorgée de whisky.

– Je... J'admirais votre loggia, balbutia-t-il en souriant. Serait-elle donc hantée ?

Tout en sachant qu'il aurait pu se confier à Pamela sans

s'attirer ses sarcasmes, bien au contraire, il préféra garder pour lui sa vision et tenta de se persuader qu'il avait été le jouet d'un fantasme. Sans y croire tout à fait. Elle avait été trop forte, trop précise.

Son souvenir lancinant l'accompagna jusqu'à son départ le lendemain soir, ainsi qu'une grande partie de son voyage de retour. Remis de son émotion, Antoine aurait pu se dire heureux d'avoir retrouvé Octavie s'il n'avait eu le sentiment persistant que la jeune Romaine ne lui était pas apparue sans raison, qu'elle avait voulu lui délivrer un message. Quel mot avait-elle donc prononcé ?

Cette idée le tracassa, l'empêcha de trouver le sommeil dans son étroit compartiment-couchette. Puis la pensée qu'à chaque tour de roue il se rapprochait d'Olivia, qu'il la rejoindrait bientôt, reprit le dessus. Bercé par le mouvement du train qui remontait vers le nord, il réussit à s'endormir pour rêver d'elle et de son ensorcelant regard vert.

CHAPITRE 2

Ce n'était pas ces yeux-là qu'il reconnut au matin en arrivant à la gare de Lyon. D'ailleurs, Olivia l'attendait en Champagne, dans son château de Villevenard ; il n'était pas prévu qu'elle fît le déplacement. Non ! Sur le quai se détachait une autre silhouette, moins élégante quoique non dénuée d'un certain charme, un peu perdue, attendrissante. Certain que ses amis John et Igor, qu'il avait avertis par télégramme, seraient venus l'accueillir, Antoine fut surpris de voir à leur place leur secrétaire, Marie Touzet.

Selon son habitude, elle portait un strict tailleur de suffragette, un chapeau cloche sans grâce et des lunettes d'écailles qui dévoraient son visage félin. Il s'amusa à l'observer à son insu. Marie guettait avec une attention inquiète l'arrêt des wagons, tentait de déchiffrer les numéros et son regard sombre s'éclaira quand elle put lire celui qu'elle cherchait.

– Mademoiselle Touzet !

– Monsieur Maunier. J'espère que vous avez fait bon voyage, fit-elle la minute suivante, alors qu'il surgissait en haut du marchepied.

Elle avait encore quelques couleurs aux joues mais l'éclat qu'il avait surpris derrière les lunettes s'était effacé. De sa

15

voix aux intonations professionnelles d'employée modèle qui tenait à garder ses distances, elle expliqua sa présence :

— Messieurs Patten et Vinkovo avaient des rendez-vous importants qu'ils n'ont pu décommander. Ils m'ont envoyée ici avec le chauffeur qui vous déposera chez vous en premier lieu ; vous irez ensuite à l'agence dès que vous vous sentirez dispos. Ils comptent sur vous pour dîner.

— Très bien, je vous remercie de vous être déplacée. Comment allez-vous ? Et madame votre mère ?

Antoine ne connaissait pas celle-ci mais il ne manquait jamais aux règles de politesse en s'enquérant de sa santé. Marie répondit brièvement que toutes deux se portaient très bien. Il constata avec amusement qu'elle s'abstenait de le questionner sur son séjour à Cannes mais qu'en revanche, elle insistait sur le fait que le cabinet de décoration Patten-Vinkovo, pour lesquels ils travaillaient tous deux, n'avait pas chômé depuis qu'il était parti, manière de souligner qu'elle s'y était elle-même beaucoup impliquée pendant que lui se faisait dorloter au soleil. Leurs relations au bureau n'étaient pas des plus chaleureuses et Antoine savait bien qu'il ne fallait pas se fier aux allures de petit chat sans défense que la jeune fille affichait.

Un porteur les suivit avec sa valise jusqu'à la voiture où le chauffeur de John Patten s'en saisit avec empressement. Quand Antoine descendit boulevard Saint-Germain, au pied de son immeuble, la pluie s'était mise à tomber. Il remarqua les traînées grasses de gasoil sur la chaussée, et les maigres bourgeons aux branches des arbres. Avec une dernière pensée pour la Villa Ronny et son cadre paradisiaque, sans regrets, il s'engouffra sous le porche.

Douché, rasé de près, arborant un hâle très séduisant, Antoine fut accueilli en fin de journée, faubourg Saint-Honoré, par les exclamations enthousiastes de ses amis. Pour l'Anglais et le Russe, il était beaucoup plus qu'un simple collaborateur, une sorte de frère cadet bénéficiant de leur affection protectrice, de leur indulgence sans bornes.

– N'avais-je pas raison d'insister pour que vous alliez à Cannes ? fit John une fois qu'ils furent tous trois montés à l'appartement, au-dessus des bureaux.

– Si, bien sûr, admit Antoine.

Léone, qui était à leur service depuis plusieurs années, manifesta elle aussi son contentement, tout en leur servant les apéritifs.

– Vous êtes magnifique, renchérit Igor. Olivia sera définitivement séduite.

– Quand devez-vous la revoir ?

– Après-demain. Je lui ai télégraphié dans la matinée. Elle m'a répondu par un coup de fil, juste avant que je ne vienne ici. Sa mère, madame Reynal, m'offre l'hospitalité jusqu'à la fin du mois. Me voici donc dans l'obligation de solliciter la prolongation de mes congés, dit Antoine avec une grimace faussement contrite.

– Que nous vous accordons bien volontiers.

– C'était d'ailleurs entendu comme ça, lors de votre sortie de clinique, rappela John.

– D'après Marie, vous croulez sous la tâche. J'ai des scrupules à vous abandonner en ce moment.

– Nous nous en sortons très bien. Courez à vos amours sans scrupules, Tony ! rugit Vinkovo très enflammé qui en était déjà à son second cocktail.

– Marie exagère, remarqua John. Je ne sais ce qu'elle a ces temps-ci. Elle paraît nerveuse, plus revêche qu'à l'habitude. Elle ne se gêne pas non plus pour s'absenter quand bon lui chante.

– Sa mère la préoccupe beaucoup, expliqua Igor.

Des trois hommes, il était celui qui entretenait les meilleurs rapports avec la jeune secrétaire.

Antoine s'abstint de dire que, ce matin, Marie lui avait affirmé que tout allait bien chez elle. Il préféra se tourner vers John Patten qui l'interrogeait sur ses projets :

— Vous restituer la bague ! lança-t-il.

— Mais je ne vous la réclame pas ! protesta John.

Sa délicatesse l'en aurait empêché. Cependant, c'était bien grâce à son argent que le précieux anneau avait pu se trouver entre les mains d'Antoine et, ainsi, déclencher toute cette incroyable histoire, le conduire jusqu'à Olivia.

— Il n'empêche qu'elle vous appartient. Demain, j'irai la récupérer chez Toche qui l'a toujours en dépôt. Ensuite, je tiens à la montrer à Olivia, comme promis. Mais à mon retour de Villevenard, je vous la rendrai. Vous en ferez ce que vous voudrez, John.

— Bien, bien, c'est entendu, approuva ce dernier. Puisque telle est votre idée.

— Ainsi, l'aventure sera bel et bien finie ?

Dans le commentaire d'Igor perçait une sorte d'interrogation, voire un léger doute.

— Mais une autre commence, enchaîna Antoine.

— Et bien sûr, nous vous souhaitons tout le bonheur possible, s'empressa de préciser Patten.

— Vous le méritez après les épreuves que vous avez traversées.

John craignait lui aussi que leur jeune ami ne replongeât dans une nouvelle quête ardente qui ne le mènerait nulle part. Certes, madame Rulaines était morte et plus personne n'attenterait à sa vie. Mais quand on avait la chance de trouver un amour bien réel, ancré dans le présent, il était inutile d'aller s'égarer dans les siècles passés à la rencontre d'amours maudites.

Antoine, qui devinait leurs pensées, affirma haut et fort que, désormais, il se préoccuperait uniquement d'Olivia tout en se demandant, à part soi, s'il n'essayait pas, en fait, de se convaincre lui-même.

— Irez-vous malgré tout revoir Georges Rulaines ? reprit John.

— Oui. Sa propriété des Frênes n'est guère éloignée de Villevenard. Je m'y arrêterai en route.

— Vous y trouverez probablement l'autre bague.

Celle d'Octavie ; la bague jumelle que madame Rulaines avait dû jalousement conserver. Du coup, Antoine repensa à l'apparition de la jeune Romaine. Était-ce ce qu'elle avait voulu lui dire sur la terrasse de la Villa Ronny ? Rêveur, il finit son verre pendant que la conversation s'orientait vers d'autres sujets, devenait plus joyeuse. Puis Léone annonça que ces messieurs étaient servis.

C'est en passant à table qu'Antoine, soudain, crut se souvenir d'un mot ou deux : « gare » ? A moins que ce ne fût « garde » ? Puis « cieux ». Devait-il prendre garde ? Il ne savait pas, ne savait plus. Maudits soient Igor et ses cocktails ! La voix d'Octavie s'éteignit.

CHAPITRE 3

Le lendemain, il se rendit à la Bastille. Au coin du boulevard Henri-IV se repérait l'enseigne écarlate du bureau de tabac que tenait l'ancien ambulancier, Gaston Toche. Celui-ci n'était pas seul derrière son comptoir ; une rousse vive et sympathique trônait à la caisse, Huguette, « sa fiancée ». Un puissant arôme de différents tabacs, gris, blonds, bruns, les environnait agréablement.

L'arrivée d'Antoine, mince et bronzé dans un élégant complet-veston, ses mèches blondes un peu rebelles, boitant imperceptiblement – un souvenir de la guerre –, juste ce qu'il fallait pour donner encore plus de classe à son allure, suscita un accueil chaleureux de leur part, franchement cordial chez Toche, admiratif, impressionné quant à Huguette :

– Lieutenant Maunier !

– Monsieur Maunier !

– Ça va mieux qu'à notre dernière rencontre, pas vrai ? nota le buraliste d'un accent jovial.

Il était venu à la clinique où Antoine avait été soigné après son agression mais avait vite battu en retraite tellement les visiteurs, amis, connaissances se pressaient autour de son lit.

– Alors, lieutenant, ce séjour à Cannes ?

Il fallut satisfaire sa curiosité et celle d'Huguette, décrire une région qu'ils ne connaissaient ni l'un ni l'autre et qui faisait rêver. Enfin Antoine s'adressa à Toche d'un air entendu.

— Je suis venu chercher...

— Parfaitement, parfaitement, coupa Toche. C'est là, bien rangé dans mon coffre.

Il disparut vers l'arrière-boutique puis en resurgit avec un petit paquet enveloppé dans du papier journal.

— Je vous dois un fier service, dit Antoine en le glissant dans l'une des poches intérieures de sa veste.

— J'aurais voulu pouvoir vous rendre ça l'autre jour, quand vous me l'avez réclamé. On s'est manqué de peu.

— Vous veniez de démarrer quand Gaston est rentré, précisa Huguette. Je lui ai dit que vous aviez rendez-vous devant la grille du parc Monceau. Il a filé tout de suite par le métro.

— Malheureusement, je ne vous ai pas rattrapé, fit Toche avec regret.

Ils faisaient allusion au fameux vendredi 5 janvier. Cet après-midi-là, Antoine devait rencontrer madame Rulaines qui, selon elle, avait des choses importantes à lui révéler. Ensuite, il était prévu qu'il rejoignît Olivia. La jeune femme tenait expressément à voir la bague d'Aulus que, par précaution, Antoine avait confiée à Toche. Or celui-ci n'avait pu la lui remettre à temps suite à un concours de circonstances qui, au final, s'étaient avérées favorables. En effet, l'agresseur d'Antoine, certainement stipendié par madame Rulaines pour récupérer le bijou, n'avait, de ce fait, rien pu trouver sur lui.

— Vous n'avez pas à vous excuser, Toche. Si j'avais eu l'objet avec moi, il m'aurait été volé. On m'avait attiré dans un piège.

— Mais j'aurais peut-être pu intervenir, mettre en fuite

l'assassin ! se désolait le buraliste. Lorsque je suis arrivé au parc Monceau, vous n'étiez pas à l'entrée. Je ne vous ai pas non plus aperçu à travers les grilles.

– Normal, expliqua Antoine. Je n'étais pas visible du boulevard car déjà étendu par terre, derrière des buissons. C'est une promeneuse qui m'a découvert bien plus tard.

– Vous auriez pu y rester, frissonna Huguette.

– Tout de même, lieutenant, quelle histoire ! Décidément, y avait du négatif dans l'air. Pensez qu'à peu près à ce moment-là j'assistais à un drôle d'accident.

– Comment, Toche ! s'exclama Antoine. Quel accident ? Voulez-vous parler d'une dame renversée par une auto qui a pris la fuite ?

L'une des dernières images que lui-même avait enregistrées avant d'être frappé et de s'évanouir était celle de madame Rulaines au bord du trottoir, face à l'entrée du parc, hésitant à traverser. Il avait appris sa fin tragique quelques jours après.

– Ouais, lieutenant. J'ai été témoin du drame. Sans doute un des rares. Y avait pas beaucoup de piétons à cette heure.

– Mais des voitures, pas mal, enchaîna Antoine. Cette dame était la personne avec laquelle j'avais rendez-vous.

– Oh ! Alors c'est encore plus bizarre, fit Toche en hochant la tête.

Son visage rude, mais continuellement rieur, était soudain empreint de sérieux. Il échangea un coup d'œil avec Huguette qui avait déjà dû entendre le récit de l'accident car elle aussi secoua ses bouclettes en se mordillant les lèvres.

– Pourquoi « encore plus bizarre » ? demanda Antoine qui observait leur manège. Qu'est-ce qui vous intrigue ? Madame Rulaines n'était pas très en forme, elle se plaignait de rhumatismes, de ses yeux fragiles. Elle se faisait soigner pour ça à Paris. Elle a dû mal évaluer les dangers de la circulation et s'est élancée quand il ne le fallait pas. Il a suffi qu'un chauffard passe au même instant. C'est bien ce que vous avez vu, Toche ?

— A peu près. Sauf que...

Encore un regard vers Huguette.

— Sauf que ? Continuez, mon vieux ! Qu'est-ce qui est arrivé exactement ?

Le buraliste se redressa tout à coup décidé :

— Je suis donc à côté de la Rotonde de Monceau, devant la grille, furieux de vous avoir loupé, mon lieutenant. J'inspecte le boulevard à droite, à gauche. En face de moi, j'avise cette vieille... heu... enfin, cette dame tout en noir, qui cherche à s'engager sur la chaussée, à profiter d'un petit creux entre deux voitures. Quand soudain un engin garé un peu plus loin démarre en trombe et la fauche au passage.

— Un engin ? Quelle sorte ?

— Un petit bolide. Un de ces véhicules de sport qui fendent la bise, qu'on voit plutôt sur les circuits automobiles. Il a percuté la dame de plein fouet.

— C'est bien ce qui a été relaté dans les journaux et ce que m'a dit son mari : elle a été victime d'un chauffard. Le nombre de gens qui ne savent pas conduire et qui se comportent en lâches !

— A mon avis, celui-ci savait très bien se diriger. Il a délibérément foncé sur le trottoir avant de s'enfuir. Ce n'était pas un accident ! assena Toche.

Devant l'expression d'Antoine, il enchaîna :

— D'abord ça m'a pas vraiment frappé. Ça s'est déroulé si vite ! Y avait plus qu'une forme noire gisant sur le pavé. J'ai voulu aller voir de près. Une voiture s'est arrêtée, d'autres ont fait de même. Il y eut tout de suite un petit attroupement et un embouteillage monstre. On a allongé la dame sur un banc ; des agents de police sont accourus puis une ambulance. Mais c'était trop tard : elle avait été tuée sur le coup. Ensuite j'ai fait ma déposition au commissariat. L'accident ne faisait alors aucun doute pour moi. C'est après, de retour ici, quand j'ai tout raconté à Huguette, que j'ai considéré les choses différemment. Hein, Huguette ?

– Oui, tu as bien réfléchi et ça t'a paru louche.

– Êtes-vous sûr de ce que vous avancez ? s'étonna Antoine ne sachant trop à quoi s'en tenir.

Toche était un joyeux garçon mais pas un écervelé. D'apprécier la plaisanterie ne l'empêchait pas de mener sa vie avec bon sens. On pouvait compter sur lui.

– Affirmatif ! Plus j'y pensais, plus j'étais sûr ! La petite auto a littéralement bondi sur la malheureuse. Ensuite, elle a enfilé la première rue qu'elle a trouvée.

– Vous n'êtes pas retourné le raconter à la police ?

– Eh bien non, je l'avoue. Ils m'auraient cuisiné, embêté avec leur paperasse. La police, on n'aime pas trop s'y frotter même si on est honnête. Et puis, ç'aurait pas ressuscité la victime.

C'était une opinion et une logique tout à fait défendables mais peut-être qu'au fond de soi, Toche ne savait plus très bien quel était le rôle de son imagination ? Antoine n'était encore qu'à demi convaincu. La possibilité que son ennemie, madame Rulaines, ait été tuée volontairement, de sang-froid, le mettait pourtant très mal à l'aise. Cet acte criminel avait-il un lien avec sa propre mésaventure ?

– Pendant qu'on essaye de vous trucider d'un côté, de l'autre on écrase la personne que vous deviez voir. Vous comprenez pourquoi je trouve ça bizarre. En tout cas, cette coïncidence prouve bien que je n'ai rien inventé, argumentait justement le buraliste.

– Peut-être, dit Antoine.

Huguette prit le relais :

25

– C'est pas ton genre d'inventer, mon Gaston. Mais t'as pas encore tout dit au sujet du chauffard.

Elle encouragea son ami par une tape sur le bras. Toche, cette fois, hésita, se gratta la tête :

– C'est que, pour ce dernier détail, je ne serai pas aussi catégorique. Il me semble... enfin j'ai eu l'impression que c'était une femme qui tenait le volant.

– Une femme ! Comment était-elle ?

– J'vous répète que je n'ai pas de certitude.

Un silence plana entre eux que vint troubler l'entrée d'un client. Huguette s'en chargea et lorsque celui-ci fut sorti, Toche reprit la parole :

– Lieutenant, c'est pas net tout ça. Si quelqu'un vous en veut et vous cherche noise, je demande qu'à vous aider à vous en débarrasser.

– Je sais, merci Toche. Il est vrai que j'ai rencontré des problèmes récemment. Maintenant, ils sont résolus. Du moins, je le crois. Ce bijou – Antoine posa une main sur sa poche –, ce bijou a allumé des convoitises. S'il m'a permis de retrouver la jeune femme que j'avais rencontrée pendant la guerre, il a aussi failli me coûter la vie. Madame Rulaines, la femme qui est morte sous vos yeux, Toche, était une demi-folle, prête à toutes les extrémités pour s'emparer d'un objet qui lui plaisait.

– Le destin l'a punie, commenta gravement Huguette.

– Sans doute. Ou bien, elle...

Antoine n'acheva pas sa phrase. Il avait besoin de réflexion, d'être seul. Il préféra donc remercier une nouvelle fois Toche et sa compagne en leur promettant de repasser prochainement et, surtout, de faire appel à eux, en cas de besoin.

– Je vais quelques jours chez des amies en Champagne, à Villevenard. Je vous reverrai à mon retour.

Toche, qui comprit tout de suite que parmi les amis en question devait se trouver celle que le lieutenant avait tant cherchée, et dont il était amoureux, s'esclaffa en reprenant une expression luronne :

– En Champagne ! Ça vaudra sûrement la Côte d'Azur !

CHAPITRE 4

Laissant derrière lui les échos de son rire, Antoine se mit à marcher, taraudé par une foule de questions qui remettaient tout en cause.

Toche avait-il réellement assisté à un crime ? Si oui, ce crime avait-il un rapport avec lui-même ou s'agissait-il d'un simple hasard ? Madame Rulaines avait été une collectionneuse passionnée, voire maladive ; la Belette agissait dans l'ombre, à l'insu de son mari. Elle était confrontée à de grosses difficultés financières : des facteurs qui l'avaient certainement contrainte à fréquenter des gens peu recommandables. Sans négliger le fait qu'elle avait dû acheter les services de quelqu'un pour la seconder. Dans ce cas, il était fort possible qu'elle ait été victime d'un règlement de comptes. Ne trouvant pas la bague sur Antoine, son complice s'était-il senti floué, et avait-il eu envie de se venger ?

Antoine examina dans les détails cette hypothèse. Tout s'était enchaîné en cinq minutes, pas davantage. Ce jour-là, il avait rendez-vous à quatorze heures avec madame Rulaines. Arrivé un peu en avance, il avait arpenté les allées du parc puis, à l'heure prévue, il l'avait aperçue de loin, boulevard de Courcelles, prête à le rejoindre, juste avant qu'un inconnu le blesse et l'abandonne, inanimé. Cet homme avait eu suffisamment le temps de courir à sa voiture garée dans les parages et de commettre son forfait. D'après son témoignage, Toche avait dû survenir peu après deux heures. Oui, mais s'il n'avait pas fabulé, c'était une conductrice et non un homme que le buraliste avait distinguée. Il se serait donc agi de quelqu'un d'autre ? Probablement étaient-ils plusieurs dans cette affaire, avec, en particulier, une femme déterminée, impitoyable. Dans ce cas, celle qu'Igor avait surnommée la Belette, Germaine Rulaines, avait rencontré plus fort qu'elle. A moins que...

Antoine s'arrêta net place de la Bastille, frappé brutalement par une nouvelle idée : à moins que madame Rulaines ne fût pas la Belette !

Un klaxon impatient l'obligea à se presser, à gagner une zone plus tranquille sans pour autant lui faire perdre le fil de son raisonnement. Madame Rulaines avait-elle manœuvré dans son seul intérêt ainsi qu'ils l'avaient cru ? Avait-elle été la cible d'une rivale ? Ou avait-elle appartenu à une bande organisée, dangereuse, pas du genre à renoncer à un but fixé ?

Antoine palpa l'écrin toujours protégé de son papier journal et qui renflait légèrement son veston comme pour se persuader qu'il n'avait plus rien à craindre, que ceux qui avaient déjà tué ne prendraient pas de nouveaux risques pour un bijou, qui somme toute, malgré sa rareté, n'était pas un joyau inestimable. Par ailleurs, madame Rulaines pouvait très bien avoir été éliminée pour une raison sans rapport avec lui.

– Très bien, murmura-t-il. Mais je ne dois pas oublier que de mon côté aussi, par deux fois, j'ai été attaqué : chez moi d'abord. Au parc Monceau ensuite.

Il prit conscience, un peu gêné, qu'il venait de parler à mi-voix, en pleine rue. En face de lui, une forme évanescente s'était arrêtée, une fille le regardait bizarrement. Elle-même avait l'air étrange ; elle portait une longue robe bleue démodée, une courte cape. Un voile couvrait ses cheveux mais on devinait qu'ils étaient noirs, comme ses grands yeux.

– Qu'elle est belle, se dit Antoine en la détaillant avec fascination. Puis irrésistiblement un nom monta à ses lèvres qu'il prononça en tremblant : Agnès !!

Agnès, la dame de Vainces ? Après Octavic...

Au comble de l'émotion, Antoine s'aperçut alors qu'il devait se trouver à l'endroit même où, au Moyen Age, Agnès était morte de douleur après avoir vu les flammes d'un bûcher dévorer le templier Renaud de Vainces, quand ce quartier se situait encore en dehors des murailles de Paris.

Vacillant sur ses jambes, il porta la main à son front. Il crut entendre la jeune fille et sentit le désir insensé de l'approcher, de la toucher. Mais devant lui, il n'y avait plus personne. Elle avait disparu.

— *Veux-tu que je te dise ? Tu es amoureuse.*

La remarque, plutôt ironique, fut prise comme une insulte.

— *C'est faux ! Absolument faux !*

— *Tes airs outragés ne me trompent pas. Tu t'es laissé piéger.*

— *Pas du tout ! Je me garderais bien d'une telle stupidité.*

— *Dois-je te rappeler ce qu'a écrit Pascal : « Le cœur a ses raisons que la raison ne connaît pas. »*

— *Je me moque bien des philosophes ! Mon cœur reste tout à fait étranger à cette affaire.*

— *Bon, bon, puisque tu l'affirmes. Quoique, entre nous, tu serais excusable, ce garçon a du charme. Beaucoup.*

La voix se tut un instant pour reprendre un ton plus bas :

— *Rappelle-toi ta promesse.*

— *Mais oui ! Bien sûr.*

CHAPITRE 5

Au volant de sa nerveuse petite Panhard, Antoine, qui venait de quitter Paris, s'interrogeait encore, le lendemain, sur ce qui était en principe convenu d'appeler ses hallucinations mais qu'il avait depuis longtemps renoncé à comprendre et à définir.

Peut-être n'avaient-« elles » rien voulu dire de particulier ; peut-être les avait-il tout simplement vues toutes les deux, Octavie parce que le parfum du myrte était associé à son image ; Agnès parce qu'il se trouvait sur les lieux où, jadis, elle avait souffert à en mourir ? Quoi d'étonnant à ce qu'elles lui apparaissent de temps à autre ? Il les avait accompagnées tout un pan de leurs vies ; il avait lu à livre ouvert dans leurs cœurs et leurs pensées. Les liens mystérieux qui les avaient unis perdureraient sans doute. Elles seraient pour lui, éternellement, comme deux sœurs proches et inaccessibles à la fois. Pourquoi vouloir à tout prix déchiffrer des messages là où il n'y avait que signes de connivence ? « Gare... Cieux... »

A propos de cieux, ce matin l'horizon était pur, baigné d'un je-ne-sais-quoi de printanier. Aujourd'hui Antoine ne se tromperait pas de route et arriverait de bonne heure aux Frênes, ce qui lui laisserait la marge nécessaire pour mener sa petite enquête auprès de Georges Rulaines.

La veille, à son retour de la Bastille, il avait appelé celui-ci pour lui annoncer son passage dans la région. Le vieil homme, ravi d'une occasion de rompre avec sa solitude, s'était empressé de le convier à déjeuner. Antoine escomptait l'invitation ; il avait donc accepté sans se faire prier.

L'ombre pesante jetée sur la mort de madame Rulaines par les révélations de Toche relégua à l'arrière-plan l'intervention d'Octavie et d'Agnès. Bien entendu, Antoine n'avait nulle intention de les répéter au malheureux veuf mais bien plutôt de le faire parler. Serait-il en mesure de l'éclairer sur son épouse ?

Lorsqu'il était venu aux Frênes avec John, on était en novembre et un vent gris tordait alors les grands arbres qui donnaient leur nom à la propriété. En cette fin de matinée, l'allée majestueuse avait l'immobilité d'une colonnade de marbre ; quelques flaques d'eau laissées par une pluie récente brillaient comme des miroirs lisses et sans défaut. Le soleil léchait hardiment la façade de l'imposante demeure, accusant les fissures, les traces d'humidité. Transformé en hôpital militaire pendant plusieurs années – Antoine lui-même y avait séjourné –, les Frênes s'enfonçaient depuis, inexorablement, dans la décrépitude.

Doucement la Panhard roula sur les graviers, s'arrêta devant le perron.

Un domestique ouvrit la porte. Ce n'était pas le même que la dernière fois ; il était plus jeune, carré d'épaules, aussi gracieux qu'un bouledogue, tout à fait le profil d'un homme de main, d'une brute capable de vous porter un coup de couteau au milieu d'un parc désert.

Tout en le suivant le long d'un corridor, Antoine se demanda s'il avait personnellement servi madame Rulaines. Impénétrable, le domestique le mena jusqu'à la bibliothèque.

De confortables meubles anglais, des livres bien alignés, un feu qui ronflait fort : rien n'avait changé dans la pièce où les Rulaines, trois mois auparavant, guère plus, avaient reçu Antoine et John, débouchant pour l'occasion une bouteille de vieux porto. Rien n'avait changé, excepté le propriétaire des lieux visiblement marqué par son deuil. Il s'extirpa de son fauteuil avec difficulté.

– Monsieur Maunier ! J'apprécie beaucoup, beaucoup votre venue.

Les deux hommes se serrèrent longuement la main puis s'assirent face à face, près de la cheminée. Le visage tourné vers les flammes, Georges Rulaines se mit presque aussitôt à soliloquer sans qu'Antoine eût besoin de quêter ses confidences, comme s'il avait attendu impatiemment le moment de déverser sa peine dans une oreille amie.

– Elle me manque, c'est terrible. Vous me direz que sa disparition est récente, que je vais m'y habituer. Peut-être. J'en doute. Je l'ai tant aimée !

Il soupira en dodelinant de la tête :

– Germaine a empli ma vie. Pourtant, elle n'a pas toujours été facile. Elle était impulsive, excessive. Ce goût immodéré qu'elle avait pour les bijoux... Tant que j'en ai eu les moyens, je me suis efforcé de la satisfaire, de combler ses caprices. Puis il y a eu la guerre, la mort de notre fils, notre ruine. Germaine a fait face, dignement. Elle s'est séparée de ses joyaux, semblait avoir renoncé à tout. Vous l'avez connue à cette époque-là, monsieur Maunier, dévouée aux soldats blessés que nous hébergions ici, sans autre souci que d'apporter son soutien aux victimes des combats. Du moins je l'ai cru pendant quelque temps. En fait, sa manie l'a vite reprise. Elle a laissé un coffret plein. Je vous l'ai déjà dit.

Après ce long préambule, le vieil homme se tut, repoussa

une bûche à l'aide du tisonnier. Antoine respecta cette pause avant d'intervenir sans brusquerie :

— Si je me souviens, vous avez un jour employé le terme d'imprévisible à l'égard de madame Rulaines.

— C'est exact. Elle avait des réactions surprenantes.

— Par exemple, reprit Antoine, lorsque je lui ai demandé si par hasard, elle n'avait pas eu en sa possession cette bague à laquelle je m'intéresse et que je pense avoir vue une fois sur elle. Ma curiosité l'avait fortement mécontentée. Je comprends pourquoi maintenant. Elle répugnait à avouer qu'elle avait conservé ce bijou et sans doute quelques autres.

— Effectivement, elle en avait conservé et continuait à en acquérir dès qu'elle le pouvait, en se cachant de moi. Elle rusait : ses visites médicales étaient souvent un prétexte pour se rendre à Paris. Elle se faisait parfois accompagner par Béranger, le garçon qui vous a ouvert.

« Tout concorde », pensait Antoine.

Cependant, il se sentait incapable d'apprendre à ce brave homme, déjà profondément atteint, que celle qu'il pleurait avec une telle sincérité avait poussé jusqu'au crime, avant d'être frappée elle-même. Autant lui laisser quelques illusions.

— Elle s'est endettée au point que je suis contraint de vendre la propriété. Vous serez l'un de mes derniers visiteurs. C'en est fini pour moi des Frênes.

Un bien qu'il tenait de son père, une maison où il avait grandi, donné des fêtes en l'honneur de Germaine, son épouse chérie, où son propre fils avait vécu ses courtes années... La tristesse qui se peignait sur les traits de Rulaines était encore plus éloquente que ses mots. Ému, Antoine murmura une phrase de sympathie. Néanmoins, il n'en perdait pas le but réel de sa présence : voir le « trésor » secret de madame Rulaines, ce fameux coffret découvert par son mari après sa mort.

Le domestique interrompit leur tête-à-tête en roulant jusqu'au milieu de la pièce un chariot sur lequel étaient disposés le couvert et un repas assez frugal de rôti froid et de fromages, compensé, il est vrai, par une bouteille de Château-Petrus 1895, probablement l'un des derniers vestiges du grand train de vie qu'avait mené la famille.

— Vous ne voyez pas d'inconvénient à ce que nous déjeunions ici ? s'excusa Georges Rulaines quand Béranger se fut retiré. C'est le seul endroit chauffé de la maison.

Antoine le rassura et apprécia en connaisseur le vin que son hôte versa religieusement dans leurs verres.

— Dans ma lettre, je vous faisais part de ma curiosité, relança-t-il ensuite.

— Je l'ai reçue, oui, et j'ai bien compris qu'un lien sentimental vous attachait à cet anneau. J'ignore si vous allez le trouver. Regardez vous-même.

Rulaines se pencha et prit, à ses pieds, un coffret en marqueterie qu'Antoine n'avait pas remarqué et dont la vue lui fit battre le cœur précipitamment.

Se pouvait-il que la bague d'Octavie fût dedans, cette petite merveille d'or et de pierres précieuses qu'il avait longtemps associée à sa première rencontre avec Olivia ?

— Mon Dieu ! Faites que je la trouve, pria-t-il en silence.

Elle devait y être, fatalement ! Cela expliquerait toute l'étrangeté de madame Rulaines. Il la rachèterait à ce pauvre Georges. La bague d'Octavie rejoindrait enfin celle d'Aulus, symboles d'un amour fou que les siècles avaient séparés, ballottés, perdus.

— Ouvrez-le, monsieur Maunier ! lui enjoignit Rulaines.

Il n'hésita plus, souleva le couvercle.

C'était un choix superbe d'après ce qu'il put en juger bien

qu'il ne fût pas un expert. Des pièces nombreuses et de qualité : une rivière de diamants assortie d'une paire de dormeuses, un bracelet, un beau camée, plusieurs bagues dont une émeraude de prix, certainement. Il y avait de l'or et de l'argent, des pierres et des perles mais pas d'intaille bleue ! La bague d'Octavie n'y était pas !

CHAPITRE 6

— Vous êtes déçu, releva Rulaines devant l'expression d'Antoine.

— Êtes-vous sûr d'avoir récupéré toute la collection de votre épouse ?

— D'autant plus sûr que ce coffret renfermait aussi le compte détaillé de ses achats, effectués au cours de ces dernières années, de 1919 à 1922 exactement. J'ai vérifié, rien ne manque.

— Ces pièces sont splendides, commenta piteusement Antoine.

— Pour se les procurer, Germaine a vendu une partie de nos terres, sans m'en informer. Elle avait pris l'habitude de gérer nos biens, m'affirmant que c'était, pour elle, un dérivatif salutaire. Je laissais faire. Je me suis toujours montré faible avec elle.

Au désappointement d'Antoine s'ajoutaient l'incompréhension et la perplexité.

— Avez-vous bien regardé partout ? insista-t-il assez cavalièrement, sans écouter les regrets du vieil homme.

— Mais... oui. Il n'y avait pas autre chose. Monsieur Maunier, m'expliquerez-vous ce que vous recherchez au juste ?

Une bague ancienne ? Vous en avez devant vous, dans ce coffret.

— Pas comme celle-ci ! s'écria Antoine en sortant de son veston un petit écrin bleu.

Soudain la bague d'Aulus lança ses feux tricolores sous les yeux de Georges Rulaines surpris par le geste brusque d'Antoine qui levait le ton :

— Il en existe une autre, en tous points pareils ! Et j'espérais, je ne doutais pas qu'elle fût en possession de votre femme, car je l'ai vue ! C'est certain, je l'ai vue ! Pendant la guerre, alors que j'étais blessé, souffrant, soigné ici même ! Pardonnez-moi, ajouta-t-il, en s'apercevant qu'il perdait son calme.

Rulaines ne parut pas lui en vouloir. Il se pencha sur l'écrin pour un examen attentif :

— A ma connaissance, jamais ce bel objet n'a appartenu à Germaine, affirma-t-il. En tout cas, lorsque vous étiez hospitalisé aux Frênes, elle avait cessé de porter toutes ses parures. Elle était encore sous le choc de la disparition de notre enfant.

Comme Antoine tendait la main avec résignation pour reprendre l'écrin, il poursuivit :

— Attendez ! Il me semble pourtant qu'il ne m'est pas inconnu. Je ne sais... C'est vieux tout cela, marmonna-t-il. Oui. Cela remonte à bien avant la guerre. A moins que je ne confonde avec un autre bijou. Contrairement à Germaine, ils ne m'ont jamais passionné.

— Je vous en prie, essayez de vous rappeler.

— Non, vraiment, je regrette.

Il reprit le coffret ; Antoine fit disparaître l'écrin. Sur la petite table près d'eux, le repas attendait leur bon vouloir. Rulaines proposa un peu de viande. Ni l'un ni l'autre n'avait beaucoup d'appétit.

Après quelques bouchées, Antoine, qui surmontait mal sa déception, reposa sa fourchette, soudain décidé à dévoiler une partie de la vérité. Non sans embarras et présentant son propre « accident » comme un banal fait divers, il apprit à son hôte que sa femme avait été tuée alors qu'ils avaient rendez-vous ensemble devant la grille du parc Monceau. Un rendez-vous qu'elle avait elle-même sollicité.

– Deux jours plus tôt, elle m'avait téléphoné à l'agence de décoration où je travaille. Elle avait, paraît-il, déjà tenté plusieurs fois de me joindre. Elle tenait absolument à me rencontrer mais elle ne souhaitait pas que vous le sachiez.

– Encore une de ses idées saugrenues. Que pouvait-elle bien vous vouloir ?

– C'était, semble-t-il, à propos de cette bague, justement. J'ai accepté avec l'impatience, la curiosité que vous imaginez. D'évidence, elle les partageait également, bien que je l'aie sentie inquiète.

Se croyait-elle menacée ? Antoine se souvenait tout à coup des paroles de la vieille dame qui avait évoqué un risque. Dans ce cas, la thèse du crime s'en trouvait renforcée.

Georges Rulaines avait à son tour abandonné son assiette. Tassé dans son fauteuil, il contemplait tristement Antoine :

– Inquiète, Germaine ? Elle devait avoir peur que je ne découvre ses petits trafics.

– Je regrette infiniment. J'ai une part de responsabilité dans ce drame.

– Pas du tout ! Vous n'avez rien à vous reprocher ! protesta Rulaines. D'une main tremblante, il finit son verre. Si Germaine s'était confiée à moi, rien de tout cela ne serait arrivé.

– Vous n'avez donc aucune idée de ce qu'elle voulait me dire ?

– Pas la moindre ! Elle qui était toujours à l'affût pour ce genre de choses avait dû voir la bague en question quelque part, chez un bijoutier ou sur une autre femme. Nous ne le saurons jamais.

— Sans doute, murmura Antoine en cherchant sans conviction à se résigner.

Il termina sa viande, refusa le plateau de fromages ; accepta, en revanche, le vin que Rulaines lui reversa.

Dehors le ciel s'était assombri et une forte bourrasque vint frapper violemment la fenêtre.

— Nous sommes bientôt en mars, l'époque des giboulées, remarqua Rulaines d'une voix éteinte. Le mauvais temps n'arrange pas la toiture, ni les chenaux ; tout ça ne vaut plus rien. J'espère que mon acquéreur saura rénover le domaine.

— Et vous, monsieur, où comptez-vous vous retirer ?

— Moi ? Oh, pas très loin, dans une petite maison à Montmirail, où mes parents et Germaine sont enterrés.

La conversation faiblit. Après le café que Béranger servit sans un mot, Antoine jugea le moment favorable pour quitter des lieux qui lui étaient maintenant assez pénibles.

— Avez-vous encore une longue route à faire ? lui demanda Rulaines.

— Non. Je me rends au château de Villevenard. Peut-être connaissez-vous madame Reynal et sa fille, mademoiselle Olivia Demat ?

Le vieil homme se redressa et péniblement se leva du fauteuil. Il tarda à répondre pour dévisager Antoine avec une subite lueur d'intérêt. Puis :

— J'ai, en effet, connu Valérie Reynal autrefois. Elle passait tous ses étés au château. Mais j'étais surtout proche de sa sœur bien que celle-ci fût plus jeune que moi.

— J'ignorais qu'elle eût une sœur.

— Rosine, son aînée. C'était une créature adorable.

— Est-elle donc morte ?

– Possible. Je ne sais. Rosine a quitté la région il y a plus de vingt ans et je ne l'ai pas revue depuis. Avec la guerre, beaucoup de gens ont disparu.

– Je n'ai jamais entendu madame Reynal y faire allusion, pas plus qu'Olivia, sa fille.

– Rien d'étonnant à ça, dit Rulaines avec un brin d'ironie. Rosine et Valérie étaient brouillées.

– Ah ! Je vois.

– Êtes-vous un ami de sa fille, monsieur Maunier ? Je suppose que celle-ci doit être très belle.

– C'est vrai, très belle, confirma Antoine qui mit beaucoup d'empressement et de chaleur dans sa réponse.

Cette fois, Georges Rulaines eut un franc sourire :

– C'est une caractéristique chez les femmes de cette famille. J'espère cependant que cette jeune personne n'a pas hérité le caractère de sa mère.

– Madame Reynal est tout à fait charmante ! s'insurgea Antoine.

– Il est vrai qu'elle en est capable quand elle s'en donne la peine, admit Georges de plus en plus amusé. Valérie est une enjôleuse. Germaine la détestait. Elles avaient eu l'occasion de se croiser à quelques réceptions, au début de notre mariage, mais sans jamais sympathiser. Par la suite, Valérie s'est mariée elle aussi et, de ce fait, nous ne sommes pas retournés à Villevenard. Évidemment, Rosine en était partie.

Son sourire s'éteignit ; Rulaines parut exténué, complètement absorbé par ses souvenirs. Puis, d'un pas pesant, il sortit dans le vestibule, tenant à accompagner Antoine jusqu'au perron :

– C'est le passé, il ne reviendra plus. A votre tour maintenant, cher monsieur Maunier, fit-il en lui serrant la main.

En empruntant en sens inverse la longue allée de frênes, Antoine eut à lutter contre une profonde mélancolie. « A votre tour maintenant ! » lui avait lancé le vieil homme qu'il voyait rapetisser dans son rétroviseur. A votre tour de vous soumettre aux caprices d'une femme, de regretter des amis disparus, de souffrir. Voilà ce qu'il voulait dire. A votre tour de ressasser des questions qui resteraient toujours sans réponses !

Quelles étaient celles que madame Rulaines avait emportées dans la tombe ?

L'auto s'engagea sur la route ; Antoine accéléra. A mesure qu'il prenait de la vitesse, il sentit peu à peu son esprit s'alléger. A son tour maintenant de goûter l'existence en oubliant les occasions manquées, les mystères jamais éclaircis ; à son tour d'aimer, surtout ! La morosité n'était pas de mise puisque Olivia l'attendait.

CHAPITRE 7

Le soleil réapparut alors qu'il arrivait à destination, et le petit château de briques, bordées d'un chaînage de pierres blanches, surgit, fraîchement lavé par la dernière averse. Son reflet tremblait dans les douves ; des pans de fumée s'effilochaient tout là-haut, sur le toit d'un bleu scintillant. Antoine rentrait chez lui.

Cette pensée le fit sourire tandis qu'il descendait de voiture et s'imprégnait d'effluves d'eau, d'humus et de bois brûlé.

— Rien n'a changé, se dit-il heureux.

Dans son esprit, il faisait allusion à un temps bien plus lointain que la première visite qu'il avait effectuée à la fin de l'automne. Tout, ici, lui semblait immuable, aussi simple, gracieux et coloré que trois siècles plus tôt.

Cette fois, aucun gardien désagréable ne se montra à l'un des pavillons d'entrée. En revanche une jeune femme vêtue d'une longue pèlerine noire se tenait près de la grille qu'elle entrouvrit avec un signe de tête encourageant. Antoine la remercia.

— Un beau brin de fille, jugea-t-il tandis qu'elle s'éloignait en direction du parc d'une démarche véritablement royale.

Curieusement, sa physionomie ne lui était pas inconnue.

Probablement était-ce une employée de madame Reynal qu'il avait dû croiser lors de son précédent passage, celle qui leur avait servi du chocolat peut-être.

Il franchit la grille, avança sur le pont dormant. Des voix lui parvinrent. Deux profils se dessinaient derrière l'une des fenêtres à petits carreaux entrouverte : Olivia et sa mère. Elles avaient l'air de s'affronter. Antoine capta des bribes de leur dispute :

— J'en ai assez de cette situation !

— Fais encore un effort. Tout sera bientôt terminé.

— Espérons-le. Mais il n'était pas nécessaire qu'il nous rejoigne ! s'écria Olivia.

Gêné, Antoine s'arrêta. Était-il question de lui ? Déplorait-on sa venue ? Il se sentit glacé, hésita à poursuivre. Mais elles avaient dû le voir car la fenêtre s'ouvrit complètement au même moment et leurs visages apparurent ensemble.

— Antoine ! Vous voilà enfin ! Bonjour !

Elles étaient pareillement souriantes et de bonne humeur ; l'entente semblait régner entre elles ; il avait dû exagérer un banal différend mère-fille. L'instant suivant, elles le retrouvaient sur le pas de la porte et leur attitude dissipa un peu ses doutes.

— Entrez ! Nous sommes si contentes de vous recevoir, surtout avec une mine aussi resplendissante, affirma madame Reynal.

Une parfaite maîtresse de maison, mêlant grâce et cordialité.

Olivia était plus ironique :

— L'hospitalité de lady Barrett t'a réussi, fit-elle en lui baisant la joue. Nous tâcherons de faire aussi bien que ton Anglaise quoique notre climat ne soit pas celui de Cannes, tant s'en faut.

Sa bouche était railleuse. Ses yeux verts étincelaient. Bien qu'il eût souhaité plus de passion dans son geste et qu'il dût contenir une fougueuse envie de l'étreindre, Antoine se sentit tout de même rassuré. Il jura qu'il n'aurait voulu pour rien au monde être ailleurs qu'auprès d'elles, dans ce cadre idyllique.

— Et vos bagages ? s'inquiéta madame Reynal. Joseph ne vous a donc pas entendu arriver ?

— J'ai tout laissé dans le coffre. C'est une femme qui m'a ouvert la grille.

— Ah ? Ce doit être Andrée. Nous n'avons plus que ces deux domestiques à demeure. Une fois par semaine, une fille de Villevenard vient pour le gros ménage. Mais ne restons pas là. Allons au salon.

Antoine y pénétra avec le même plaisir que la dernière fois, l'œil glissant sur les boiseries peintes de verdure, sur les sièges tapissés, sur l'authentique et chaleureux décor Louis XIII.

— Êtes-vous toujours adepte du chocolat ? lui demanda la maîtresse des lieux qui suivait son manège avec amusement. Andrée va nous servir. Vous devez être assoiffé, affamé, après cette longue route. Avez-vous déjeuné ? Voulez-vous un thé ou autre chose ?

N'importe quoi. Cela lui était égal. L'essentiel était d'être là, dans cette maison, de n'avoir qu'à tendre la main pour toucher celle d'Olivia. Il brûlait de le faire, se retint, freiné par la présence de sa mère et, aussi, les manières un peu distantes de la jeune femme. Elle semblait ailleurs ; elle, la Parisienne, élégante, si moderne d'allure, n'était pas vraiment en accord avec ce qui les entourait. Mais Antoine se reprocha aussitôt cette constatation.

Poliment, il répondit qu'il accepterait volontiers une tasse de thé.

– La route ne m'a pas paru trop longue. D'autant moins que j'ai fait étape pour déjeuner près de Montmirail.

– Vous auriez pu pousser jusqu'ici.

– J'avais promis de m'arrêter aux Frênes où, comme vous le savez, j'ai séjourné en 1918.

– Aux Frênes ? Il y a donc encore quelqu'un ? s'étonna madame Reynal.

– Plus pour longtemps. Georges Rulaines a mis sa propriété en vente. Il a perdu sa femme, récemment.

– Oui, nous avons appris son accident. Je ne savais pas que Georges faisait partie de vos relations.

Antoine crut déceler une certaine méfiance dans la voix de madame Reynal.

– Une relation ? A peine, répondit-il prudemment. Je lui ai fait une visite de condoléances en souvenir de ces mois passés sous son toit, en des circonstances pénibles. Lui et sa femme ont fait preuve d'un grand sens hospitalier.

– Vous a-t-il dit que nous nous connaissions de longue date ?

Valérie, la charmeuse, brouillée avec l'adorable Rosine... Elle devait brûler de savoir ce que lui avait raconté le vieux Rulaines.

– En effet.

– Et c'est tout ? avança madame Reynal, mine de rien.

Olivia, qui se désintéressait de la conversation, décida brusquement d'aller voir à l'office si Andrée n'avait pas besoin qu'on lui prête main forte. Seul avec sa mère, Antoine fit allusion à Rosine.

– Georges Rulaines vous a donc parlé de ma sœur !

– Oh, vaguement. D'après lui, elle est décédée depuis des années, n'est-ce pas ?

– C'est ce qu'il vous a dit ?

– Du moins, c'est ce qu'il croit. J'ai l'impression qu'il a

quelques troubles de mémoire. En tout cas, il n'aime guère évoquer le passé.

— Il n'a pas tort.

Allait-elle enfin s'expliquer sur cette sœur mystérieuse ? En dépit de son sens de la discrétion, Antoine se sentait prêt à la questionner quand, d'elle-même, elle repartit sur le sujet :

— Rosine est morte. Elle avait quitté cette maison avant la naissance d'Olivia, coupant les ponts avec notre famille. Avec moi ! Elle avait toujours été une originale. Il n'y a jamais eu d'affinités entre nous. Son brusque départ a été surtout dur pour papa, qui à l'époque était encore de ce monde.

— En connaissez-vous la cause ? n'hésita pas à demander Antoine. Une union, peut-être, qui déplaisait à votre père ?

En général, un amour contrarié était souvent à l'origine d'une brouille familiale. Comme pour lui donner raison, madame Reynal lui apprit qu'effectivement, un homme était bien à l'origine de cette histoire.

— Mais laissons Rosine et tous ces vieux souvenirs. Georges Rulaines est un pauvre homme et sa femme était une créature envieuse qui... Ah, enfin !

Antoine ne put en apprendre davantage, car Olivia revenait avec une coupe remplie de biscuits, suivie d'Andrée qui portait un grand plateau où teintaient les tasses sur leurs soucoupes de porcelaine. Antoine ne reconnut pas en la corpulente domestique la jeune femme à la pèlerine. Il le dit lorsqu'elle sortit du salon.

— Peut-être s'agissait-il d'une bonne amie de Joseph ? plaisanta Olivia en servant le thé.

— Qui voudrait d'un ours pareil ? s'esclaffa madame Reynal.

— S'il avait pu m'interdire le château quand je me suis

présenté ici la première fois, il l'aurait fait, se rappela Antoine.

— C'est un excellent gardien. Avec lui nous sommes certaines de ne pas rencontrer des curieux au milieu des jardins. Il surveille aussi les braconniers qui pénètrent dans le parc.

— N'avez-vous jamais envisagé d'ouvrir le château à des visiteurs ? demanda Antoine.

— Quelle horreur ! s'écrièrent-elles en chœur.

— Des étrangers chez nous ! Vous n'y songez pas ! s'indigna madame Reynal.

— J'ai donc beaucoup de chance de pouvoir admirer toutes ces belles choses.

Avec un plaisir renouvelé, Antoine promena les yeux autour de la pièce pour les arrêter, soudain, sur un tableau qu'il avait déjà remarqué en décembre. Entouré d'un cadre de bois doré, il représentait une femme, coiffée à la mode du XVIIᵉ siècle, singulièrement vivante et séduisante.

— C'est drôle ! s'exclama-t-il.

— Quoi donc ? fit Olivia.

— Ce portrait, là-bas...

— Eh bien, qu'a-t-il de particulier ?

— On dirait la femme que j'ai vue tout à l'heure, à la grille. Je comprends pourquoi elle ne me semblait pas inconnue. La ressemblance est troublante.

Il se leva pour contempler le portrait de plus près sans faire attention au regard qu'échangeaient la mère et la fille.

— Encore un fantôme de jadis, murmura-t-il pour lui-même.

Après un silence, madame Reynal et Olivia, revenues de leur surprise, se moquèrent de lui :

— Vous fantasmez trop vite, Antoine. Ce n'était sûrement qu'une de nos jolies villageoises.

— Ne t'avise pas de les approcher ! lança Olivia.

Ce ton de jalousie possessive plaisait davantage à Antoine. Il se retourna, lui sourit. Une véritable tigresse ! Une rivale aurait tout à craindre de ses griffes qu'elle avait longues, acérées, soigneusement laquées de rouge sang.

— Je vais chercher Joseph, il s'occupera de vos bagages, déclara alors madame Reynal, jugeant qu'il était temps de laisser les jeunes gens un peu seuls. Olivia, tu montreras sa chambre à notre ami. Tu pourrais aussi lui faire faire la visite de la maison et des jardins en profitant du soleil.

— D'accord, répondit Olivia qui achevait nonchalamment son thé.

— Nous nous retrouverons au dîner. A tout à l'heure. Occupe-toi bien de notre invité, ma chérie.

Antoine se faisait-il des illusions ? Il trouva cette recommandation spécialement appuyée. En tout cas, elle fut suivie d'effets. Sa mère n'était pas plus tôt hors du salon qu'Olivia quittait sa chaise, le rejoignait devant le tableau, et posait ses mains sur lui, avec provocation, la bouche entrouverte, les paupières à demi closes. Il n'y résista pas et l'embrassa si passionnément qu'ils vacillèrent.

— Pas de doute, tu es bien rétabli, réussit-elle à chuchoter. Du calme, voyons !

Sans l'écouter, il continua ses caresses, essaya de reprendre ses lèvres qu'elle s'amusa quelques instants à offrir puis à refuser tour à tour, le mettant au supplice.

Brusquement, elle s'écarta de lui et se dirigea vers la porte.

— Il vaut mieux obéir au conseil de maman et visiter les jardins pendant qu'il fait encore beau, lança-t-elle l'air narquois. Viens !

— Olivia ! protesta-t-il.

Elle avait saisi un châle de laine et ses chaussures à hauts talons martelaient déjà résolument le dallage noir et blanc du hall. Résigné, il la suivit.

CHAPITRE 8

Par une porte arrière, ils sortirent sur une large terrasse de pierre grise, garnie d'une balustrade. Les douves bordaient également ce côté-ci, enjambées d'un petit pont qui menait au parterre. A part quelques primevères, les massifs étaient nus. Une allée rectiligne les traversait, s'en allait se perdre à la lisière d'un bois.

Olivia glissa son bras sous celui d'Antoine et l'entraîna suffisamment loin pour avoir assez de recul et, ainsi, mieux admirer la façade.

— Magnifique ! s'extasia Antoine.

Olivia eut son habituel sourire moqueur.

— Tu trouves ?

— Un équilibre parfait ! Une noblesse de bon aloi, chaleureuse ! Malgré tout, ce château reste une véritable maison.

— Où l'on gèle l'hiver ; où l'on étouffe l'été ; où l'on s'ennuie à chaque saison !

— Olivia, tu ne l'aimes donc pas ?

Elle eut une moue dédaigneuse et s'apprêtait à lui répondre quand un coup de feu éclata. Le bruit provenait du couvert des arbres.

— C'est encore un braconnier, expliqua Olivia sans se troubler. Joseph a beau patrouiller régulièrement, il y en a toujours un qui arrive à pénétrer chez nous. Il faut dire que le gibier pullule ici. A poils ou à plumes.

De loin, ils aperçurent un homme dans lequel Antoine reconnut Joseph, le fusil à l'épaule, qui se dirigeait dans les bois à grandes enjambées.

– Il doit être furieux, dit Olivia qui avait l'air de beaucoup s'amuser. Bon, laissons-le régler ce problème. Demi-tour ! Nous allons maintenant effectuer la visite des appartements. Mesdames, messieurs, si vous voulez bien suivre le guide.

Ils traversèrent deux ou trois salles pratiquement pas meublées, assez froides, comme pour donner raison à Olivia.

– Nous ne les utilisons jamais.

En découvrant de nombreuses taches claires aux murs, Antoine devina que des tableaux et du mobilier avaient disparu, certainement ôtés pour être revendus par des propriétaires en mal d'argent. Seule, la salle à manger où Andrée était occupée à disposer le couvert, était à peu près en état.

Revenant vers le hall, Olivia emprunta l'escalier pour conduire Antoine à sa chambre. Celle-ci donnait sur le jardin qu'ils venaient de quitter. Un lit monumental à baldaquin aux pentes défraîchies en occupait le centre. Les tentures des fenêtres avaient, elles aussi, perdu de leurs coloris mais elles étaient toutes d'une facture inestimable. Une petite garde-robe avait été transformée en cabinet de toilette. La valise d'Antoine y était déposée.

– Je parie que tu adores cette pièce, le taquina Olivia.

– Gagné ! Je sens que je vais faire des rêves délicieux dans ce lit. La jolie brune du portrait viendra peut-être m'y rejoindre.

Sa plaisanterie déplut à Olivia qui se raidit quand il chercha de nouveau à l'embrasser.

– Décris-moi la jeune femme que tu as vue en arrivant.

– Je te l'ai dit : elle ressemblait à la dame du tableau. Elle avait grande allure ; portait un long manteau noir, genre cape ou pèlerine, à l'ancienne.

– Complètement démodée, commenta Olivia. Tu n'es attiré que par des vieilleries.

– Te considères-tu comme une « vieillerie » ? fit Antoine en riant.

Elle haussa les épaules puis, soudain, changea de ton :

– A propos de vieilleries...

Douce, câline, elle se blottit dans ses bras :

– J'espère que tu n'as pas oublié d'apporter cette bague romaine que tu dois me montrer depuis si longtemps.

– Non, je l'ai ici. Tu la verras.

C'était son intention mais pour cela il voulait être sûr qu'ils ne seraient pas dérangés. Il imaginait un moment d'intimité un peu solennel, une atmosphère intense, recueillie.

– Ce n'est pas un bijou ordinaire, tu sais, murmura-t-il d'une voix fervente. Pourras-tu me retrouver ici, après dîner ?

– Et pourquoi donc ? ronronna-t-elle, très chatte, dosant ses caresses juste ce qu'il fallait pour lui faire perdre son sang-froid.

Oubliant ses projets romantiques, Antoine la renversa sur le lit et commença à déboutonner fébrilement son corsage. Elle le laissa faire quelques secondes puis lui glissa avec adresse entre les mains, sans écouter ses protestations.

– On a tort de se fier à ton physique de jeune homme bien sous tous rapports. Tu as un comportement de soudard ! lança-t-elle en remettant de l'ordre dans sa tenue.

– Tu ne penses pas ce que tu dis !

Soit elle était totalement irréfléchie, soit elle jouait la comédie à la perfection. Il faillit la traiter de vulgaire allumeuse mais choisit de se taire, froissé par sa réaction, sa mauvaise foi. Elle s'en rendit compte et chercha à se faire pardonner.

– Allons, ne fais pas cette tête. Tu avoueras que ce n'est pas vraiment le bon moment. Nous gâcherions tout en nous précipitant.

– Alors promets-moi de revenir cette nuit.

Olivia sourit, enjôleuse, et s'abstint de répondre.

– Je vais m'habiller pour le dîner. Rendez-vous en bas vers sept heures ? Tu descendras la bague. Maman a hâte de la voir, elle aussi, et d'entendre ton histoire. Nous serons tranquilles, rien que nous trois. Car j'ai oublié de te le dire : Amadeo... le comte Mani arrive demain. Je n'étais pas d'accord pour que maman l'invite, nous nous sommes même querellées à ce sujet. Bien, je te laisse te préparer.

Sans lui laisser le temps de réagir, sur un dernier baiser envoyé du bout de ses doigts, elle se coula derrière la porte et disparut.

Antoine n'eut pas trop de l'heure suivante pour recouvrer son calme.

Le comte Mani ! Pourquoi fallait-il que ce fichu Italien vînt tout gâcher ! Le fiancé d'Olivia ! Foutaises ! Quand allait-il admettre qu'elle n'était pas pour lui, qu'elle en aimait un autre ?

Excédé, il s'escrima sur la fenêtre dure à ouvrir puis se pencha pour respirer l'odeur qui montait des douves dans la fraîcheur du soir, ce léger flottement d'eau douce et de vase. L'ombre avait envahi les jardins ; l'air était traversé de courtes rafales humides. Antoine médita longuement avant de refermer les battants.

Voilà donc l'explication de la petite altercation qu'il avait surprise à son arrivée : Olivia n'appréciait pas la visite de Mani. C'était plutôt positif. Qui sait s'il n'aurait pas, grâce à ce contretemps, l'occasion de s'expliquer avec cet homme ? Quant à la bague...

Antoine soupira en pénétrant dans le cabinet de toilette. Tant pis pour la scène qu'il avait rêvée, Olivia et lui-même, seuls, enlacés dans l'obscurité, l'anneau magique les éblouissant de ses facettes ! Son manque de réalisme frisait souvent le ridicule. Au contact d'Olivia, il serait bien obligé de se corriger.

CHAPITRE 9

Un peu plus tard, il descendait l'escalier, détendu, rafraîchi, fleurant l'Eau Impériale de Guerlain dont il avait généreusement aspergé la pochette blanche qui ornait son smoking. Voyant la porte du salon entrebâillée, il s'y dirigea.

Madame Reynal, en longue robe de velours fuchsia, arrangeait des flûtes de cristal sur un guéridon, autour d'une bouteille de champagne. Antoine la complimenta sur sa toilette, elle lui renvoya la pareille ; ils échangèrent des amabilités et des traits d'esprit jusqu'à l'entrée d'Olivia, époustouflante dans un fourreau vert émeraude, couleur qu'elle savait assortie à ses yeux. Elle était d'excellente humeur et pressa Antoine d'ouvrir la bouteille.

Ils trinquèrent gaiement.

Dans la cheminée, où flambait haut et clair une grosse bûche, le feu offrait chaque détail d'un blason qui ornait le contrecœur. Antoine demanda s'il s'agissait des armoiries de la famille.

— Nous n'en possédons pas, répondit madame Reynal. Cette plaque a dû être récupérée quelque part ou découverte chez un antiquaire.

— Il m'arrive de chiner, confia Antoine. Pour mon travail, avec mes amis décorateurs, mais aussi par plaisir. Et vous ?

— Personnellement j'ai une indigestion de meubles de style et autres brocantes, dit Olivia.

— Ne parle pas comme ça ! se récria sa mère d'une voix cassante.

Antoine, qui n'avait jamais vu madame Reynal autrement que souriante et affable, nota ce changement de ton et, aussi, la docilité avec laquelle Olivia s'inclinait devant l'autorité maternelle. Heureusement, quelques gorgées de champagne radoucirent l'ambiance. Antoine en oubliait presque l'arrivée prochaine du comte Mani.

Se retrouver entre deux femmes spirituelles et de cette classe avait de quoi flatter agréablement tout mâle digne de ce nom. Trois femmes, aurait pu corriger Antoine. En effet, la dame du portrait, cette brune pulpeuse aux yeux noirs si troublants, avait l'air, d'une manière étrange et indéfinissable, de participer elle aussi à cette petite réunion élégante où chacun faisait assaut de séduction. Antoine, qui n'en était plus à un prodige près, n'aurait pas été étonné de la voir sortir de son cadre.

— Qui est-ce ? fit-il en levant son verre dans sa direction. L'une de vos ancêtres ?

Olivia lui avait dit que sa famille habitait ici depuis trois siècles. L'histoire du château devait fourmiller de personnages hauts en couleurs et d'anecdotes.

— Nous l'ignorons, lâcha madame Reynal comme si la question lui était indifférente. Et la peinture est anonyme.

— Elle occupe tout de même une place d'honneur dans cette pièce ! constata Antoine. A mon avis, vu son costume et sa coiffure, cette inconnue doit être la première châtelaine de Villevenard. Vous pourriez sans doute en retrouver la trace dans vos archives.

— Décidément, c'est une manie de toujours vouloir remuer la poussière du passé ! jeta Olivia avec hargne.

– Olivia !

Une fois encore, madame Reynal la rappelait à l'ordre puis, doucement, tournée vers Antoine, elle susurra :

– A propos, il paraît que vous avez une surprise pour nous.

– Une poussière du passé ? Une vieillerie ? ironisa-t-il, déçu, désorienté par l'attitude d'Olivia.

– Pour les bijoux, ce n'est pas pareil, rectifia celle-ci en usant de nouveau de son charme. Des pierres précieuses ne perdent jamais de leur attrait. Montre-nous enfin cette bague, Antoine.

– Sans elle, souligna-t-il, je n'aurais pas, ce soir, le bonheur d'être en votre compagnie.

Il prit dans sa poche intérieure l'écrin de velours bleu. Les deux femmes s'étaient rapprochées ; il sentait leurs parfums, leurs souffles chauds, plus précipités. Il perçut leur impatience, la fièvre qui, tout à coup, semblait s'emparer d'elles. Madame Reynal toujours maîtresse d'elle-même, Olivia, le plus souvent blasée, avaient l'air maintenant tendues, avides. Leur comportement aurait pu l'intriguer s'il n'avait pas été tout aussi excité.

Le geste légèrement tremblant, il souleva le couvercle et ce fut une fois de plus une myriade d'éclats rouge et bleu, la pureté lumineuse de l'or et, au creux de l'onyx d'un azur parfait, l'ombre mystérieuse du petit personnage antique.

Le silence qui planait au-dessus de l'écrin s'éternisa. Antoine observa la mère et la fille toujours plongées dans leur contemplation, pâles, comme pétrifiées. Là encore, il n'en fut pas surpris, sachant le pouvoir de métamorphose que possédait la bague d'Aulus.

– Mars ! C'est bien lui ! souffla madame Reynal.

— Vous êtes une connaisseuse. Il n'est pas facile d'identifier ce dieu au premier coup d'œil.

Elle ne releva pas sa remarque et fit mine de prendre la bague.

— Maman !

Cette fois-ci, c'était Olivia qui cherchait à ramener sa mère à plus de mesure. Ses prunelles n'avaient jamais été aussi vertes. Elles étincelaient autant que les pierres de l'anneau. Mais la dureté de son visage frappa Antoine. C'était pourtant à son doigt qu'il aurait voulu le glisser, bien qu'il fût trop large pour une main de femme.

Madame Reynal le prit de court. Ne pouvant contenir plus longtemps sa curiosité, elle s'en saisit, le porta à hauteur de son visage, et le fit miroiter sur toutes ses facettes.

— C'est extraordinaire ! lâcha-t-elle, visiblement transportée.

— Maman ! répéta Olivia.

— Laisse-la. Tu auras tout le loisir de l'admirer toi aussi, lui chuchota Antoine. Je suis heureux que ce bijou plaise autant à ta mère. Et quand je vous aurai raconté son histoire, tout ce qui m'a conduit jusqu'à toi...

— Cette histoire, je la connais déjà, tu me l'a serinée, coupa-t-elle impatiemment. Tu as cru me voir avec la bague quand tu as été évacué du front à moitié mort et que ton ambulance, en se trompant de route, au lieu d'aller aux Frênes, a échoué ici en pleine nuit. Je t'ai laissé un souvenir impérissable auquel tu as, sans raison, associé cette bague. Mais désolée de te le répéter : je ne l'ai jamais eue en ma possession !

— Je le sais bien, Olivia. Pourquoi t'énerves-tu comme ça ? fit-il à la fois surpris et peiné. Il n'empêche que lorsque, mettons le hasard, a placé cette bague sur ma route, je n'ai eu de cesse de te retrouver. Le regretterais-tu ?

Il oubliait la présence de madame Reynal ; il renonçait pour l'instant à dévoiler ses expériences paranormales, ses rencontres avec les premiers et lointains possesseurs de ce bijou. Il voulait d'abord éclaircir l'attitude déroutante d'Olivia. Qu'avait-il fait ou dit pour qu'elle manifestât une telle exaspération ?

– Olivia, chérie, réponds-moi !

– Oh, n'insiste pas, s'il te plaît !

Extasiée, perdue dans un rêve, madame Reynal soliloquait.

– C'est fabuleux ! Je vois les initiales ! A.M. Quelle beauté !

Puis son sourire s'éteignit :

– Vous vous querellez ! Olivia, qu'y a-t-il ? Tu n'as pas le droit de tourmenter un garçon aussi charmant ! Ne prêtez pas attention à ses sautes d'humeur, Antoine.

Elle avait passé la bague à son majeur gauche que le chaton recouvrait largement :

– Où l'avez-vous dénichée ? Est-ce un bien de famille ?

Succinctement, Antoine lui résuma sa visite à la salle des Ventes de l'hôtel Drouot, sa fascination devant l'écrin et l'aide providentielle de ses amis.

– En fait, cette bague ne vous appartient pas.

– Non ! C'est John Patten qui s'en est rendu acquéreur.

– Dommage pour vous ! Il est vrai que ce n'est pas un bijou portable. Plutôt un objet de collection. Votre ami va-t-il la conserver ?

– C'est peu probable. Et je n'ai pas les moyens de la lui acheter.

Après un bref instant de réflexion, madame Reynal s'adressa à sa fille qui buvait seule, à l'écart.

– Olivia ! Viens donc faire la paix avec notre invité.

C'était un ordre à peine déguisé auquel Olivia obéit de

mauvaise grâce. Sans rancune, Antoine lui tendit une main qu'elle finit par accepter, ondulant vers lui, comme une sirène dans sa robe moulante.

– Madame est servie ! annonça Andrée au même instant.

CHAPITRE 10

La table était joliment mise : nappe de dentelle, porcelaine fine, argenterie ancienne entretenue avec soin, candélabres diffusant une lumière qui, tout en laissant dans la pénombre les meubles de bois foncé et les rideaux lourds, faisait briller le cristal des verres et satinait le teint des deux femmes. Charmeuse, la maîtresse de maison pria Antoine de présider à sa place.

Pendant un moment, ils ne se préoccupèrent que de leurs assiettes, savourant la cuisine aussi raffinée que le laissait espérer le décor.

Et soudain, ce mot résonna différemment dans l'esprit d'Antoine. Depuis tout à l'heure, il n'était plus du tout aussi à l'aise. Était-ce dû à la réaction blessante d'Olivia ? Au fait de voir la bague toujours au doigt de madame Reynal ? Quelque chose altérait l'atmosphère. Le décor, justement. Il avait maintenant l'impression de se retrouver dans un cadre figé, un peu factice, un sorte de théâtre où chacun jouait un rôle, lui-même compris, sans qu'il sût toutefois lequel, pas plus qu'il ne devinait qui était le metteur en scène et le but de cette comédie. Pourtant, la douceur était revenue sur le visage d'Olivia et sa mère, très enjouée, racontait avec humour ses désastreuses expériences culinaires :

— Je crains, hélas, que ma fille ne soit pas plus douée que moi en cuisine.

— Les tâches domestiques m'ont toujours ennuyée, avoua Olivia.

C'était dit avec tant de contrition — sincère ou feinte — accompagnée d'une œillade si langoureuse, qu'Antoine oublia ses interrogations. Sous la table, il sentit le pied d'Olivia frôler sa cheville, remonter sur le mollet, réveillant son désir.

Mais madame Reynal se chargea de doucher ses ardeurs :

— Heureusement pour toi, ma chérie, tu auras de nombreux domestiques à ton service lorsque tu seras comtesse Mani. Au fait, vous savez, Antoine, que le comte arrive demain ?

— Oui, marmotta-t-il en repliant brusquement ses jambes pour les mettre à l'abri sous sa chaise.

Il était furieux. Malgré ses promesses, Olivia n'avait donc pas annoncé qu'elle refusait d'épouser l'Italien. A moins que personne n'ait tenu compte de son avis ? Antoine était complètement dérouté : voilà une femme qui le recevait en intime et qui semblait encourager sa relation avec sa fille. Loin d'être sotte, elle ne devait pourtant pas ignorer les sentiments qu'il éprouvait pour Olivia et qu'il ne cherchait d'ailleurs pas à dissimuler.

— Vous pourrez ainsi faire davantage connaissance avec Amadeo, reprit-elle. Vous vous découvrirez sûrement des points communs.

Ma parole, elle se moquait de lui ! Tout en s'efforçant de garder son calme, Antoine choisit d'en avoir le cœur net :

— Lui et moi en avons déjà un : nous désirons tous deux épouser Olivia.

— Antoine ! protesta cette dernière. Tu deviens fou !

Il ignora son interruption :

– Pardonnez-moi, chère madame, si je manque à tous les usages en vous demandant aussi abruptement la main de votre fille. Mais il est temps, je crois, que les choses soient claires. J'espérais qu'Olivia vous aurait confié nos projets. Olivia, l'as-tu fait ?

La jeune femme regarda sa mère, le regarda :

– Non ! répondit-elle froidement.

– Et pourquoi ?

Devant son mutisme boudeur, il se tourna vers madame Reynal qui l'écoutait sans broncher :

– Madame, je sais ce qu'une union avec un homme riche représente pour vous deux. Pour ma part, je n'ai malheureusement aucun bien personnel. Mais qu'importe ! Nous trouverons une solution. Il n'est pas nécessaire de posséder une fortune pour être heureux. Vous devez enlever ses illusions au comte Mani car je ne peux accepter qu'Olivia se sacrifie, je l'aime ! Je suis sûr que vous l'avez déjà compris. Elle m'aime également. Chérie, dis-le enfin à ta mère !

La mèche en bataille, le regard d'un bleu pur, la voix chaleureuse, emporté par un élan amoureux, Antoine plaidait sa cause et quêtait avidement une réponse favorable, une parole d'espoir qui tardait à venir d'un côté comme de l'autre. Enfin madame Reynal se décida :

– Vous êtes décidément un jeune homme séduisant. Qu'Olivia ait un penchant pour vous, je le conçois très bien. Cependant, si quelqu'un se fait des illusions, ce n'est pas le comte, c'est vous, mon cher ! Je le regrette, ma fille ne peut vous épouser. On ne vit pas d'amour et d'eau fraîche.

– Il s'agit du bonheur de votre fille unique !

– Précisément.

– Olivia, parle ! Tu ne peux pas te laisser manipuler de la sorte !

– Je t'avais prévenu, Antoine, Tu es trop impulsif.

– Je ne manipule pas Olivia, rétorqua madame Reynal. C'est une adulte qui a le sens des réalités, contrairement à vous.

La tension était à son comble autour de la table. Andrée déposa un soufflé glacé dans un silence qui ne l'était pas moins.

– Le sentiment face à l'argent, c'est cela ? ricana Antoine avec amertume.

Mais soudain le sourire réapparut simultanément sur les lèvres des deux femmes qui posèrent chacune une main sur ses bras :

– Nous n'allons pas gâcher la fin du dîner par de petites querelles, dit madame Reynal. Vous avez eu raison de parler avec franchise mais le sujet est clos maintenant. Vous êtes notre ami et le resterez quoi qu'il advienne. Je vous estime trop, vous m'êtes trop sympathique pour que je me fâche avec vous.

– Antoine... murmura Olivia, comme une prière.

Ou comme une promesse ? Il était difficile de déchiffrer sa conduite ambiguë. Une mise au point s'imposait qu'il espérait bien avoir avec elle après le dîner. Antoine du même coup pensa qu'une explication d'homme à homme était également nécessaire. Demain, il parlerait au comte Mani.

De petites querelles ! Madame Reynal avait une façon déconcertante de balayer sa demande en mariage et leur divergence d'idées. En attendant, il accepta la trêve qu'elle lui proposait et la portion du soufflé qu'elle lui servait avec empressement.

Il nota que la bague d'Aulus, lourde à sa main, paraissait éteinte, l'or, les pierres ternies.

– Reprenez-la, fit-elle en la retirant.

Sans mot dire, il la remit dans son écrin.

– Un cognac ? Une liqueur ? relança-t-elle ensuite.

Seule, Olivia accepta. Depuis le début de la soirée, elle avait déjà pas mal bu et Antoine avait bien envie de la freiner. Toutefois, il garda ses reproches pour plus tard. Inutile de s'attirer encore les foudres de sa mère qui n'avait pas l'air de condamner ces excès. En un sens, ils étaient excusables. Olivia souffrait et cherchait dans l'alcool à oublier une situation qui la liait pieds et poings à un homme dont elle ne voulait pas. Il ne fallait pas chercher d'autres raisons à son comportement instable. Aurait-elle le courage de refuser le comte Mani ? De s'opposer à la volonté maternelle ?

Antoine se leva de table :

– Vous préférez certainement discuter entre vous. Madame, bonsoir, fit-il en s'inclinant. Olivia, peut-être nous reverrons-nous tout à l'heure ?

– Si je n'ai pas trop sommeil.

– Ne vous bercez pas de faux espoirs mon cher, lui conseilla aimablement madame Reynal. Vous ne réussirez pas à rompre les fiançailles de ma fille. Bonne nuit quand même !

CHAPITRE 11

Antoine se défit de sa cravate, alluma une cigarette et, s'allongeant tout habillé sur le lit, se mit à suivre, au travers des fenêtres dont il avait écarté les rideaux, le mouvement des nuages voilant et dévoilant la lune. En fait, son esprit passait en revue dans les moindres détails le déroulement de ces dernières heures.

Le plaisir éprouvé en arrivant, l'impression apaisante d'être chez soi s'étaient évanouis. Le château en lui-même n'y était pour rien. Bien qu'il lui en coûtât, Antoine était obligé d'admettre qu'Olivia et sa mère en étaient responsables, l'une par ses dérobades et son antipathie flagrante pour cette vieille demeure ; l'autre par le caractère inflexible qui se cachait sous ses agréables façons.

« Une enjôleuse », avait déclaré Georges Rulaines, charmante quand elle s'en donnait la peine, quand on ne s'avisait pas de contrecarrer ses plans. Qui sait, se demanda-t-il un instant, si Valérie Reynal n'avait pas été responsable de sa rupture avec sa sœur Rosine ?

Il souffla une volute de fumée qui serpenta dans la pénombre. Avait-il vraiment le droit d'accabler une femme ruinée, seule, privée d'appui, mais fière, attachée à son patrimoine ? Une femme soucieuse de l'avenir de sa fille ?

Comme la plupart des mères, elle souhaitait ce qu'il y avait de mieux pour la sienne. Antoine pouvait-il objectivement blâmer madame Reynal de s'en remettre au comte Mani pour assurer la sécurité matérielle d'Olivia tout en lui offrant de surcroît un titre authentique de noblesse ?

Ses pensées se reportèrent sur la jeune fille. La question était de savoir ce qu'elle-même en pensait, si elle n'était qu'une marionnette docile entre les mains de sa mère.

Antoine écrasa sa cigarette dans un cendrier, replia les bras derrière la tête. Viendrait-elle cette nuit ?

Un long moment s'écoula. Lorsqu'il rouvrit les yeux en sursautant, la lune avait disparu ; la chambre était plongée dans un noir complet. A tâtons, il chercha l'interrupteur de la lampe pour constater à sa montre qu'il n'était pas loin de minuit. Il avait dû dormir et s'en voulut. Peut-être Olivia, n'osant le déranger, était-elle repartie sans manifester sa présence ?

Impossible ! Il l'aurait entendue, devinée ! Autre chose l'avait réveillé, un bruit de moteur, le claquement d'une portière.

Antoine se redressa, prêta l'oreille. N'était-ce pas la porte d'entrée qui s'ouvrait ? Il crut percevoir des voix, des pas dans l'escalier, puis à l'étage. En prenant garde de ne pas faire craquer les lames du parquet, il traversa la pièce et entrebâilla avec précaution le battant pour jeter un coup d'œil à l'extérieur. Une petite applique dispensait du palier, jusqu'au bout du corridor, une lumière assez faible. Antoine distingua cependant des silhouettes, celles d'un homme et d'une femme, celle-ci précédant celui-là, qui pénétrèrent dans une chambre située à l'opposé de la sienne. Ni l'un l'autre ne firent attention à lui. Il referma sa porte, le cœur battant furieusement. Bien qu'il ne l'eût rencontré qu'une seule fois, il avait reconnu sans hésitation possible le comte

Mani. De la femme, il n'avait aperçu que la nuque, une épaule, Mani la serrait de très près. Mais il avait remarqué son abandon complice et surpris son léger rire vite étouffé ; ce ne pouvait être qu'Olivia !

Submergé par une vague de colère et de jalousie, Antoine donna un coup de poing contre le mur qui résonna dans la maison silencieuse.

– Ça ne peut pas se passer comme ça ! gronda-t-il.

Il lutta quelques instants contre l'envie d'aller boxer Mani. Un scandale n'arrangerait rien, c'était évident. Pourtant sa hargne étant la plus forte, il finit par se décider, rouvrit la porte... pour se heurter à Olivia, qui, au même moment, s'apprêtait à frapper chez lui.

– Antoine ! Où vas-tu ? C'est toi qui as fait ce bruit ?

Calme et naturelle, elle se faufila dans la chambre, vêtue d'un seul déshabillé de soie rouge vif, très suggestif, généreusement ouvert sur ses seins nus et qui dévoila ses longues jambes lorsqu'elle s'assit avec nonchalance au bord du lit.

– C'est en l'honneur de Mani, cette tenue ? grinça Antoine.

Elle ouvrit de grands yeux :

– Que veux-tu dire ?

– Tu le sais très bien ! Je te croyais auprès de ton bellâtre. Il n'a donc pas apprécié ton déshabillé ?

– Tu parles d'Amadeo ? Il n'arrive pas avant demain.

– Inutile de jouer la comédie. Je vous ai vus.

– Mais quand ?

– Là, il y a deux minutes.

– Tu as rêvé !

– C'est ça !

Antoine la saisit aux épaules, sonda ses prunelles vertes, espérant la troubler, lui faire avouer ses mensonges.

– Tu te moques de moi, Olivia. Mani est ici. J'ai entendu

sa voiture ; je vous ai entendus parler, rire. Je l'ai vu collé à toi au bout du couloir.

— Collé à moi !

— Puisque je l'ai vu !

Olivia agita un pied chaussé d'une mule rouge :

— Bon ! D'accord. Puisque tu y tiens. C'est possible après tout. Amadeo a modifié son programme à l'improviste, il en a l'habitude. Seulement ce n'était pas moi qui étais avec lui.

— Alors peux-tu me dire qui c'était ?

Elle le regarda comme s'il n'avait pas toute sa tête :

— Mais c'était Maman ! Qui d'autre veux-tu ?

Olivia bâilla et s'allongea à la place où était Antoine un peu plus tôt. Il se sentit stupide tout à coup. Qui d'autre, bien sûr, que Valérie Reynal ? Il se remémora la vision furtive qui avait provoqué sa violente réaction. Il avait donc mal interprété l'attitude du couple, l'intimité qui, en apparence, s'en dégageait. Olivia et sa mère étaient toutes deux minces et élancées. Dans la pénombre, il était facile de les confondre. Puis un souvenir plus ancien s'imposa brusquement. Il se rappelait la soirée du Nouvel An, dans le somptueux hôtel que le comte Mani possédait à Paris sur le Champ de Mars. Madame Reynal y avait rempli à la perfection le rôle de maîtresse de maison et Antoine avait admiré son ardeur triomphante quand elle avait valsé avec l'Italien.

La voix d'Olivia l'arracha aux questions que soulevaient ces images :

— Oublie donc Amadeo. Quelle importance puisque je suis là. C'est bien ce que tu souhaitais, non ?

Il s'assit auprès d'elle, contempla sans faire un geste son corps désirable sous son voile écarlate, enfin à sa portée ! Combien de fois avait-il rêvé de cet instant ? Des nuits par dizaines ! Que lui arrivait-il alors ? Que signifiait sa soudaine retenue ?

Un pli moqueur se dessina sur les lèvres d'Olivia :

– Peut-être est-il trop tard ? Le marchand de sable serait donc passé pour le pauvre Antoine ?

Cette ironie, ce mépris le piquèrent au vif. Brusquement, il écarta le peignoir, déchira l'étoffe fragile, découvrit les seins aux bouts ambrés, la taille fine, le ventre plat et son abondante toison noire, tout un corps nerveux, dont sans autres préliminaires il s'empara.

Ensuite, sa rancœur dissipée, il eut un peu honte de lui-même. Bien qu'assouvis, ses sens n'étaient pas totalement comblés. Que manquait-il ? Olivia, de son côté, paraissait satisfaite après avoir fait preuve d'une certaine science amoureuse. Antoine se demanda si c'était dans les bras de Mani qu'elle avait fait son apprentissage. Jaloux, il l'était évidemment, bien qu'il ne fût pas trop surpris. Olivia n'avait jamais prétendu être une pure jeune fille et d'ailleurs de nos jours toutes ces notions ne valaient plus grand-chose. Pourtant, Antoine était déçu, il aurait aimé tout effacer, repartir avec elle sur des bases différentes.

– Où vas-tu ? demanda-t-il en la voyant se relever.

– Je retourne dans ma chambre. C'est plus prudent. Maman et Amadeo ne doivent pas soupçonner que...

– Reste ! fit-il en l'attirant de nouveau.

Il la reprit avec une sorte de violence désespérée, cherchant à tout prix à atteindre le cercle magique tant désiré. Sans protester, Olivia se pliait à ses exigences, usait de son corps comme d'un parfait instrument.

– Pas mal pour un romantique ! murmura-t-elle lorsqu'il relâcha son étreinte.

Il apprécia le commentaire d'un sourire teinté d'un brin d'amertume :

— Dès demain, tu annonceras à Mani et à ta mère que tu romps tes fiançailles. Je m'en expliquerai auprès d'eux, cela va de soi.

— Antoine, ne t'emballe pas !

— Je tiens à ce que la situation soit clarifiée, c'est tout. Et toi aussi, je présume. Tu dois mettre un terme à un engagement qui n'a plus aucun sens.

— Pourquoi donc es-tu aussi sectaire ? soupira-t-elle.

— Sectaire, moi ? Quel est le rapport...

— Tu choisis, tu tranches, tu n'admets pas que l'on puisse partager.

— Parce que tu voudrais que je continue à te partager avec Mani ? s'indigna Antoine.

— En quelque sorte, oui. Cela n'aurait aucune conséquence pour toi puisque je ne l'aime pas.

Appuyé sur un coude, il la dévisagea n'en croyant pas ses oreilles. Elle semblait parler sérieusement, sans l'ombre d'une gêne, tout en tâtonnant à la recherche de son déshabillé.

— Olivia, je n'ose comprendre. Me suggères-tu que tu serais prête à épouser cet homme après ce qui vient de se passer entre nous ?

Elle soupira tout en enfilant ses manches.

— Et pourquoi pas ? rétorqua-t-elle.

Plus doucement, elle ajouta essayant de le convaincre comme s'il s'agissait d'un simple arrangement :

— Tout le monde y trouverait son compte. Tu sais combien maman tient à ce mariage, combien c'est vital pour nous. Cela ne m'empêcherait nullement de te rencontrer. Amadeo respectera ma liberté, j'en suis sûre.

— Et tu crois que j'accepterai un tel marché ? Mais c'est du délire !

Olivia adopta la mine navrée d'une personne raisonnable

qui cherche à tout prix à convaincre un entêté. D'un geste tendre, elle lui caressa la joue avant de se glisser hors du lit.

– Réfléchis... Sans dramatiser.

– Tu es... tu es immorale, souffla-t-il, trop stupéfait pour rassembler d'autres arguments.

Ce fut au tour d'Olivia de sourire avant de le quitter. Cette fois-ci, il n'essaya pas de la retenir.

Furieux et désemparé, il jeta un oreiller sur la porte qui s'était refermée sans bruit.

Olivia avait tout gâché !

Près de lui, sous la lampe, était posée la bague d'Aulus dans son écrin ouvert. De même qu'au cours du dîner, alors qu'elles étaient au doigt de madame Reynal, les pierres, curieusement ternes, avaient perdu toute couleur. Ainsi, ce n'était plus qu'un bijou ordinaire, une babiole de pacotille. Subitement la colère d'Antoine retomba laissant place au désarroi, à une infinie tristesse.

CHAPITRE 12

Il dormit à peine mais assez pour plonger dans des rêves tourmentés, des eaux profondes d'un vert trompeur comme les yeux d'Olivia. Au réveil, il voulut se persuader qu'il avait mal interprété les propos de la jeune femme. Elle avait certainement cherché à le provoquer, à le mettre à l'épreuve. Pas sentimentale pour deux sous, elle cultivait volontiers le cynisme et la dérision. Dès le début de leur relation, il avait constaté ces traits de caractère. Pourquoi donc s'étonner, alors ? Pourquoi, selon ses termes, « dramatiser » aussi vite ? Une franche mise au point et tout s'éclaircirait. Il n'empêche... Cette nuit, qui aurait dû être merveilleuse, par la faute d'Olivia s'avérait décevante.

En pénétrant dans la salle à manger, il eut la désagréable surprise de trouver madame Reynal et le comte Mani déjà attablés devant le café et les toasts qu'Andrée venait d'apporter tout brûlants. Il les salua plutôt sèchement. En retour, ils lui envoyèrent un très cordial bonjour.

Rasé de frais, répandant l'odeur d'une eau de toilette agressive, le foulard de soie noué autour du cou assorti à sa veste d'intérieur jaune vif avec revers de satin noir, l'Italien, dans son élégance tapageuse, flamboyait, très maître de maison. A ses côtés, Valérie Reynal, en kimono rebrodé

79

d'oiseaux exotiques, affichait un visage un peu tiré, sous un nuage de poudre, mais cependant si radieux que les soupçons d'Antoine en furent raffermis. Entre ces deux-là existaient d'autres rapports que ceux normalement entretenus par une future belle-mère et le fiancé de sa fille.

Sidéré, il se servit une tasse de café, avala quelques gorgées du breuvage corsé qui le revigorèrent, le poussant à l'attaque.

– Ne deviez-vous pas arriver aujourd'hui ? demanda-t-il au comte tandis que madame Reynal, paraissant avoir oublié leur différend de la veille, déplaçait obligeamment à sa portée les toasts, le beurre et un confiturier de mirabelles.

– Faites maison, précisa-t-elle, tout aimable. Vous allez adorer.

Insensible à son offensive de charme, Antoine la remercia d'un simple signe de tête.

– En effet, admit l'Italien. Mais le dîner auquel je devais assister hier soir a été annulé. J'ai donc décidé en dernière minute de prendre la route, afin de profiter plus longuement de Villevenard. Vous devez partager mon avis : c'est un lieu extraordinaire, n'est-ce pas ?

– Olivia sait-elle que vous êtes ici ? enchaîna Antoine sans lui répondre.

– Pas encore. Je suis arrivé trop tard, elle dormait déjà. Elle en aura la surprise tout à l'heure.

Olivia n'avait pas menti. Elle ignorait la venue de Mani. Par conséquent, c'était bel et bien madame Reynal qui avait ouvert la porte à ce dernier. Si ce que pensait Antoine de leur relation s'avérait exact, quel choc lorsque la jeune femme l'apprendrait ! Quel chagrin pour elle, quelle humiliation !

Outré, Antoine étala vigoureusement de la confiture de mirabelles sur un toast et poursuivit son interrogatoire :

– Il n'y avait donc personne pour vous accueillir ? Pas même vous, madame ?

– Oh, je dormais aussi, affirma avec aplomb la mère d'Olivia. Mais vous savez, Amadeo a ici ses habitudes ; il est pour ainsi dire chez lui.

– Pourtant, madame, j'aurais juré vous avoir entendue, vers minuit, peu après l'arrivée d'une voiture.

– Vous vous êtes trompé, mon cher.

– Tout comme je suis certain de vous avoir reconnue dans le couloir en compagnie du comte.

– Monsieur Maunier, où voulez-vous en venir ? lança madame Reynal d'une voix soudain dépourvue d'aménité.

– Oui, qu'est-ce qui vous tracasse ? renchérit Mani. J'ai garé mon auto près de la vôtre, poussé la grille et ouvert la porte tout seul, avec la clé que mes chères amies ont eu la gentillesse de me donner. Si je vous ai réveillé, je m'en excuse.

– Il ne s'agit pas de cela, dit Antoine maintenant convaincu de leur duplicité. Je m'étonne simplement que vous fassiez tant de mystère. Il est naturel, madame, que vous soyez encore debout pour recevoir un invité malgré l'heure tardive.

– Je vous répète, martela madame Reynal, que chez nous le comte Mani n'est pas considéré en tant qu'invité.

– C'est bien ce que j'ai compris, rétorqua Antoine avec un brin d'insolence.

Il mordit dans son toast sans s'émouvoir du coup d'œil qu'ils échangèrent. Au moins Valérie Reynal ne lui avait pas menti sur un point : la confiture était délicieuse.

Quel jeu menait donc cette femme ? Était-elle réellement la maîtresse de Mani ? Celui-ci pouvait-il trahir si bassement sa fiancée, cette créature éclatante de jeunesse ? Olivia était la séduction même !

Une séduction héritée de sa mère ! Dans sa maturité, malgré les griffures de la cinquantaine, madame Reynal conservait sa beauté ; une expérience évidente des choses de l'amour, loin de la faner, la rehaussait indéniablement. Elle avait dû séduire Mani sans peine. D'ailleurs, ne se connaissaient-ils pas depuis longtemps ? De vieux amis, selon Olivia. S'ils étaient davantage que ça, pourquoi ne s'étaient-ils donc pas mariés ? Leur différence d'âge n'était pas si grande, en tout cas, moins que celle qui séparait Olivia de l'Italien.

Pour l'instant, Antoine renonça à élucider le mystère. Néanmoins, il tenait à profiter de son avantage. Après avoir achevé son café, il déclara :

— Comte Mani, nous avons eu une discussion, madame Reynal et moi, au sujet de vos projets de mariage. Sans doute vous a-t-elle déjà informé. J'aime Olivia et j'ai toutes les raisons de penser qu'elle partage mes sentiments.

— Quel entêté ! ragea Valérie Reynal.

— Vous me semblez bien sûr de vous, susurra Mani.

Devant son expression amusée, Antoine se souvint des réticences et de la réaction déconcertante d'Olivia. Toutefois, cela ne l'empêcha pas de certifier qu'effectivement, il était tout à fait sûr :

— Olivia vous le confirmera elle-même : c'est moi qu'elle épousera.

— Impossible ! Ma fille sait trop bien ce qu'elle a à faire.

— Serait-ce donc si catastrophique pour vous, madame ? lui lança Antoine. J'aurais cru, au contraire, que le refus d'Olivia de se lier au comte vous laisserait le champ libre.

— Figurez-vous que j'ai déjà toute liberté, toutes « les libertés » ! Vous ignorez de quoi vous parlez ! ironisa Valérie Reynal sans même donner le change.

Tournée vers Mani, elle eut l'air de l'appeler à l'aide : Amadeo, dis quelque chose !

– Eh quoi, cara mia ? soupira l'Italien dont l'accent chantant soulignait la désinvolture. Ce jeune homme se mêle de ce qui ne le regarde pas. Il cultive un penchant pour la querelle. Nous n'entrerons pas dans son jeu, voilà tout. Il n'y a rien d'étonnant au fait qu'il soit amoureux de la petite Olivia. Dès qu'elle sera levée, elle dissipera d'un mot ses illusions.

– Ce ne sont pas des illusions ! protesta Antoine médusé et en même temps furieux d'être traité de la sorte par l'étrange couple.

– Ma fille ne commettra jamais l'erreur fatale de vous épouser. Elle n'est pas stupide et connaît son devoir.

Antoine fixa madame Reynal :

– Quel genre de mère êtes-vous donc ? Dès le début, vous avez deviné mes sentiments pour Olivia et cependant vous n'avez rien fait pour me décourager, bien au contraire.

– Elle a le droit d'avoir des amis et j'ai eu de la sympathie pour vous. Ne m'obligez pas aujourd'hui à le regretter.

A sa façon cinglante de cracher les mots, il était évident que c'était déjà fait et qu'elle vouait Antoine au diable.

– Allons, jeune homme, ajouta Mani. Il faut être lucide et se montrer beau joueur.

Comprenant que la discussion s'envenimerait en ne menant nulle part, Antoine jugea que le mieux était de se retirer. Seul, il ne réussirait jamais à les convaincre.

CHAPITRE 13

Il remonta au premier étage, chercha fiévreusement la chambre d'Olivia en frappant à plusieurs portes et finit par apercevoir la jeune femme encore couchée dans une pièce en désordre où flottait son parfum capiteux, presque palpable. Antoine enjamba des vêtements, des chaussures éparpillées, le déshabillé de soie rouge, roulé en boule comme un vieux chiffon :

– Olivia... Désolé de te réveiller...

Elle grogna en le voyant :

– Quelle heure est-il ?

– Bientôt neuf heures, fit-il en se penchant au-dessus d'elle.

Sa frange lui retombait sur les yeux ; sans fard, elle était très pâle, d'autant plus qu'elle portait un curieux pyjama noir.

– C'est trop tôt ! grogna-t-elle.

– Pardonne-moi, chérie. Je viens de m'expliquer avec ta mère, Mani était présent ; ça a plus ou moins dégénéré ; ils refusent de m'entendre.

– Quoi ?

D'un bond, elle se retrouva assise au milieu de son lit, tout à fait réveillée :

– Qu'est-ce que tu es allé leur raconter ? Je t'avais dit d'attendre et de te taire !

Il s'était préparé à ce qu'elle soit mécontente mais pas à ce qu'elle se transforme en une telle furie. Blessé, il chercha à se défendre :

— Oui, mais c'est impossible. Lorsque tu sauras...

Antoine s'interrompit, hésitant à l'éclairer sur les liens ambigus qu'il avait découverts entre sa mère et l'Italien. L'affaire était trop délicate pour lui être annoncée de but en blanc.

— Écoute, chérie. Il faut en finir avec cette mascarade.

— Quelle mascarade ?

— Nous devons ensemble, toi et moi, annoncer nos projets. Puis nous partirons d'ici. A moins que ce ne soit Mani qui accepte de s'en aller, ce qui me surprendrait, et je refuse de me retrouver sous le même toit que cet individu.

— Ma parole, tu divagues ! Nous ne pouvons pas avoir de projets communs. Du moins, pas dans l'immédiat.

— M'aimes-tu ? lança-t-il alors d'une voix dure.

— Cela n'a rien à voir...

— M'aimes-tu ? Réponds !

— Bien sûr mais...

— Nous avons fait l'amour, Olivia. Cela a-t-il signifié quelque chose pour toi ?

— Bien sûr, répéta-t-elle. C'était très agréable...

— Agréable ! ricana-t-il. Alors dans ce cas, et si tu m'aimes, tu me suivras...

— Mais maman...

— Ta mère s'en remettra vite, crois-moi. Elle aura les bras de Mani pour se consoler.

Voilà, c'était lâché ! A Olivia maintenant de comprendre et d'accepter la réalité.

Elle le fixa un moment avant de réagir :

— Te rends-tu compte de ce que tu insinues, Antoine ?

— Hélas, oui ! Je suis sincèrement navré. Je préférerais, ô

combien, me tromper, mais il n'y a guère de place au doute. D'ailleurs tous deux n'ont pas vraiment cherché à me donner le change. Chérie, j'aurais voulu que tu ignores tout. Ta mère et Mani... J'imagine ce que tu peux ressentir.

Elle continuait à l'observer d'un drôle d'air, immobile et muette :

– Écoute, Olivia. Pour l'instant, je te laisse te préparer. Moi de mon côté, je vais rassembler mes affaires. Ma valise sera vite bouclée. Si tu te sens trop mal à l'aise pour affronter ta mère et le comte, je le comprendrai. Peut-être préfères-tu quitter la maison sans les voir ?

Olivia fit non de la tête. Il la trouvait bizarre. Cette révélation, sans doute. Il aurait dû la ménager, ne pas lui assener brutalement une histoire sordide. Embarrassé, il lui prit la main, la baisa.

– Ne t'inquiète pas, finit-elle par lui dire avec un sourire assez surprenant. J'irai leur parler. Pendant ce temps, prépare ta valise, fais un tour dans le jardin si tu en as envie.

– Tu ne vas pas le faire toute seule !

– C'est préférable, je t'assure.

– Pourtant...

– Si ! Je les connais mieux que toi.

– La preuve, ils te trompent sans vergogne !

– Antoine ! Laisse-moi faire. Ça ne prendra pas long-temps. Tu m'attendras dans le vestibule, disons dans une heure.

A contrecœur, il capitula, la quitta sur un dernier baiser. Il n'avait pas plutôt fait deux pas dans le corridor, que brusquement il entendit son rire. Sonore, éclatant, stupé-fiant, un rire qui le figea sur place. Puis s'éteignit.

Antoine guetta d'autres bruits éventuels avant de regagner sa propre chambre. Il était complètement dérouté.

CHAPITRE 14

Dix minutes plus tard, son pardessus jeté sur les épaules, il déposait sa valise en bas, dans le hall. En passant près de la salle à manger, il constata que madame Reynal et Mani s'y trouvaient toujours. Olivia n'était pas encore descendue.

L'idée qu'il ne puisse faire front commun avec elle face à deux adversaires aussi retors lui déplaisait fortement, mais par expérience il savait que mieux valait ne pas s'opposer aux décisions de l'étrange jeune femme.

A mesure qu'il réfléchissait, il trouvait sa conduite de plus en plus incohérente. Et ce rire ? Que signifiait-il ?

A travers la porte, Antoine saisit au vol quelques phrases qu'il écouta sans vergogne.

— Reprends du café, proposait Valérie Reynal.

L'Italien dut manquer d'enthousiasme pour accepter l'offre car la mère d'Olivia remarqua d'un ton conciliant :

— Je sais. Le café, ici, est moins bon que celui que tu bois à Rome. Patience ! Tu te rattraperas bientôt.

— Depuis si longtemps que nous attendons ! Et ce petit imbécile qui prétend se mettre en travers de notre route !

— Bah ! Il sera vite hors circuit.

— Jusqu'à quel point pouvons-nous faire confiance à Olivia ? demanda Mani après un court silence.

– Voyons, Amadeo ! Elle est « ma » fille !

Sous-entendu, elle lui obéirait au doigt et à l'œil, fulmina Antoine bien résolu à leur prouver que le « petit imbécile » n'avait pas encore dit son dernier mot.

Derrière lui, il entendit Andrée qui remontait des cuisines situées au sous-sol. Peu désireux d'être surpris par la domestique en train d'écouter aux portes et supposant qu'Olivia ne tarderait pas à se montrer à son tour, il s'éloigna rapidement et sortit sur la terrasse.

Frais, tout frémissant, le jardin était d'une limpidité de cristal à peine troublée par les ébats des oiseaux. Marchant à bonne allure, Antoine respira pleinement comme pour se débarrasser de miasmes délétères. Au propre et au figuré, l'air que l'on respirait à l'intérieur du château était devenu étouffant : parfums trop lourds, rapports malsains, mensonges et trahisons.

Ainsi qu'il l'avait fait la veille avec Olivia, il contempla à une certaine distance le bel édifice dont les briques un peu fanées, çà et là, se coloraient de rose tendre sous le soleil matinal. Antoine se demanda s'il avait un jour abrité des gens heureux et sans histoires. Quel dommage ! En admettant – et il voulait encore l'espérer ! – qu'Olivia fasse fi de l'autorité de sa mère, il comprit avec tristesse que cette maison ne serait jamais « leur » maison, leur foyer, leur nid. Quand bien même ils auraient les moyens de l'entretenir. Olivia n'avait pas caché son désintérêt, voire son dédain pour Villevenard.

Était-elle enfin descendue de sa chambre ? Il regarda sa montre : il avait quitté la jeune femme seulement vingt minutes plus tôt. Il décida de lui accorder encore le même laps de temps. Ensuite, tant pis, il interviendrait.

Face à l'est, les fenêtres à petits carreaux étincelaient comme autant de miroirs. Éprouvant la désagréable certitude d'être observé de la salle à manger, Antoine pénétra vivement dans le sous-bois en proie à une grande tension nerveuse.

Un tracé mince et terreux serpentait sur l'épaisse couche d'humus qui commençait à peine à hérisser d'embryons verts, de tiges frêles. Les branches encore nues, mais denses, filtraient le soleil avec parcimonie et entretenaient une pénombre humide. Antoine referma son manteau, parcourut quelques mètres.

Il y eut tout à coup une sorte de courant d'air, subit, un froissement de feuilles et sur sa droite il crut distinguer, surgie de nulle part, une silhouette qui se faufilait entre les arbres, grande et souple dans une longue cape. Ses cheveux noirs libérés sur les épaules étaient extraordinairement brillants, son profil royal. Elle cheminait parallèlement au sentier qu'il suivait lui-même, indifférente à sa présence.

Puis tout se précipita. Antoine eut soudain l'impression qu'une autre personne se trouvait dans les parages ; il entendit un pas plus lourd derrière lui et se retourna. Mais au même instant, il s'aperçut que l'apparition changeait de direction et se mettait à courir droit sur lui. A voler plutôt, tant ses mouvements étaient aériens. Elle fonçait comme si elle ne le voyait pas en donnant l'impression d'effleurer le sol. Maintenant, il découvrait nettement ses traits, ses yeux noirs, sa bouche fruitée. Arrivée à sa hauteur, elle étendit un bras et il fit un écart pour la laisser passer.

Ce fut à ce moment que retentit un coup de feu.

La balle siffla si près d'Antoine qu'il perdit l'équilibre. Sa tête heurta une souche d'arbre. Il mit un instant à reprendre ses esprits. Lorsqu'il fut capable de se relever, un calme absolu régnait de nouveau. Là-bas, en lisière du parc, il apercevait le jardin dans une trouée de lumière. Le mystérieux tireur avait disparu. La femme également.

– La dame du portrait, pensa-t-il.

Elle lui avait sauvé la vie !

CHAPITRE 15

Cependant la certitude qu'il serait mort ou du moins grièvement blessé sans son intervention n'était pas ce qui l'inquiétait le plus mais bien l'inconnue elle-même. Il était difficile de ne pas croire à sa réalité : il l'avait vue, et de très près ; il avait même pu distinguer le petit grain de beauté qui piquetait le coin de ses lèvres ; il avait senti aussi le souffle léger qu'elle avait déplacé en courant. Et pourtant son allure était celle d'un elfe, son apparence immatérielle. Alors ? Avait-il été une fois de plus confronté à une apparition ? Sa ressemblance avec le portrait le lui faisait supposer. Il y avait beau temps qu'Antoine admettait l'impensable : il possédait le don de double vue !

Octavie ; Agnès ; maintenant c'était le tour d'une châtelaine anonyme qui devait hanter ces lieux depuis longtemps. Existait-il un rapport entre elles ? Et dire qu'il n'avait pas encore eu l'occasion de confier ses secrets à Olivia !

Après avoir retiré les feuilles mortes accrochées à ses vêtements, il reprit la direction du château. Qui avait tiré ? Hier déjà, pendant leur promenade, ils avaient entendu un coup de fusil. Des braconniers pénétraient apparemment avec facilité dans le domaine malgré la vigilance de Joseph.

Justement Antoine vit que celui-ci longeait le bois à quelque distance, son arme à l'épaule. Il lui fit un signe. Le gardien répondit en esquissant un signe de la main puis pénétra sous les arbres.

Le coup de feu avait dû être assez fort pour attirer madame Reynal et Mani. Ils étaient sortis sur la terrasse, et dans leurs tenues matinales flamboyantes s'appuyaient sur la balustrade de pierres grises. Olivia se tenait derrière eux beaucoup plus sobre dans un ensemble « sport » de jersey beige.

Ils le regardèrent s'approcher, franchir les douves et les rejoindre comme s'ils étaient en présence d'un extraterrestre. Du moins ce fut l'impression d'Antoine.

Madame Reynal se manifesta la première :

– Tout va bien, monsieur Maunier ? Il nous a semblé qu'on tirait dans le parc.

– Effectivement. J'ai même failli servir de cible.

– Mon Dieu ! Vous n'avez pas été touché ? s'effara-t-elle.

– Non.

– En somme, plus de peur que de mal, conclut Mani sur un sourire éclatant.

– Encore heureux ! s'exclama madame Reynal. Nous devons impérativement prendre des mesures draconiennes afin que de tels incidents ne se renouvellent plus. Joseph ne peut parer à tout. C'est le rôle d'un garde-champêtre de traquer les braconniers. Je me rendrai à la mairie dès ce matin.

– Il serait préférable d'avertir la gendarmerie, déclara Olivia.

Après avoir examiné Antoine des pieds à la tête, elle observa dédaigneusement qu'il avait de la terre sur son pantalon.

– Ce n'est pas grave, fit sa mère qui paraissait soulagée de récupérer son invité sain et sauf.

Elle prit son bras :

– Venez : un café fort vous remettra de vos émotions. Nous aurions été vraiment désolés qu'il vous arrivât un accident fâcheux malgré notre petite chamaillerie de tout à l'heure, n'est-ce pas, Amadeo ?

– Bien sûr ! renchérit le comte. Comment dites-vous en français ? « Dieu ne veut pas la mort du pécheur. »

Il rit, très satisfait de sa boutade, et madame Reynal rit, elle aussi, en franchissant la porte-fenêtre appuyée sur Antoine qui n'appréciait pas plus leurs amabilités qu'il n'avait supporté leur arrogance. Dès qu'ils furent à l'intérieur, il se dégagea avec brusquerie.

– C'est de l'humour, monsieur Maunier.

– Madame, vous m'excuserez de ne pas le partager.

Considérant que le sujet était clos, il s'adressa à Olivia :

– Eh bien, vous êtes-vous mis d'accord ?

Valérie Reynal répondit à la place de sa fille. Le ton était, cette fois, aigre-doux :

– Parfaitement d'accord. Olivia nous a dit que vous vous apprêtiez à nous quitter. Je crois en effet que c'est ce que vous avez de mieux à faire.

– Maman ! Laisse-nous s'il te plaît.

– Volontiers. D'ailleurs, il faut que nous allions nous habiller. Amadeo ?

– Oui, oui.

L'Italien effectua un petit salut militaire devant Antoine et pirouetta pour suivre la mère d'Olivia.

Restés seuls, les jeunes gens se firent face.

– Es-tu prête ? demanda-t-il.

Elle prit le temps de sortir une cigarette d'un étui de poche, l'alluma, tira une longue bouffée ; puis les paupières mi-closes, dans un nuage de fumée, annonça :

– Je ne pars pas avec toi, Antoine.

— Comment ça ? Ne leur as-tu pas annoncé ta décision ? Ta mère vient de dire...

— Que je suis fiancée au comte Mani. Rien n'est changé.

Antoine pâlit, rougit tour à tour, serra les dents à faire saillir les maxillaires :

— Dois-je en conclure que tout est fini entre nous ?

— Si tu le souhaites.

— Si je le souhaite ! Ai-je donc le choix ?

— Les choses ne sont jamais définitives dans la vie. Mais je suis engagée et depuis longtemps.

— Auprès de ce bellâtre d'opérette !

— C'est plus compliqué que ça.

— Tu obéis à ta mère, telle une petite fille bien attentionnée, en dépit de sa conduite scandaleuse ?

— Je t'interdis ! Ça ne te regarde pas !

— Es-tu folle, inconsciente ou te moquerais-tu de moi ? Olivia, sois franche : me prends-tu, toi aussi, pour un imbécile ?

Elle l'étudia attentivement, longuement comme elle l'eût fait d'un étranger rencontré pour la première fois. D'un geste excédé, elle jeta sa cigarette sur le dallage et la piétina, impatiente et nerveuse. Enfin, elle lâcha :

— Il est certain que ce serait beaucoup plus simple.

Qu'aurait-il pu ajouter ? Elle possédait l'art des phrases énigmatiques qui le plongeaient en pleine déroute. Il était las d'argumenter en vain, d'être confronté sans cesse à des attitudes déconcertantes. D'être manipulé.

— Très bien, je m'en irai donc seul. Tu sais où me joindre.

— Oui, murmura-t-elle.

Il la vit remonter l'escalier et, peu après, entendit claquer la porte de sa chambre.

Seul dans le hall ensoleillé, il se rendit compte qu'ils ne s'étaient dit ni au revoir, ni adieu ; qu'il ne savait plus très bien où il en était de ses sentiments. Mais il refusa de céder au découragement, désireux maintenant de quitter Villevenard avec autant de hâte qu'il en avait éprouvé, hier, à y venir.

CHAPITRE 16

Sa valise n'était plus à l'endroit où il l'avait laissée. En vain, il la chercha partout à travers le hall, puis se dit que peut-être madame Reynal, dans son impatience à le voir hors d'ici, l'avait déjà fait porter à sa voiture. A moins que...

La main sur la poignée de l'entrée, il s'avisa que le salon était ouvert. Une envie irrésistible le poussa à y pénétrer. Il ne pouvait pas partir sans revoir le portrait, sans prendre congé de sa belle protectrice.

La pièce était froide ; le feu de la veille avait laissé un tas de cendres devant la plaque armoriée. Mais par ailleurs, tout resplendissait car, des fenêtres, la lumière coulait d'abondance.

La première chose qu'aperçut Antoine fut sa valise posée par terre, sous le tableau. Il avança et oublia vite son étonnement pour se plonger dans une contemplation bien proche de la fascination.

La même ! Jusqu'à la couleur des cheveux aux reflets de châtaignes mûres ; jusqu'aux yeux noirs qui lui semblaient si familiers. Et ce port de tête, ce teint de velours ! Il regarda de plus près. Au XVIIᵉ siècle, les dames portaient des mouches afin de souligner la blancheur de leur peau. Celle-ci en avait une, discrète, au coin de la bouche, mais Antoine savait que ce n'était pas une mouche, que c'était un petit grain de beauté bien réel. Le peintre anonyme avait su traduire le charme et la sensualité altière de son modèle et tout ce qui caractérisait les femmes de son époque, à la fois amazones et amoureuses. Par certains côtés, bien que plus mûre, elle rappelait Octavie. Par d'autres, elle se rapprochait davantage d'Agnès sans en posséder pour autant la pureté de vitrail.

L'inconnue portait un collier de grosses perles au ras du cou et sa robe rouge, artistement drapée sur des seins rebondis, était ornée d'un galon d'argent brodé, ou n'était-ce pas plutôt des lettres peintes, minuscules, comme un délicat travail d'aiguille ?

Antoine s'approcha encore, tenta de les déchiffrer. Le temps avait terni la toile et ses couleurs. Néanmoins, il pu y lire « Marion ». Le prénom de la jeune femme, sans aucun doute !

Ému par sa découverte qui tissait un lien de plus entre elle et lui, Antoine fit un moment abstraction de tout ce qui l'entourait. Puis quelque chose, un bruit insolite se produisit à ses côtés. Il n'avait pas encore remarqué une mince ouverture pratiquée dans la boiserie. Scindée en deux, la moulure laissait entrevoir un espace sombre, ce qui ne surprit Antoine qu'à moitié. Il n'ignorait pas que la plupart des châteaux anciens possédaient des passages dérobés dans les murs, ce qui permettait aux domestiques d'assurer leur service sans traverser les pièces de réception et aux maîtres de circuler à leur guise.

Ce qui était curieux, en l'occurrence, était le fait que cette ouverture continuait à s'agrandir commandée par une main invisible. Puisqu'il se trouvait seul dans le salon, qui donc était en train d'actionner le mécanisme ? L'écart fut bientôt suffisant pour qu'Antoine pût examiner l'intérieur. Il fut déçu, ce n'était qu'une sorte de grand placard nu. Sans doute une ancienne garde-robe.

Il s'y faufila. Le panneau qui en garnissait le fond et recevait maintenant un rayon de soleil était sculpté d'un blason et, en y regardant de plus près, Antoine reconnut le même emblème qui se trouvait dans la cheminée.

– Combien d'autres secrets recelait Villevenard ? se demanda-t-il en déplorant que les circonstances ne lui aient pas permis d'en explorer les coins et les recoins.

Soudain, sur un glissement rapide et feutré, la cloison se referma derrière lui avant même qu'il n'eût le temps de réagir et de regagner le salon.

CHAPITRE 17

– Quel b...

Se souvenant de la présence de sa secrétaire, Igor Vinkovo, qui revenait d'un rendez-vous avec un client, se reprit de justesse : « Quel bazar ! On ne peut plus circuler. »

Paris connaissait une journée de protestations comme il y en avait déjà eu par le passé et en aurait encore. Depuis peu, les troupes françaises occupaient la Ruhr, dans l'Allemagne vaincue, et les forces de gauche, la CGT en tête, manifestaient leur hostilité à cette décision, très déterminées à renverser le président Alexandre Millerand.

– Je n'ai pas fui les bolcheviks de mon pays pour les retrouver ici, maugréa le Russe.

– Sois tranquille, ils ne sont pas encore à l'Élysée, tempéra John Patten occupé à relire, avant de les signer, des documents que Marie Touzet avait tapés à la machine.

– Elle accumule les fautes, ce n'est plus possible. Deux « m » à ameublement ! Marie, venez voir, là. Et ce « s », pourquoi ? On se le demande ! Et là encore ! Quelle étourdie !

Marie encaissa la remontrance sans piper mot, récupéra la lettre, se remit au travail.

— Elle a la tête ailleurs en ce moment, maugréa John. Ah, les femmes !

— La santé de sa mère est préoccupante, expliqua Igor toujours plus indulgent à l'égard de la jeune fille. Lorsque Tony sera de retour, Marie pourrait prendre un ou deux jours de congé elle aussi.

— Bah, si tu y tiens. Mais je suis las de ses négligences et de ses bizarreries.

— A propos de Tony, enchaîna Igor, désireux de distraire son ami d'un sujet de controverse. J'ai hâte de savoir s'il savoure enfin le parfait amour avec Olivia. Elle est du genre à lui donner du fil à retordre. Qu'en penses-tu ? J'espère qu'il va nous appeler.

— Il n'y manquera certainement pas, assura John tout aussi curieux que lui sous son flegme britannique. Il n'a pas pour habitude de nous laisser longtemps sans nouvelles.

Au même instant, ils entendirent le téléphone sonner sur le bureau de Marie Touzet.

— Quand on parle du loup...

Ils tendirent l'oreille. Très professionnelle, la secrétaire s'adressait à un homme mais ce n'était pas Antoine :

— Cabinet Patten-Vinkovo... Bonjour, monsieur... Non, monsieur, il est absent... Je l'ignore... Oui, il est ici. Ne quittez pas.

L'appareil posé près de John ne tarda pas à vibrer :

— Je vous passe monsieur Rulaines, annonça Marie par la ligne intérieure.

— Monsieur Rulaines ! Bonjour !

— Bonjour, monsieur Patten. Excusez-moi de vous déranger.

— Je vous en prie. Heureux de vous entendre au contraire. Comment allez-vous ?

– Couci-couça, mais là n'est pas le propos, répondit Rulaines. Je souhaitais, en fait, parler à Antoine Maunier.

– Antoine ? Il s'est absenté quelques jours.

D'un mouvement du menton, John fit signe à Igor de prendre l'écouteur :

– Ne vous l'a-t-il pas dit ? reprit-il vivement sans contenir son inquiétude. Il avait l'intention de vous rencontrer avant-hier.

Son interlocuteur s'empressa de le rassurer :

– Oui, oui. Il s'est arrêté mardi aux Frênes. Nous avons déjeuné ensemble.

A l'autre bout du fil, John et Igor retinrent un soupir de soulagement pendant que Rulaines évoquait la visite d'Antoine :

– Nous avons longuement causé. Cela m'a fait du bien de pouvoir évoquer Germaine à quelqu'un qui l'a connue. Malheureusement pour votre jeune ami, il n'a pas trouvé parmi les bijoux qu'elle continuait à collectionner, de bague identique à celle qu'il m'a montrée.

– Dommage ! commenta laconiquement Patten alors que Vinkovo exprimait sa déception par une grimace muette. Antoine met beaucoup de sentiment dans sa recherche, vous l'aurez deviné monsieur Rulaines.

– Parfaitement. C'est du reste pour cela que je voudrais le joindre. Avant-hier il m'a demandé si cette bague romaine m'était connue. Sur le moment, j'ai répondu par la négative malgré une vague réserve. Après le départ d'Antoine, j'ai fouillé dans ma mémoire et...

– Et ? encouragea Patten, soudain plus attentif.

– Et ce matin je me suis souvenu d'avoir, en effet, déjà vu cette bague autrefois, il y a bien des années.

– Vous rappelez-vous les circonstances ?

– Oui.

— C'est merveilleux ! Il faut évidemment tout de suite l'apprendre à Antoine. Il se trouve non loin des Frênes, chez des amies.

— A Villevenard ? Je ne pensais pas qu'il y serait encore aujourd'hui.

— Si, si. Téléphonez-lui là-bas. Il sera tellement heureux que vous le relanciez sur une piste.

— C'est que... hésitait Rulaines.

— Je vous assure que vous lui ferez un plaisir immense, insista John qui ne comprenait pas cette réticence et décelait de la contrariété dans sa voix.

— Quand rentre-t-il à Paris ?

— En principe, en début de semaine prochaine. Vous n'allez pas attendre jusque-là pour le lui dire ?

Igor s'agita, curieux et bouillonnant, prêt à empoigner le combiné pour secouer Rulaines et, qui sait ? lui arracher ses informations.

— Téléphonez chez madame Reynal, je vous assure que vous ferez un heureux, répéta John.

— Probablement, admit le vieil homme après réflexion. Pourtant, j'aurais préféré... Enfin, oui, je vais essayer.

Il acceptait à contrecœur, c'était flagrant.

— C'est si important pour Antoine, appuya John.

Les formules de politesse échangées, il raccrocha, l'œil pétillant de satisfaction. Igor, au contraire, tempêta ;

— Tu aurais pu demander quel souvenir il a tout à coup de cette bague ! Où il l'a vue ! Sur qui !

— Ce n'est pas à nous à en avoir la primeur mais à Antoine qui ne manquera sûrement pas de tout nous raconter.

Condamné à la patience, le Russe hocha la tête :

— Rulaines n'avait pas l'air très décidé.

— C'est vrai. Sans doute est-ce normal. Il doit être bouleversé car, à mon avis, tout ceci est lié à sa femme. Elle aussi avait voulu contacter Antoine, souviens-toi.

Ils abandonnèrent le sujet pour se pencher sur un nouveau projet en cours, la décoration d'une grande brasserie de Montparnasse, un quartier d'artistes et de noctambules un peu fous qui inspirait Igor. De son côté, Marie Touzet achevait tranquillement de mettre le courrier à jour, après avoir, sans bruit, reposé son propre combiné dès qu'avait cessé la conversation entre John et Rulaines : elle n'en avait pas perdu un mot.

— Allô, monsieur Patten ? C'est encore moi, Rulaines.
Une demi-heure s'était écoulée.
— Alors ? Avez-vous joint Antoine ?
— Non, répondit Rulaines. Il est reparti hier dans la matinée.
— Reparti ? Mais pour où ?
— On m'a laissé entendre qu'il avait regagné Paris.
— Déjà ! s'étonna Patten.
Les amoureux avaient dû juger la campagne trop paisible ; il n'y a qu'à Paris qu'on s'amuse, pensa-t-il. Sans compter que la présence de la mère d'Olivia devait freiner leurs élans.
— Si Antoine a quitté Villevenard, il ne devrait pas tarder à se manifester. Nous lui dirons de vous rappeler, promit-il à Rulaines. Au revoir, cher monsieur.
Passant la tête dans le bureau d'Igor, il lança en riant :
— Antoine a vite épuisé les charmes de Villevenard. Les tourtereaux sont rentrés à Paris.
— A moins qu'ils ne soient déjà brouillés, fit le Russe assez amateur de scènes et de drames.
Patten reconnut que l'idée ne lui avait pas traversé l'esprit.
— Nous verrons bien.

CHAPITRE 18

La journée s'écoula, puis la soirée, sans un signe du jeune homme. Le lendemain, de bonne heure, et ce malgré John qui était partisan de ne pas l'importuner, Igor essaya de téléphoner chez lui, boulevard Saint-Germain :

– C'est une élégante garçonnière. Il serait naturel qu'Antoine ait désiré y inviter Olivia.

N'obtenant pas de réponse après de nombreuses tentatives, il décida d'appeler madame Reynal, supposant qu'elle ne devait pas ignorer où se trouvait sa fille.

Longtemps Vinkovo laissa la sonnerie se répéter. L'employée des postes, sur sa demande, insista à plusieurs reprises. Personne au château ne décrocha.

– Quoi ? Pas même un domestique ? C'est étrange, non ?

– Madame Reynal est peut-être à Paris elle aussi, supposa John qui ne voyait là rien d'alarmant. Calme-toi !

Igor s'emballait toujours pour des broutilles ; d'un rien il faisait une tragédie. Et têtu, avec ça ! Cette fois, il s'adressa à leur secrétaire :

– Marie, l'heure du déjeuner approche. Auriez-vous la gentillesse d'aller boulevard de Courcelles, au 117 *bis* ?

– Au domicile d'Olivia ? releva vivement la jeune fille qui, toujours sans en avoir l'air, suivait le déroulement des faits avec une attention particulière.

— C'est cela, mon petit. Vous vérifierez s'il y a quelqu'un chez elle. Discrètement, cela va de soi.

— Soyez tranquille, monsieur Vinkovo.

Pour le coup, John éleva de véritables protestations :

— Igor ! Il s'agit ni plus ni moins d'espionnage !

— Pas du tout ! Je m'inquiète pour Antoine qui a disparu.

— Tu exagères ! Il se promène, ce sont ses vacances. Il est tout de même assez grand pour mener sa vie trois jours de suite sans nous rendre des comptes. Marie, restez, je vous prie. Vous déjeunerez ici, avec nous. Léone descendra un plateau.

Mais la jeune fille semblait brusquement être devenue sourde. Son petit chapeau cloche déjà vissé sur la tête, son manteau sur le bras, elle prit son sac à main et sortit de l'agence sous le regard outré de Patten.

— Elle mériterait parfois d'être flanquée à la porte.

— Je la trouve, au contraire, très dévouée, rétorqua Igor assez fier de son autorité.

Tous deux se chamaillèrent un moment ; puis ils se réconcilièrent au cours d'un repas pris sur le pouce, au milieu de devis, de plans, de dessins et d'échantillons. A deux heures, Marie Touzet était de retour.

Ils furent frappés par son air sombre. Brièvement, elle raconta que l'appartement du boulevard de Courcelles était vide. La concierge qu'elle avait interrogée lui avait déclaré que mademoiselle Olivia Demat y était passée l'avant-veille, « en coup de vent » ; qu'elle en était ressortie avec une valise pour monter dans une auto de sport qui l'attendait.

— La Panhard d'Antoine ! s'écria John. Cela confirme ce que je pensais depuis le début : ils ont projeté une excursion quelque part.

– Sa Panhard n'est pas précisément une voiture de sport, objecta Vinkovo.

– La brave femme n'y connaît certainement rien du tout. Maintenant, tu vas me faire le plaisir d'oublier Antoine pour un temps. Nous avons du travail. Cela s'adresse aussi à vous, mademoiselle Touzet.

John avait usé de toute la sévérité dont il se croyait capable, ce qui ne troubla ni son ami, ni sa secrétaire qui réintégra néanmoins sa place, sans broncher. Le cliquetis de la machine à écrire ne tarda pas à reprendre.

Autour d'Igor voltigèrent les morceaux de tissus, les bouts de rideaux. Mais en dépit de la réprobation de John, il ne put s'empêcher de faire encore quelques tentatives en téléphonant chez Antoine. Sans succès.

Il fallut l'irruption tapageuse de lady Barrett, le jour suivant, pour briser le calme laborieux qui avait fini par s'installer dans leurs bureaux respectifs.

Ils croyaient Paméla encore à Cannes : elle en arrivait juste. Après le départ d'Antoine, elle s'était sentie très seule dans sa grande villa. Elle avait donc décidé de regagner Paris. Sans l'avouer vraiment, elle se souciait des affaires de cœur de Tony et la rocambolesque aventure de la bague d'Aulus, à laquelle ils avaient tous un peu participé, la laissait sur sa faim. En bref, fuyant l'ennui, elle venait aux nouvelles.

John les lui résuma le plus simplement possible tout en redoutant la réaction de sa compatriote. En effet, la chère Paméla, dont l'imagination valait bien celle d'Igor, jugea préoccupant le silence d'Antoine.

– Il aurait au moins pu donner un coup de fil après sa visite aux Frênes ! Il sait très bien que nous espérions tous ardemment que la bague d'Octavie y serait. Il n'a donc passé que la nuit de mardi à Villevenard et, d'après vous, il n'aurait

fait qu'un saut à Paris mercredi matin ? Sans vous prévenir ?
Et nous sommes déjà samedi ? Étrange...

— Antoine est libre, fit Patten. S'il est avec Olivia, et cela
semble être le cas...

Lady Barrett ne l'écoutait plus. Sur-le-champ, elle
ordonna à Vivial, son secrétaire qui la suivait dans ses déplacements, d'enquêter boulevard Saint-Germain. Avec le
chauffeur, Vivial mit à peine trois quarts d'heure pour faire
l'aller-retour. Il affirma que personne, ni le gardien ni les
voisins, n'avait vu Antoine Maunier depuis mardi, jour de
son départ pour la Champagne.

— Cela signifie qu'il a directement accompagné Olivia
jusqu'à chez elle, le temps qu'elle prépare son bagage, avant
de reprendre la route ensemble, expliqua John à qui tout ce
remue-ménage autour d'une innocente escapade amoureuse
commençait à taper sur les nerfs. Je parierais qu'ils sont à
Deauville !

— C'est dans les choses possibles évidemment, quoique la
Normandie en cette saison ne soit guère attrayante, concéda
lady Barrett. Pourtant...

— Pourtant quelque chose vous chiffonne et moi aussi. Je
suis même franchement inquiet, déclara Igor. Tu ne peux
comprendre, John. C'est une question d'intuition.

Pendant ce temps, Vivial s'était approché du bureau de
Marie et cherchait à engager la conversation. La jeune fille
avait l'art de décourager ses approches comme celles de tous
les hommes qui bravaient son attitude glaciale. Fidèle à un
fiancé mort à la guerre, Marie ne transgressait pas ses vœux.
Pour couper court à ses tentatives, sans égards pour son
expression dépitée, elle emprunta à Vivial le quotidien qu'il
venait d'acheter et sa tête brune disparut derrière les pages
du journal.

Dans la pièce à côté, le ton montait entre les deux décorateurs :

– J'ai, moi aussi, de l'intuition ! Cela ne m'empêche pas d'être raisonnable.

– Au nom de la raison, que d'erreurs commises, surtout en matière de sentiments ! clama le Russe. Je persiste à juger anormal le silence prolongé de Tony qui, jusqu'à présent, nous a toujours fait partager les instants précieux de son existence.

– Igor dit vrai, renchérit Paméla Barrett en pointant un interminable fume-cigarette d'écaille sur John qui finit par capituler.

– Soit ! Je suis attaché tout autant que vous à Tony. Mais en admettant, à Dieu ne plaise, qu'il puisse être en difficulté, pour une cause inconnue, je ne vois pas comment lui venir en aide si nous ignorons également où il est parti.

– C'est bien le problème.

– Je suggère que nous allions à Villevenard, proposa soudain lady Barrett. Nous emprunterons la Rolls. Vous n'avez rien de prévu pour ce dimanche ?

– Non. Mais y aura-t-il quelqu'un au château ?

– Nous trouverons au moins un gardien.

– C'est une excellente idée, Paméla ! s'exclama Igor en lui baisant les mains. Qu'en dis-tu John ?

Celui-ci capitula :

– Pourquoi pas après tout ! Ne serait-ce que pour découvrir cette propriété dont Antoine nous a chanté les attraits.

Personne ne vit le visage de Marie Touzet se crisper tout à coup, ses yeux devenir plus obscurs qu'un ciel d'orage. Toujours dissimulée par le journal qu'elle faisait semblant de parcourir, elle avait entendu lady Barrett lancer son projet et, l'espace d'un instant, avait espéré qu'elle l'inviterait à venir elle aussi. C'était stupide, bien sûr. Que représentait une simple secrétaire pour la riche et noble Anglaise ? Cependant la déception était amère. De rage, Marie faillit lancer le journal par-dessus son bureau.

Mais tout à coup, un nom écrit en caractères gras retint son attention et, cette fois-ci, elle lut pour de bon le petit entrefilet sur la page des faits divers. Ses lèvres esquissèrent une moue indéchiffrable.

Deux minutes plus tard, la jeune fille apparaissait sur le seuil du bureau voisin. L'attitude était respectueuse, le ton poli ainsi qu'il convenait. Afin de ménager la susceptibilité de John mise à mal ces derniers jours, elle s'adressait à lui et non à Vinkovo qu'elle savait acquis d'avance à sa cause. Marie sollicitait humblement la permission de quitter son poste tout de suite pour une affaire privée.

— Il n'est pas onze heures ! Cela ne peut-il attendre ?

L'agence allait bientôt fermer comme chaque samedi après-midi. Combien d'employés bénéficiaient d'un week-end ? Pas beaucoup ! Marie Touzet était une privilégiée mais, bien entendu, « plus on en donne, plus on vous en demande », pensait John, agacé.

— Je crains que non, c'est urgent, lui répondit la jeune fille. Toutefois, je vous promets, monsieur Patten, de faire toutes les heures supplémentaires que vous voudrez la semaine prochaine. Igor s'en mêla :

— N'ayez aucun souci, Marie. Nous arrangerons ça.

— Rien de grave ? demanda lady Barrett en déplorant à part soi que cette fille fût si mal fagotée. Un tailleur trop strict, trop sévère. D'une tristesse !... Et ces lunettes, quel dommage !

— C'est important, fit sèchement Marie.

L'explication était mince. Autour d'elle, on espérait mieux.

– Cela concerne-t-il votre mère ? insista le Russe avec sollicitude, touché par son aspect juvénile et désemparé

– Oui, en effet. Je dois la conduire à un rendez-vous. J'ai manqué l'oublier.

John soupira, rechignant à donner son accord. L'attitude de Marie sonnait faux. Mais Igor le devança :

– C'est bon, allez-y.

– Merci, messieurs, merci beaucoup. A lundi ! je viendrai tôt. Au revoir, lady Barrett !

La secrétaire s'esquiva sans plus attendre. Galamment Vivial lui ouvrit la porte.

– Quand je vous dis qu'elle a la tête ailleurs, bougonna John après que Marie les eut quittés. Nous allons devoir mettre les choses au point avec elle. Sa mère n'est peut-être qu'un prétexte pour...

– Quel mauvais esprit mon cher ! s'exclamèrent en chœur Igor et Paméla.

— *Tu ne m'empêcheras pas d'intervenir !*

— *Et si tu te trompais ?*

— *Non ! C'est impossible et tu le sais bien.*

— *Je m'étais pourtant juré que jamais plus... Toi aussi tu m'avais juré.*

— *Cette fois, ça va trop loin. Tu n'as pas le droit de te taire. Parle, raconte. J'agirai ensuite moi-même.*

— *Seule ?*

— *Puisque tu refuses de m'accompagner.*

CHAPITRE 19

« Marne – Montmirail : Meurtre d'un septuagénaire.

Le corps de Georges Rulaines, soixante et onze ans, a été découvert à son domicile par l'un de ses employés, dans la soirée de jeudi. Frappé à la tête, cet ancien industriel serait mort sur le coup. En l'absence d'éléments probants et bien qu'aucune effraction n'ait été constatée, la gendarmerie dépêchée sur place ne privilégie pour le moment aucune hypothèse. Propriétaire du domaine des Frêncs situé dans les environs de Montmirail, Georges Rulaines était une personnalité connue et respectée de la région. Dès les débuts de la guerre, aux côtés de son épouse décédée accidentellement en janvier dernier, etc. »

Avec stupéfaction, non sans tristesse, ayant peine à le croire, John Patten acheva de lire l'article qui relatait ensuite l'action menée par le couple auprès des soldats.

– Ça, alors ! fit-il en se tournant vers Igor Vinkovo assis dans un fauteuil voisin du sien.

Tous deux savouraient une détente méritée après le dîner, des liqueurs à portée de main, une musique douce posée sur le gramophone. Finalement ce samedi s'était avéré éreintant avec les plans de la future brasserie à terminer, des déplacements dans Paris pour secouer des fournisseurs négligents. John avait laissé échapper un long soupir d'aise en dépliant le journal récupéré tout à l'heure sur le bureau de Marie.

Sa remarque arracha le Russe à une digestion rêveuse :

— Quoi donc ? grogna-t-il.

— Tiens, lis !

Quelques secondes plus tard, la même stupeur frappait Vinkovo.

— Rulaines a été tué jeudi, le jour où il nous a téléphoné.

John se leva pour arrêter le disque qui tournait toujours en leur renvoyant maintenant un crissement désagréable.

— C'était jeudi, crois-tu ?

— Oui. Tony était passé l'avant-veille aux Frênes. Bon sang ! Nous ne saurons jamais ce que Rulaines voulait lui dire.

Ils se turent. John rendit un hommage silencieux au vieil homme courtois qu'il avait eu l'occasion de connaître puis, tout haut, formula sa pensée, l'air assombri :

— D'après toi, ce crime aurait-il un rapport avec Antoine ?

— Évidemment ! Tout est lié ! Igor ressemblait subitement à un fauve en colère : Je me tue à essayer de te persuader que son silence n'est pas naturel. Je suis mortellement inquiet à son sujet. Ce drame ne me donne pas tort, hélas !

— Je dois le reconnaître, dit John. Car n'oublions pas, non plus, que madame Rulaines est morte brutalement alors qu'elle cherchait à voir notre ami.

— Elle a été assassinée elle aussi ! Ça ne fait aucun doute ! Ah, dans quel pétrin Tony s'est-il fourré ? Dès le début, cette affaire de bague a pris des dimensions invraisemblables !

— C'est le moins qu'on puisse dire, admit John tout en se reprochant amèrement l'insouciance dont il avait fait preuve toute cette semaine. Mais tant qu'il s'agissait d'incur-

sions dans le passé, de croiser les fantômes de jeunes amoureuses, l'aventure était intéressante pour Tony. C'est un
romantique. Il croit aux serments éternels, à l'Amour avec
un A majuscule. Il semblait l'avoir trouvé auprès de mademoiselle Demat.

– Malheureusement, il a dû aussi rencontrer de sérieux
problèmes. Nous aurions dû réagir tout de suite. Si tu
m'avais seulement écouté ! Si tu n'avais pas...

John arrêta les reproches d'Igor d'un geste las :

– Si, si, si... Je t'en prie, ne m'accable pas davantage.
Comment aurais-je pu soupçonner que les événements
adopteraient une telle tournure ?

– Pauvre petit Tony ! J'ai peur, gémit le Russe dont la
forte carrure paraissait se tasser de minute en minute. John,
que fais-tu ?

– J'appelle Paméla. Nous ne pouvons pas attendre demain
pour aller à Villevenard. Il faut qu'elle passe nous prendre
dès ce soir. Avec la Rolls, nous y serons plus rapidement et
plus sûrement.

– Pauvre petit Tony, répéta Igor pendant que John joi-
gnait lady Barrett au téléphone.

Après lui avoir annoncé la mort de Georges Rulaines, il
dut couper court à une avalanche de reproches :

– Oui, Paméla, oui. Vous aviez raison, vous et Igor, je
l'avoue. Il n'y a donc plus de temps à perdre, vous comprenez. Venez vite. Si l'on doit trouver un indice susceptible
de nous mettre sur la piste de Tony, ce ne peut être qu'au
château.

Il raccrocha. Au même moment, à l'extrémité du salon,
quelqu'un lança d'une voix rauque :

– Trop tard ! Vous ne trouverez rien !

Les deux décorateurs se retournèrent d'un seul mouve-ment, découvrant, médusés, l'étrange groupe de visiteurs que Léone venait d'introduire sans que ni l'un ni l'autre, pris par leur conversation, ait entendu sonner.

CHAPITRE 20

Le véhicule avait connu des jours meilleurs. En fait, c'était un vieux modèle construit à la Belle Époque et qui avait, lui aussi, participé à la guerre. Cependant, malgré son moteur poussif, ses suspensions inexistantes et ses roues tressautant aux moindres accidents de relief, l'automobile avalait les kilomètres et vaille que vaille, après deux crevaisons hâtivement réparées, approchait de son but.

Au volant se tenait un homme jeune encore, la casquette crânement portée sur un front têtu, les mains fortes et carrées, habiles à la manœuvre. Deux femmes l'accompagnaient ballottées sur leurs sièges, inquiètes et tendues. L'une surtout, une fort jolie brune, assise à l'avant, qui scrutait la route avec autant d'attention que le conducteur. Comme si sa vie en dépendait.

— Plus vite ! Plus vite ! Nous devons y être avant la nuit.

— J'suis à fond, mamzelle.

— Mieux vaudrait ralentir un peu et être certains d'arriver sains et saufs, se plaignit, à l'arrière, une rousse, très pâle, visiblement au bord de la nausée. Tu prends trop de risques, Gaston.

— Rassure-toi, Huguette, je maîtrise, lança le chauffeur.

– Quand on craint le danger, on reste chez soi, rétorqua l'autre passagère avec mépris.

– On devrait pas tarder, annonça Gaston Toche dans un esprit de conciliation, espérant que l'atmosphère se réchaufferait entre elles deux.

Huguette, jalouse, n'avait pas voulu le laisser partir seul avec cette inconnue qui n'avait même pas daigné leur dire son nom, une créature aux manières péremptoires, aux propos invraisemblables, mais très séduisante malgré tout. Toche glissa de côté un coup œil furtif sur son profil à la fois volontaire et délicat, dégagé par le port d'un seyant bonnet de cuir noir, sa silhouette mince, élégamment moulée dans un tailleur-pantalon. D'ordinaire, le buraliste n'appréciait pas les femmes qui s'accoutraient en hommes. Il fallait pourtant reconnaître que celle-ci ne perdait rien de sa féminité ainsi vêtue. Au contraire. Bien sûr, elle n'était pas du tout son genre ; Huguette n'avait rien à craindre. Mais vraiment, quel chic elle avait, quelle classe !

– Jamais je n'aurais cru qu'un jour je reviendrais par ici, reprit-il, de nouveau concentré sur sa conduite. Ouais... Cette fois, j'crois bien qu'on y est.

Un flux de sang colora soudain les joues d'Huguette, très impressionnée par la vue qui s'offrit après un virage. En revanche, ce fut au tour de la seconde passagère de devenir aussi blanche qu'un linge en contemplant, de tous ses yeux, le château de briques et de pierres qui leur était apparu, caressé par la lumière tamisée de la fin d'après-midi.

– C'est bien là, finit-elle par murmurer.

Sa voix tremblait un peu comme sa main lorsqu'elle ouvrit la portière sans attendre que Toche vînt l'aider à descendre.

L'auto s'était arrêtée devant la grille, près d'un petit pavillon. Après s'être occupé d'Huguette, Toche s'en approcha, cherchant vainement à voir si quelqu'un se trouvait à l'intérieur.

— C'est inutile ! lui cria la jeune femme brune dont le calme et la détermination étaient revenus.

Elle avait écarté la grille et s'était mise à courir sur le pont dormant qui enjambait les douves.

— A mon avis, elle a un grain, commenta Huguette tout en constatant avec désolation l'aspect chiffonné de ses propres vêtements. Tout est bizarre chez cette femme.

Elle devait pourtant reconnaître que le port du pantalon était plus pratique pour les voyages en auto. Gaston apprécierait-il une telle excentricité de sa part ? Huguette en doutait.

— Tu ne trouves pas qu'elle est un peu fêlée ? insista-t-elle.

— P't-être ben, lui accorda Toche. Mais puisqu'on a promis de l'aider et qu'on est là, y a plus qu'à la suivre.

Ils se hâtèrent de la rejoindre.

— Vous avez la clef ou c'était ouvert ? s'étonna Huguette en constatant que la jeune femme avait poussé la porte et se trouvait dans le hall d'entrée.

Étrangère à leurs présences, elle ne répondit pas. Elle avait l'air d'écouter le profond silence qui les accueillait dans ce superbe décor, regardant tout autour d'elle les boiseries, les marbres, les dalles polies par des milliers de pas, la grande tapisserie suspendue le long de la montée d'escalier.

— Ça va aller, mademoiselle ? s'inquiéta Toche.

Elle émergea aussitôt de sa contemplation, parut s'ébrouer. Son visage, sa voix surprirent le buraliste et son amie. Elle était transfigurée, animée d'une flamme ardente alors que, par ailleurs, son timbre était dur, presque haineux, un ton de commandement sans réplique :

— Assez lambiné ! Venez, c'est par ici ! leur dit-elle en se dirigeant vers une pièce voisine.

C'était un salon aux dominantes de vert, pourvu d'une imposante cheminée, de fauteuils anciens, de cadres accrochés aux murs cloisonnés. De grandes fenêtres donnaient sur les douves, le jardin et des arbres, au loin.

– Oh !...

A cours de vocabulaire, Huguette s'immobilisa. N'ayant jamais rien connu d'autre que son minuscule appartement du quartier de la Bastille, elle se croyait tout à coup propulsée dans un conte de fées.

Pendant ce temps, la jeune femme brune examinait rapidement les lieux, s'arrêtant une seconde devant le portrait d'une noble dame, inspectant avec minutie les boiseries qui l'entouraient.

– Vous connaissez bien ce château, on dirait, remarqua Toche, admiratif lui aussi.

– Très bien.

– C'est chez vous ? demanda Huguette avec une certaine considération envers l'inconnue indéniablement à l'aise parmi toutes ces belles choses.

– En effet, c'est chez moi, lança-t-elle sèchement.

Perplexes, Toche et son amie la laissèrent palper la cloison d'une main nerveuse, subjugués, malgré eux, par son attitude. D'ailleurs dès leur rencontre ils avaient éprouvé à son égard respect et fascination, en dépit de ses manières déroutantes.

Une rencontre qui remontait seulement à quelques heures quand elle avait fait irruption dans le bureau de tabac, déclarant qu'elle avait besoin d'eux pour secourir monsieur Maunier. Il fallait trouver un véhicule et partir sans perdre un instant pour Villevenard ! Ce qui représentait pas mal de kilomètres qu'elle exigeait de franchir en un temps record et sans poser de questions. Pour ça, elle s'était montrée convaincante ! Et puisqu'il s'agissait de venir en aide au lieutenant, ils avaient à peine tergiversé. En toute hâte, Toche avait fermé boutique et sorti sa voiture de la remise.

— Ça y est ! s'écria-t-elle tout à coup avec un accent de triomphe.

À force de tâtonner, ses doigts avaient fini par trouver ce qu'ils cherchaient, une aspérité habilement dissimulée parmi les bossages qui décoraient le mur. Un mécanisme se mit en action, faisant coulisser la paroi, libérant peu à peu une cavité d'environ deux mètres carrés, une sorte d'étroit cabinet dans lequel, sans hésiter, elle pénétra.

Absolument estomaqués, Huguette et Toche la virent reproduire son manège. Cette fois, ils n'eurent pas à attendre longtemps un second déclic. Dans le fond du cabinet s'ouvrit un panneau entier sur un escalier creusé dans l'épaisseur de la pierre.

— C'est comme dans un roman, souffla la petite rousse.

Les marches étaient hautes, très étroites. Elles plongeaient tout droit dans les entrailles du château.

— D'après vous, le lieutenant Maunier serait là en bas ? fit Toche véritablement inquiet, épaté par un système aussi insoupçonnable qu'ingénieux.

— Je le crains.

Il n'osa toujours pas demander comment elle en était aussi sûre.

— Il nous faut de la lumière, reprit-il décidé à conserver son sang-froid.

Les bougeoirs du salon firent l'affaire ; le buraliste sortit une boîte d'allumettes de sa poche et les bougies éclairèrent l'escalier qui tournait sur lui-même sans qu'ils pussent en distinguer la fin.

Résolument, la jeune femme s'y engagea la première.

— J'ai peur, Gaston, gémit Huguette.

— Attends-nous ici.

– Alors, vous vous décidez ? Quelle froussarde !

La perspective d'explorer ces ténèbres terrorisait Huguette. D'autre part, rester seule dans cette demeure inconnue n'était pas non plus pour la réjouir. Vexée par le commentaire méprisant, après avoir pesé le pour et le contre, elle choisit de descendre avec eux, accrochée à l'épaule de Toche.

CHAPITRE 21

L'escalier était humide, glissant, et plusieurs fois ils se rattrapèrent de justesse au mur. Mais bien que la descente leur parût interminable, elle ne dura pas plus d'une minute, en tout une soixantaine de marches qui aboutissaient dans un boyau glacial, où l'eau suintait de toutes parts, formant, çà et là, des plaques gluantes, des moisissures dont l'odeur les prit violemment à la gorge.

— Nous sommes sous les douves, expliqua la jeune femme sans ralentir sa marche.

Huguette sentit le talon de ses chaussures de ville s'enfoncer désagréablement dans un magma nauséabond et poussa un cri en devinant que ces petites ombres furtives, qui couraient le long de la paroi, étaient en fait des rats détalant à leur approche.

— Ils sont inoffensifs, l'encouragea Toche.

— Où elle nous mène comme ça ? marmonna la rousse.

Le conte de fées virait au cauchemar.

L'eau s'égoutta encore au-dessus de leur tête puis, insensiblement, l'humidité fut moins palpable, les murs plus secs. Le passage parut adopter une pente légère qui remontait vers un soupçon de clarté.

Les flammes des bougies vacillèrent faiblement sous la

poussée d'un mince courant d'air. Le boyau s'achevait sur un espace de forme carrée où régnait un froid intense. L'endroit était assez semblable à un cachot de prison, recouvert de terre battue, ceint de briques et de pierres aveugles, percées, très haut, dans un angle, par une fine meurtrière. C'était par cette ouverture que pénétrait la lueur d'autant plus faible que le jour déclinait vite en cette saison. Cependant, ils avaient juste assez de lumière pour découvrir celui qu'ils cherchaient.

Antoine gisait à demi replié sur lui-même, la tête reposant sur une brique. Dans son pardessus recouvert de poussière et de boue, il grelottait. D'abord, il aurait été difficile de dire s'il dormait ou s'il était évanoui. Son souffle était à peine perceptible mais un tremblement l'agitait sans discontinuer.

— Pauvre lieutenant, murmura Huguette.

Toche jura en s'approchant de lui :

— Nom de Dieu ! Depuis combien de temps est-il ici ?

— Plus de trois jours. Il a disparu mercredi matin, répondit celle qui leur avait servi de guide.

Elle posa son bougeoir sur le sol, puis s'agenouilla auprès d'Antoine. D'un geste délicat, elle passa une main sur son front brûlant tout en chuchotant son prénom :

— Antoine, chéri, ça ira maintenant.

A son tour, le buraliste prit la parole, très ému :

— C'est Toche, mon lieutenant. Et Huguette est avec moi. Nous allons vous sortir de là !

Les paupières frémirent tout en demeurant fermées. Antoine devait être conscient car il tâtonna à la rencontre des doigts qui prolongeaient leur doux va-et-vient sur ses joues mal rasées, écartaient les mèches collées à son front.

— C'est donc toi, soupira-t-il avec un soulagement heureux. Je savais bien que tu viendrais. Je n'en ai pas douté un instant.

– Chut ! Ne parle pas.

De sa veste, la jeune femme sortit une flasque dont elle dévissa le goulot pour le glisser entre les lèvres d'Antoine.

– C'est du cognac, expliqua-t-elle à Toche sans élever la voix.

Elle avait tout prévu !

Lorsque après deux ou trois gorgées, Antoine cligna des yeux, elle se releva en rebouchant le petit flacon pour faire place au buraliste.

– Aidez-le à se soulever. Voyez s'il peut tenir debout. Huguette, c'est vous qui passerez devant pour nous éclairer.

La meurtrière ne filtrait plus qu'un petit filet grisâtre. Cette fois, c'était l'occasion pour Huguette de se racheter et de se montrer à la hauteur des événements. Elle obtempéra sans rechigner, se saisit du bougeoir de Toche. De son côté, celui-ci n'eut aucun mal à remettre Antoine sur ses pieds.

Le jeune homme chancela mais tint bon.

– Appuyez-vous sur moi sans crainte, mon lieutenant. On sera bientôt sortis.

– Merci, Toche.

Le cognac, ajouté à la joie de recevoir un secours qu'il avait fini par croire impossible malgré ce qu'il en avait dit, lui insufflait une vigueur suffisante pour fuir ce trou où il s'était senti près de mourir d'épuisement après avoir, comme un forcené, cherché le moyen de s'en échapper.

Précédés par Huguette qui, serrant les dents, essayait de tenir la lumière aussi fermement que possible, ils reprirent le chemin en sens inverse. Mais en haut de l'escalier, une mauvaise surprise devait les attendre : avec effroi ils s'aperçurent que la cloison se refermait !

Bousculant Huguette, Toche s'élança et, de toutes ses forces, tenta désespérément de l'en empêcher.

— Laisse ! Attention ! Laissez ! Vous allez vous faire broyer les doigts ! lui crièrent en même temps Antoine et les deux jeunes femmes.

Jurant tous les diables, la rage au cœur, Toche lâcha prise *in extremis* :

— On nous a enfermés ! Il y avait quelqu'un dans le salon, c'est sûr !

La panique gagna Huguette :

— Qui ? Non, non ! C'est pas possible !

— C'est exactement ce qui m'est arrivé, haleta Antoine d'un timbre méconnaissable.

Il avait appelé, hurlé, à s'en briser les cordes vocales, ivre de colère et de désespoir. Et ce froid, cette humidité qui insidieusement l'avaient transi jusqu'à la moelle !

— Personne ne viendra nous ouvrir, articula-t-il encore avec difficulté tandis que Huguette, en proie à une véritable crise de nerfs, se mettait à pleurer.

Toche donna de furieux coups de poing dans le mur.

— Pas d'affolement s'il vous plaît, reprit alors la même voix calme et autoritaire.

Dans l'espace exigu, la brune jeune femme, restée en retrait, réussit à se faufiler pour parvenir à son tour sur les dernières marches. Tant bien que mal, ils se reculèrent. Comme elle l'avait fait précédemment de l'autre côté, elle recommença à chercher le système secret qui commandait l'ouverture du passage. Antoine l'avait lui aussi cherché des heures et des heures, jusqu'à devenir à demi fou. A la seule lueur de son briquet, il avait examiné chaque bosse, chaque pierre, chaque défaut du mur. Il avait tapé dessus jusqu'à la douleur. En vain !

Maintenant, la tête lui tournait ; il luttait pour ne pas

imiter Huguette. Dans la pénombre, il regardait l'élégante et mince silhouette de femme qui s'efforçait de découvrir le précieux levier. Chose surprenante, elle négligeait la paroi aveugle pour se baisser sur la dernière marche. Introduisant son index dans une petite cavité invisible à tous, elle rencontra un crochet qu'elle n'eut qu'à tirer. Aussitôt le mur pivota sur lui-même, la cloison de bois réapparut. Il ne restait plus qu'à manœuvrer la poignée d'une certaine manière : l'instant suivant, ils étaient de retour dans le salon.

CHAPITRE 22

Huguette qui avait réussi le prodige de ne pas lâcher le bougeoir, put enfin le poser sur le premier meuble venu et s'effondrer dans un fauteuil. Antoine se dirigea vers un canapé, s'assit, reprit son souffle. Toche était extrêmement nerveux :

— Vaudrait mieux pas trop traîner par ici ! Quelqu'un nous en veut, à tous. Un criminel...

— Où est-elle ? Où est Olivia ?

Ils n'étaient plus que trois. Antoine quitta son siège, balaya la pièce des yeux cherchant celle qu'il avait tant espérée mais dont il avait aussi soupçonné la trahison. Il l'avait à peine entrevue et elle était déjà repartie !

— Il m'a semblé entendre claquer la porte d'entrée, fit Huguette.

Aussi rapidement qu'il en était capable, il se précipita dehors. En effet, la jeune femme avait franchi les douves, courait, hurlait :

— Joseph ! Revenez ! Je vous l'ordonne !

— Qui est Joseph ? demanda Toche qui avait suivi Antoine.

— Le gardien. C'est probablement lui qui nous a enfermés tout à l'heure.

133

– Bon sang ! Il pique ma bagnole, s'écria Toche en se ruant à son tour sur le pont dormant.

Quand il arriva à la grille, l'auto démarra sous son nez. Il put distinguer un homme au volant et, à l'arrière, la jeune femme ! Elle avait réussi à sauter sur le véhicule en marche, et s'accrochait fermement à la roue de secours.

– Elle prend un risque énorme !

– Elle est franchement folle ! s'exclama Huguette qui le rejoignait avec Antoine.

– Elle est merveilleuse, rectifia ce dernier.

Pris de vertige, il s'adossa à la grille, respira intensément. Le souffle de la nuit pâle et de la campagne chassait l'air vicié dont il se sentait imprégné encore, les relents du souterrain dans lequel il avait passé des moments si terribles ; il apaisait sa fièvre.

– Vous ne craignez pas qu'elle ait un accident ? fit Toche qui comprenait mieux maintenant pourquoi Maunier s'était épris de cette fille.

– Un accident ? Impossible ! Ce serait... Antoine chercha ses mots... ce serait grotesque.

Toche ne fut pas convaincu qu'il s'agissait du terme adéquat mais, vu les circonstances, il jugea bon de ne pas contrarier le lieutenant suffisamment secoué comme ça.

– Qu'est-ce qu'on fait ? On l'attend ici ?

Antoine réfléchit en contemplant la route où s'était évanouie la voiture. La sienne, bien entendu, avait disparu. Qui l'avait prise ? Mani ? Madame Reynal ? Il se retourna vers le château. A l'exception des lumières laissées dans le salon, il n'était plus qu'une ombre imposante repliée sur ses mystères.

– Je ne pense pas qu'elle revienne ici ce soir. Il vaut mieux nous en aller.

– Bon, mais c'est pas le tout. On ne peut pas rentrer à Paris à pied, dit Toche qui surveillait attentivement Maunier.

Par quel miracle tenait-il encore droit, avec les idées claires, tout prêt à agir ?

— Nous allons téléphoner au café-restaurant de Villevenard. J'ai remarqué, en passant mardi, que l'on y proposait
un service de taxis.

Ils retournèrent dans la maison.

— On ne prévient pas les gendarmes ? s'étonna Huguette.

— Surtout pas ! s'écria Antoine.

D'un signe, Toche fit comprendre à sa jeune amie qu'il
était préférable de mettre momentanément leur curiosité en
veilleuse. Viendrait bien l'occasion où Maunier se déciderait
à leur fournir des explications.

— Ce serait p't-être ben une bonne idée de commander
aussi un petit casse-croûte en même temps que le taxi, sug-
géra-t-il. On le mangerait en route. Ça vous ferait pas de
mal de reprendre des forces, mon lieutenant. Et à nous aussi !
Hein, Huguette ?

Une demi-heure plus tard, une solide camionnette les
emportait vers Paris.

CHAPITRE 23

– Trop tard ! Vous ne trouverez rien.

Ensemble, John et Igor firent face aux trois visiteurs qui envahissaient leur salon.

– Tony ? s'exclamèrent-ils.

Ils n'en étaient pas entièrement sûrs et avaient l'air d'attendre une confirmation. Cette voix cassée tout d'abord, à peine audible, et cet aspect de pauvre hère, sale et froissé, les cheveux en désordre, la barbe naissante : ce ne pouvait pas être le séduisant jeune homme toujours bien mis qu'ils connaissaient !

– Tony ? C'est vous ?

– Oui, c'est bien moi.

Le sourire qui éclaira soudain le visage hâve leur réchauffa le cœur. Ils se précipitèrent sur Antoine. Gêné, celui-ci tenta d'esquiver les embrassades de ses amis dont le raffinement n'avait d'égal qu'une obsession maniaque de la propreté :

– J'empeste, pardonnez-moi.

– Au diable votre odeur ! gronda le Russe en l'étouffant dans une étreinte féroce. Nous avons cru ne jamais vous revoir.

John Patten fut plus mesuré dans son accolade, il glissa même un petit trait d'humour sur les effluves de moisi dégagés par le pardessus mais sa joie n'en était pas moins forte :

— D'où sortez-vous comme ça ?

Puis il avisa la présence de Toche et d'Huguette à peine plus reluisants que Maunier. Au milieu des meubles d'exception créés par Ruhlmann ou l'artiste irlandaise Eillen Gray dispersés avec goût à travers le living room, ils ressemblaient tous les trois à des épouvantails plantés dans un parterre d'orchidées et de roses.

— Je vous ai déjà parlé de mon ami Gaston Toche. John, vous vous souvenez de lui : il était chauffeur à la maison de convalescence de Fontainebleau lorsque nous y étions vous et moi.

— Bonsoir, monsieur Toche. Je me souviens très bien.

— Et voici la charmante mademoiselle Huguette. Je leur dois ma liberté.

Ce matin encore, la manière dont Antoine fit les présentations eût plongé le buraliste et la petite rousse dans une grande confusion. Mais après les péripéties qu'ils venaient de vivre et la fatigue du voyage aidant, leur faculté de s'étonner commençait à s'émousser. Du reste, les décorateurs, en parfaits gentlemen, maîtrisaient l'art de se mettre à la portée de tout un chacun. Toche et Huguette, qui leur ramenaient Tony, furent accueillis en hôtes de marque.

— Mettez-vous à l'aise. Asseyez-vous. Il faut tout nous raconter dans le plus infime détail.

— Je me suis fait un sang d'encre. Et John qui s'est moqué de mes angoisses !

— C'est vrai. J'ai péché par excès d'optimisme. Allons, prenez place. Léone va nous apporter quelques rafraîchissements. Avez-vous faim ? Soif ? Les deux sans doute ?

Il y eut un instant d'effervescence qui atteignit son comble à l'arrivée de lady Barrett. En simple manteau de voyage à capuchon, l'Anglaise avait pour une fois abandonné ses plumes et ses aigrettes, prête à partir en expédition pour retrouver Antoine. Elle aussi eut du mal à le reconnaître de prime abord puis n'hésita pas non plus, à lui tendre ses deux mains.

Lorsque enfin tout le monde fut assis, que Léone eut apporté des boissons chaudes, des liqueurs et des sandwichs, le silence se fit dans le salon. L'attention se portait unanimement sur Antoine qui tentait de s'adoucir la gorge en buvant une infusion mêlée de miel et de citron pressé. Sans vouloir le brusquer, John Patten l'encouragea :

— Si vous n'êtes pas en mesure de nous parler longuement, monsieur Toche pourra prendre le relais.

La figure franche et joviale du buraliste rougit un peu :

— Je tiens à rectifier un point important : quoi que prétende le lieutenant Maunier, ce n'est pas grâce à nous s'il est de retour parmi vous ce soir. Mademoiselle Olivia a tout pris en main.

— Comment ça, Olivia ?

— Où est-elle ? Tony ?

Igor bouillait :

— Allez-vous enfin nous raconter votre aventure ? Vous voyez bien que nous sommes sur des charbons ardents.

Antoine lui sourit et reposa sa tasse avant d'entreprendre le récit de ces derniers jours, de son déjeuner aux Frênes, le mardi midi, à l'audacieuse initiative d'Olivia quand elle s'était élancée derrière Joseph. Il relata ses conversations avec les uns et les autres ; sa promenade dans le parc et le coup de fusil ; l'angoisse effroyable qui l'avait terrassé au moment où le mur s'était refermé sur lui. Ensuite, grelottant par terre, au fond de son cachot, il avait eu des rêves, des visions ; il était encore parti très loin. Cependant, il ne raconta pas ce troisième voyage fantastique, ni sa rencontre dans le parc. Il le ferait plus tard. Auparavant, il devait revoir Olivia. C'est elle qui lui fournirait les pièces manquantes du puzzle. De même, il ne dit mot de la nuit qu'il avait passée avec elle. Le sujet était trop intime et brûlant. Il en conservait un souvenir mitigé. Comme il avait mal jugé la jeune femme !

Son auditoire réagit ainsi qu'il s'y attendait. Bien qu'ayant du mal à admettre les faits, tous laissèrent exploser leur indignation :

— Joseph, si c'est lui, n'a pu vous enfermer sans raison. Il en avait reçu l'ordre.

— Qu'il tenait de madame Reynal, c'est évident.

— J'ai rapidement découvert la double personnalité de cette créature, renchérit Antoine. Mais je ne la soupçonnais pas d'être aussi diabolique. Pourtant Georges Rulaines m'avait implicitement averti.

John toussota. C'était le moment d'apprendre à Antoine la triste nouvelle. Auparavant, il résuma le déroulement de la semaine, reconnut qu'Igor avait réagi dès le premier jour en s'étonnant du silence de Tony. Il relata la petite enquête de Marie Touzet qui avait révélé le passage éclair d'Olivia dans son appartement parisien. Enfin il en vint à l'annonce de la mort tragique de Rulaines.

— Il a été assassiné !

Lady Barrett s'empara du journal que John brandissait pour preuve. Antoine restait interloqué.

— Rulaines nous avait téléphoné dans la journée, continuait John. C'était vous qu'il cherchait, Tony. Nous lui avons conseillé de vous appeler à Villevenard, ce qu'il a fait. Mais vous étiez déjà injoignable. Apparemment, il s'était souvenu d'éléments intéressants se rapportant à la bague d'Aulus. Tout comme sa femme qui, elle aussi, avait des renseignements à vous fournir.

— Et que l'on a tuée pour l'empêcher de me les communiquer, acheva Antoine bouleversé, en se tournant vers le buraliste : Toche a vu la scène. Selon lui, une femme condui-sait l'auto qui a fauché volontairement madame Rulaines.

Toche le confirma :

– Je ne me suis pas trompé. C'était bien une femme.

– Madame Reynal, la criminelle, conclut lady Barrett.

– Alors nous aurions fait fausse route dès le début. La Belette et la Reynal ne faisait qu'une seule et même per-sonne, s'échauffa Igor qui avait encore en mémoire l'achar-nement de cette créature énigmatique, voilée de noir, dans les salons de l'hôtel Drouot.

Antoine hocha la tête :

– Aussi invraisemblable que cela paraisse, j'en suis main-tenant persuadé et la fin brutale de ce pauvre Rulaines ôte mes derniers doutes. Prisonnier de cet horrible souterrain, j'ai eu le temps de reprendre point par point tout ce qui s'est enchaîné ces derniers mois. Valérie Reynal n'hésite pas à supprimer celui ou celle qui la gêne. Qu'elle veuille m'écar-ter de sa fille en me faisant croupir dans un trou, à la limite on peut le comprendre même si le moyen employé est odieux, impardonnable. Elle convoite la fortune de Mani et craint à juste titre qu'à cause de moi, Olivia ne refuse de l'épouser. Elle agit donc avec une certaine logique.

– Mais vous auriez pu mourir sans l'intervention de vos amis !

– Cette femme est un véritable suppôt de Satan, frissonna lady Barrett. Quand on songe qu'en plus, elle est la maîtresse du fiancé de sa fille ! Quel est son but ? Est-ce véritablement l'argent ?

Assis sur leurs chaises au bois incrusté de corail, leurs dos bien droits appuyés sur une sirène sculptée dans de l'ivoire, des sièges dont ils ne pouvaient soupçonner la valeur, Toche et Huguette n'osaient plus bouger un cil. Cette histoire les sidérait.

— Je l'ignore. Tant d'ombres et de questions entourent cette affaire, soupira Antoine. Par exemple, si madame Reynal est également responsable de la mort des Rulaines, quel rapport cela a-t-il avec moi ?

— Rulaines, qui, soit dit en passant, hésitait à appeler à Villevenard, prétendait avoir bien connu la famille et en particulier une sœur, Rosine, c'est bien ça ? avec laquelle Valérie n'était pas en bons termes. Il serait peut-être instructif de savoir pourquoi, suggéra Igor, et ce qu'est devenue cette femme.

— Valérie Reynal cache un lourd passé, si effrayant qu'elle n'hésite pas à tuer pour qu'il ne soit pas découvert !

Lady Barrett, qui n'avait pourtant bu qu'une tisane de tilleul, balbutiait, excitée au plus haut degré.

— Qu'aurais-je à voir avec sa sœur ? Leur querelle date d'il y a plus de vingt ans, rappela Antoine. Il réfléchit un instant : Non, il ne peut exister aucun rapport entre les Rulaines et moi si ce n'est...

— La bague, soufflèrent à l'unisson John, Igor et lady Barrett.

— Oui, la bague. C'est à Villevenard que je l'ai vue pour la première fois malgré ce qu'a prétendu madame Reynal. Les bijoux passionnaient Germaine Rulaines. Pas un n'échappait à sa convoitise. Supposons que jadis elle l'ait admirée elle aussi, qu'elle ait souhaité l'acquérir, que Valérie s'y soit opposée. C'est plausible et cela expliquerait pourquoi elle la détestait, je reprends les termes de Georges Rulaines.

— Possible, en effet. Mais de là à ce qu'on les assassine tous les deux tant d'années après !

John s'appliquait à garder son calme et à raisonner. Il poursuivit :

— Selon vous, Tony, les réactions de madame Reynal et

d'Olivia lorsque vous leur avez montré la bague ont été assez surprenantes.

– Plutôt, oui. Après réflexion, je suis certain que madame Reynal avait l'air de la reconnaître, même si je n'y ai pas songé sur le moment. Elle a identifié Mars sans hésiter.

Antoine repensa à l'étrange effacement des couleurs sur la main de cette femme. L'or et les pierreries avaient perdu toute leur flamme pendant qu'elle arborait la bague d'Aulus.

– Mais nous ne pouvons tout de même pas comparer leurs attitudes, objecta-t-il. Olivia n'est pas complice de sa mère.

– Bien sûr. Le secours qu'elle vous a porté le prouve.

– La Reynal utilise Joseph. C'est lui qui l'accompagnait à la salle des Ventes de Drouot, affirma Igor. N'oubliez pas que j'y étais, je les ai vus. La description que vous avez faite du gardien, Tony, correspond parfaitement.

– C'est lui qui a dû saccager votre appartement, qui m'a agressé parc Monceau, qui a tiré sur moi dans le bois de Villevenard.

– Sans vouloir vous alarmer, avança lady Barrett, ne craignez-vous pas pour la sécurité de mademoiselle Demat auprès d'un individu tel que Joseph ? Dieu seul sait où il a pu l'entraîner.

– Il ne peut s'en prendre à elle, assura Antoine. Réfléchissez : s'il arrive malheur à Olivia, tous les plans de sa mère s'effondrent. Joseph ne fera rien contre leurs intérêts.

– Très juste.

– Que n'épouse-t-elle pas elle-même son Italien ! rugit Vinkovo.

– A propos, fit John, pensif. Je suis intrigué par le rôle que joue Mani dans cette histoire. Innocent ou coupable lui aussi ?

Ce n'était qu'une question parmi tant d'autres qu'ils

remuèrent encore longtemps, échafaudant jusqu'au milieu de la nuit plusieurs hypothèses qui toutes finissaient par les ramener à la bague. Car une chose était maintenant certaine parmi tant d'éléments en suspens : c'était bien à Villevenard, lors de la halte effectuée par les ambulanciers qui le transféraient aux Frênes, qu'Antoine avait vu pour la première fois l'anneau inoubliable.

— Mais alors, était-ce bien Olivia qui le portait ? N'était-ce pas plutôt sa mère ? Vous étiez dans un demi-coma ! s'enfiévra lady Barrett imitée par Igor :

— On en revient à cette autre supposition : vous avez peut-être confondu. Ce n'était peut-être qu'une bague du même style mais différente.

Complètement épuisé, ayant toutes les peines du monde à conserver les idées claires et un maintien convenable, Antoine se sentait glisser au fond de son fauteuil tout en cherchant une riposte. C'était la même bague ; il ne s'était pas trompé ! Son « rêve » le plus récent lui en avait fourni la preuve irréfutable. Mais la force de le révéler maintenant lui manquait.

S'apercevant de son état, John Patten lui suggéra d'aller se coucher. La chambre d'amis était à sa disposition. Léone s'occuperait de lui. D'ailleurs, il était tard, ils étaient tous fatigués. Le mieux était de se retrouver le lendemain. Devinant l'inquiétude du jeune homme, John le tranquillisa :

— Olivia se doutera bien que vous êtes chez nous si elle cherche à vous contacter. Ce qui ne manquera pas.

— Merci. Merci à tous. Lady Barrett, Huguette, Toche.

— Dormez bien, mon petit Tony. Je vais déposer vos amis avec la Rolls, proposa l'Anglaise. Vous habitez la Bastille, n'est-ce pas ?

— Juste une chose encore, demanda John gravement : avez-vous toujours sur vous la bague d'Aulus ?

– Non, répondit Antoine d'un timbre presque inaudible. Je l'avais rangée dans ma valise. Tout a disparu : bagages, voiture. Il ne restait plus aucune trace de mon passage à Villevenard.

Sans paraître remarquer la consternation qui se peignit sur les visages, il quitta la pièce.

— Il est donc mort lui aussi ?

— Presque sur le coup. Tu ne vas pas le plaindre, j'espère.

— Comment le pourrais-je après ce qu'il a fait ? Mais toi, toi, tu aurais pu être blessée. Pire peut-être.

Un rire plein d'orgueil et d'assurance souligna la réponse :

— Rien à craindre !

— Ton sang-froid, ta dureté m'effrayent.

— Je n'ai de cadeau à faire à personne, excepté à...

La phrase se brisa sur un sanglot vite réprimé.

— Je sais. Pleurer soulage. Tu peux laisser couler tes larmes, sans en avoir honte.

— Pas encore. Ce n'est pas fini.

CHAPITRE 24

Quelques heures de sommeil, une douche et un copieux petit déjeuner suffirent à Antoine pour recouvrer une bonne partie de sa vigueur. De toute façon, il n'était pas question de se prélasser. Tant de choses le stimulaient ! Il avait des recherches à faire, des détails à éclaircir. Son instinct lui murmurait, ce matin, qu'il approchait, sinon du but, du moins d'une révélation importante.

Tout en s'habillant, il regretta de ne pas s'être entièrement confié à ses amis. Puis la pensée d'Olivia chassa ses scrupules. C'était à elle qu'appartenaient toutes les découvertes qu'il avait engrangées.

Sensiblement de la même taille que John, Antoine avait puisé dans ses penderies de quoi se vêtir proprement. Léone lui avait apporté du linge frais. Un pantalon de sport, un sweater, un imperméable lui suffiraient pour regagner décemment son propre domicile. Il se permit une inspection dans la bibliothèque, en retira un livre. Il se hâtait, soucieux d'échapper à la sollicitude et à la curiosité des deux décorateurs. Par chance, ils n'étaient pas encore levés lorsqu'il quitta leur appartement.

— Léone, dites à ces messieurs que je reviendrai plus tard.

Et si mademoiselle Demat téléphone, je suis chez moi, bou-levard Saint-Germain.

– Entendu, monsieur Antoine.

C'était dimanche ; les rues s'offraient presque totalement aux piétons tandis que sonnaient les églises. On n'était que début mars mais le renouveau soufflait déjà ses promesses. Était-ce parce qu'il avait été prisonnier, privé d'air pur et de lumière ? Antoine qui goûtait sans mesure à sa liberté trou-vait qu'en une semaine Paris s'était fait printanier. Il eut plaisir à gagner les quais, à traverser la Seine, grosse des pluies dernières, mais si vive, si chatoyante ! Pour un peu, il en aurait oublié ses craintes et ses tourments pour savourer cette marche matinale qui aurait été parfaite avec Olivia à ses côtés.

Quand la reverrait-il ? Comment allait-elle réagir lorsqu'il lui ferait part des lourdes présomptions qui accablaient madame Reynal ? Ne chercherait-elle pas à la protéger, à la défendre ? Ce serait légitime au fond. Que savait-elle pour sa part ? Peut-être connaissait-elle déjà la vérité, que toute son attitude découlait de sa loyauté envers sa mère ? Com-ment Olivia avait-elle su qu'il était enfermé dans les souter-rains du château ?

Ils s'étaient quittés dans le hall assez froidement. On avait peu après déplacé sa voiture, fait disparaître sa valise, on l'avait fait disparaître lui-même, le tout en l'espace de quel-ques minutes. Olivia n'avait pas dû s'en apercevoir tout de suite. Elle avait cru tout d'abord à son prétendu départ. Quand et de quelle manière avait-elle appris la vérité ? Voilà, entre autres, ce qu'il brûlait de savoir. N'ayant aucun véhi-cule à sa disposition, elle avait eu en tout cas l'heureuse idée de courir chez Toche dont il lui avait parlé comme d'un garçon dévoué. Elle avait, bien sûr, dû se cacher de sa mère,

148

de Mani. Était-elle ensuite retournée auprès d'eux ? Et qu'avait-elle fait de Joseph ?

Étourdi par toutes ces interrogations, parvenu chez lui, Antoine avait beaucoup perdu de l'optimisme qu'il affichait la nuit précédente et commençait à s'angoisser pour la jeune femme. Il appela boulevard de Courcelles sans obtenir de réponse, ce qui ne l'étonna pas. Oui, elle était certainement chez Mani.

Il fit un effort pour chasser son inquiétude. Hier, Olivia avait largement prouvé ses ressources : audace, détermination. C'était une femme de caractère, il pouvait croire en elle.

Quel bonheur avait-il éprouvé dans le souterrain lorsqu'il l'avait devinée auprès de lui ! Son émotion avait effacé les déceptions, leurs malentendus, cette méfiance qui s'était peu à peu insinuée dans son esprit. Les yeux fermés, il avait retrouvé le sentiment de plénitude qu'elle lui avait apporté à la clinique en veillant sur lui après son agression. Il regrettait de ne pas avoir eu le temps de le lui dire. Sans doute Olivia aurait-elle ri. Elle n'avait pas tout à fait tort de se moquer en affirmant qu'il trouvait plaisir à se faire materner. Mais quel homme n'appréciait pas la douceur bienfaisante d'une femme quand, par ailleurs, elle était pourvue d'attraits plus piquants ?

Ces considérations le ramenèrent, par voie détournée, vers son intention première, car il était chez lui pour une raison bien précise. Sitôt le téléphone reposé, il se dirigea vers la bibliothèque. Il en sortit les quelques livres d'histoire qu'il possédait ; le catalogue de l'hôtel des Ventes dans lequel étaient résumés l'origine et le parcours de la bague d'Aulus ; enfin l'ouvrage ancien dont la découverte fortuite chez un bouquiniste avait déclenché l'affaire. *Histoires d'Antiques* de Jean Sert dont l'édition était datée de 1699. Chez John et

Igor, il avait emprunté un armorial abondamment illustré. Tous les volumes furent étalés devant lui, sur la table du salon.

Antoine n'avait jamais lu en entier les textes relatifs à la bague d'Aulus et à sa jumelle dont l'existence, du reste, n'était que supposée. C'était seulement après ses « voyages », à ses réveils, qu'il avait pris connaissance d'Octavie, d'Agnès et du templier. Aucune lecture préalable ne l'avait donc influencé. Par la suite, il avait décidé de ne plus chercher à savoir. Il avait cru que le présent se suffirait à lui-même ; que tout, désormais, serait simple et limpide. Il avait estimé qu'il serait plus sage de laisser dans l'ombre des siècles ce qui n'était plus. Mais à Villevenard, une fois encore, il avait échappé aux limites humaines ordinaires.

Dans ses couleurs les plus vives, tout un pan du passé lui avait été dévoilé et aujourd'hui, en feuilletant avidement les pages de ces livres, il cherchait la confirmation de ce qu'il avait vu, entendu : des dates, des événements, des noms, des portraits, le dessin d'un blason. Pour le reste, il était riche de sa propre expérience.

Octavie et Agnès n'étaient pas les seules à lui avoir tendu la main par-delà le Temps. Il y avait eu, aussi, Marion, la belle Marion qui lui avait ouvert la grille de son domaine, celle qui lui avait sauvé la vie et souriait toujours dans son cadre de bois doré. Marion, la première châtelaine de Villevenard.

DEUXIÈME PARTIE

Le Roman de Marion

1639-1642

CHAPITRE 25

– « Il faut prendre pendant la vie
Tout le plaisir qu'on peut avoir. »

La voix était forte, légèrement grasseyante. C'était la voix à la gaîté un peu factice d'un homme qui avait bu. Elle dominait les autres, les rires et les chansons. Elle résonnait dans le souterrain de Villevenard où Antoine cherchait désespérément une issue.

Pris dans le cabinet du salon comme dans une souricière, il avait cru un moment s'en sortir lorsque la cloison sur laquelle il s'était appuyé, cédant sous son poids, avait découvert l'escalier secret. Où menait-il ? A la lueur de son briquet, Antoine avait atteint le boyau humide, deviné qu'il était situé sous les douves puis il avait débouché dans le petit cachot éclairé par une étroite meurtrière. La vue du jour, bien que parcimonieuse, lui avait rendu momentanément l'espoir. Mais au bout de plusieurs heures de recherche, pierre après pierre, il avait renoncé à trouver un moyen de sortir. Au-dessus de sa tête, le jour avait décliné peu à peu. Il était alors remonté pour constater que l'accès au cabinet était complètement obstrué par un pan de muraille et que personne ne répondrait à ses appels. Incrédule et révolté, indigné, désespéré, passant de la rage au découragement, il était retourné dans le cachot et avait contemplé la petite ouverture, son seul contact avec l'extérieur. Puis, la nuit se faisant, il s'était mis alors à entendre des bruits, à percevoir des lueurs, mais doutant de leur réalité, épuisé, il s'était allongé dans un coin, sur la terre battue.

– « Il faut prendre pendant la vie

Tout le plaisir qu'on peut avoir. »

La voix était pourtant bien distincte ! A qui appartenait-elle ? Les yeux grands ouverts, Antoine scrutait l'obscurité qui, insensiblement, s'animait, s'éclairait, se remplissait de présences colorées et joyeuses.

Le cabaret de la Pomme de Pin avait de tout temps attiré les gens de lettres, les érudits. Non de ces pédants qui discouraient en phrases creuses mais des esprits cultivés, indépendants, facétieux. Autrefois Rabelais l'avait célébré ; Ronsard, du Bellay et les amis de la Pléiade s'y étaient réunis. Aujourd'hui, en cette première moitié du XVIIᵉ siècle, les libertins en avaient fait l'un de leurs « cabarets d'honneur ».

Situé à Paris rue de la Juiverie*, près de Notre-Dame, au cœur de l'île de la Cité, son enseigne très courue faisait jaser les bonnes gens et les dévots. Il est vrai que l'on y vidait beaucoup de bouteilles et que les propos, souvent lestes, fusaient sans contrainte. Les lois, les mœurs, la philosophie, la religion, Dieu lui-même, tout était remis en question dans la plus totale liberté car « seules les âmes libres pouvaient prétendre au bonheur ». Cela n'allait pas sans blasphèmes et sans débordements. Cependant les libertins étaient autre chose que des ivrognes, des « moucherons de taverne » ou de vulgaires dépravés. Il n'y avait que les sots pour confondre la débauche et la volupté. Ne recherchant ni la gloire, ni l'argent, cultivant l'amitié avec art, persuadés que la mort n'était que néant, les

* L'actuelle rue de la Cité.

libertins prônaient un épicurisme hérité de l'Antiquité. Pour oublier la fatale échéance qui tôt ou tard guette tous les hommes, ils savouraient intensément les joies de l'existence.

– « Jette-toi comme moi dans le sein des plaisirs ! » lança encore fortement Jacques Des Barreaux, qui réussissait toujours à se faire entendre même dans une assemblée bruyante.

Au propre et au figuré !

Pour illustrer son propos avec humour, le brillant orateur enfouit son visage dans le décolleté de sa voisine de table qui se laissa lutiner docilement sous les regards ironiques des autres convives. Des Barreaux n'avait-il pas affirmé dans l'un de ses sonnets que pour son repos il était préférable de n'avoir ni maître, ni maîtresse ? Or celui que l'on surnommait « l'Illustre Débauché » ou encore « le Prince des Libertins », celui qui dans sa jeunesse avait été le disciple et l'amant de Théophile de Viau, le fameux poète que l'Église avait bien failli condamner au bûcher pour hérésie, Des Barreaux, donc, était non seulement amoureux d'une femme mais encore lui était fidèle. Et leur histoire durait depuis six ans dont cinq vécus dans une chasteté quasi totale !

Ses amis avaient eu, au début, du mal à le croire. Pourtant, c'était vrai. Marion de Lorme était une jeune fille sage et bien née, étroitement surveillée par sa famille. Ayant grandi entre Paris, sa ville natale, et Baye où son père, président des trésoriers de France en Champagne, possédait un domaine, Marion avait passé sa prime jeunesse à rêver au grand amour. Farouchement, elle avait résisté au sévère Jean de Lorme qui destinait sa fille au couvent. Elle n'avait pas pour autant envié le sort de ses sœurs aînées dont les maris occupaient de hautes fonctions dans la capitale. Mais quand, un jour, son précepteur lui avait présenté un ami, Jacques Des Barreaux dont la jeune fille avait eu l'occasion de lire certains vers, elle avait cru voir apparaître le Prince Charmant en personne.

155

Quatorze années les séparaient. Jacques avait donc pour elle la prestance et le charme d'un homme mûr. A l'époque, il s'était déjà débarrassé d'une charge de conseiller au Parlement de Paris, au grand désespoir de sa famille, et menait sa vie selon ses caprices. S'il avait été plus sérieux, s'il avait accepté de rentrer dans le rang, probablement le sieur de Lorme l'aurait agréé pour gendre. Mais qui sait si la romanesque Marion l'aurait à ce point aimé ?

Les deux tourtereaux avaient dû surmonter bien des épreuves avant que d'être amants. Cependant, les obstacles, les séparations, c'est bien connu, attisent les passions véritables. En désespoir de cause, Marion, devant son père, avait choisi de feindre l'indifférence et de jurer que toute relation avait bien cessé entre elle et son poète. Elle avait alors été autorisée à revenir à Paris où ses parents séjournaient le plus souvent. Agé, malade, Jean de Lorme avait relâché sa vigilance. Soutenue en cachette par sa mère, Marion en avait aussitôt profité.

Ainsi régulièrement, elle rejoignait Jacques dans le quartier Saint-Victor où il louait une agréable maison, joliment environnée d'un jardin et qu'il avait baptisée « l'île de Chypre » en hommage à Vénus née sur ces rivages. De même que Marion était Vénerille, son « ange », son « beau soucy ». Il lui avait tout enseigné de l'amour et elle y avait pris goût très vite, naturellement sensuelle. Jamais ils ne se querellaient. Marion avait bon caractère et lui était sûr d'elle. Avec une simplicité aimable, elle acceptait ses poèmes et ses louanges. Elle riait beaucoup, le récompensait d'un air de luth ou le suivait dans ses folies. Sans se soucier du qu'en-dira-t-on, elle s'affichait avec lui dans tous les lieux où l'on s'amusait. Elle ne voyait aucun mal dans le fait d'aimer et d'être aimée. « Amour, que j'ai par toi de plaisir et de gloire ! »

Marion n'avait jamais été du genre à se poser trop de questions. Par ailleurs, Jacques lui avait assez répété qu'un excès de raisonnement et de pensées empêchait d'être heureux :

– Regarde les petits oiseaux dans la nature. Ils ne pensent pas ; ils n'ont aucune notion du temps, du lendemain, de la mort qui les attend. Ils n'ont pas la tête empoisonnée par la morale chrétienne. Ils sont libres et légers. Imitons-les.

Elle l'avait fait. Jusqu'à ce soir. Que se passait-il ?

A la Pomme de Pin, l'ambiance s'était embrasée. Comme toujours, les mets étaient excellents et les vins tirés des meilleurs tonneaux. Si Marion était sans conteste la plus belle femme présente, quelques autres aussi agrémentaient le décor. A la lumière des chandelles, sous les poutres basses, leurs peaux semblaient poudrées d'or : la mode était aux grosses perles portées en pendants d'oreilles ou en rang serré autour du cou ; aux collets blancs empesés, aux poignets recouverts de dentelles, aux tailles fines mais aux hanches volumineuses, en « gigot ». Les cheveux se portaient bouclés autour du visage. Selon les canons, la beauté idéale exigeait des chairs pulpeuses, un teint clair, des yeux profonds, des lèvres charnues comme une cerise.

L'exacte portrait de la brune et éblouissante Marion !

Sans frémir, celle-ci reçut les baisers que Jacques déposa sur ses seins. Depuis le début du souper, Marion affichait un air pensif et sérieux qui ne convenait guère au moment. Elle avait, soudain, l'impression de découvrir le poète et ce qu'elle ressentait l'emplissait de tristesse. Que voyait-elle tout à coup ? Un homme de quarante ans marqué par les abus de toutes sortes ; ses yeux pochés, un peu troubles, sa peau gâtée çà et là par de vilaines plaques rouges, ses cheveux blonds grisonnants aux tempes, ses épaules qui commençaient à se voûter. Lui qui avait été si séduisant ! Boire ne

lui réussissait plus aussi bien que naguère. Il avait maintenant des nuits agitées, des réveils pâteux. Le changement
était récent ; il contrariait la jeune femme éprise de raffinement, d'harmonie. Toutefois, elle aurait peut-être ignoré ces
altérations physiques si elle n'avait pas décelé d'autres failles
touchant à la personnalité flamboyante de Des Barreaux.

En privé, Jacques n'était plus aussi gai. Tout à l'heure, en
l'écoutant exprimer sa conception de la vie, elle avait cru
deviner une peur affreuse de la mort et du châtiment divin
cachée sous ses propos d'épicurien. Il s'affirmait libre et fier
de l'être ; il niait l'existence de Dieu, mais était-il vraiment
sincère ? Elle lui en voulait maintenant d'avoir cherché à
l'écarter de la religion, de ne pas reconnaître honnêtement
ses propres doutes. Jacques Des Barreaux ne serait-il pas en
fait un lâche, fuyant les contraintes et les responsabilités ?

Marion pensa fugitivement à ses grossesses interrompues.
Son amant lui avait appris, entre autres choses, quel breuvage
prendre pour se débarrasser de fruits gênants. La jeune
femme s'imagina mariée avec lui, tous deux entourés
d'enfants dans la maison de Saint-Victor. Seraient-ils heureux ? Probablement non. Le poète voulait sa Vénerille
intacte et pour lui seul. Un libertin ne s'emprisonne pas
dans un mariage bourgeois. Mais elle, Marion, que voulait-
elle ?

Lucide, elle s'avoua qu'elle n'en savait plus rien mais que
ce soir, sans qu'elle se l'expliquât, un vide s'était creusé dans
son cœur.

CHAPITRE 26

Personne ne paraissait le remarquer. Vauquelin des Yve-teaux, le baron de Blot, Sarasin, les intimes de Jacques, tous poètes, y allaient de leurs couplets tout en continuant à boire :

— « Pourquoi tant de cloches, de messes ? Peut-on ressus-citer les morts ? »

— « Je me fous de mon destin pourvu que j'aie du vin. »

— Et un cornet de dés ! renchérit Sarasin en sortant de sa poche un petit objet d'ivoire qu'il agita au-dessus de la table. Je propose une partie de rafle.

On accepta bruyamment ; quelqu'un commanda d'autres bouteilles ; les femmes se rapprochèrent de leur joueur favori. Des Barreaux serra la main de Marion, « pour lui porter chance ». Les enjeux furent déposés devant eux, des pistoles, une poignée d'écus. Quelqu'un demanda à se join-dre à leur groupe. C'était un petit homme, vêtu de noir, à la face de lutin. On lui fit place sans plus de façons. D'une bourse de cuir très usagée, il sortit un objet qu'il déposa sur la table :

— Excusez-moi, messieurs, je n'ai pas d'argent à miser. Ceci fera-t-il votre affaire malgré tout ?

Les éclairs rouge et bleu d'une bague, par ailleurs taillée dans l'or le plus pur, frappèrent l'assistance :

– C'est magnifique !

– Elle semble très ancienne.

Les femmes frémirent de convoitise.

– Je vais la gagner pour toi, ma douce Vénerille, promit Jacques en s'emparant du cornet de Sarasin.

Les règles de la rafle étaient simples. Le jeu se pratiquait avec trois dés, le but étant de réussir, sur un seul coup, à sortir les trois mêmes chiffres et, bien entendu, d'accumuler le plus grand nombre de points.

Marion avait déjà suivi des parties enragées et joué bien souvent. Jamais, pourtant, elle n'avait été plus haletante, plus captivée. Comme si de cette rafle, son sort, sa vie dépendaient. Quelle pensée absurde ! Cette bague était belle, certes, mais qu'avait-elle de particulier pour la fasciner à ce point ? Était-ce le petit dieu armé et casqué, Mars sans doute, qu'on devinait au centre de l'intaille ? Marion ne pouvait en détacher le regard, priant avec agitation pour la victoire de Des Barreaux. Elle la voulait, la désirait ; cette bague était faite pour elle ; elle était sienne ; elle la reconnaissait !

– Elle te plaît, n'est-ce pas ? chuchota son amant en attendant son tour. Je suis en veine, tu l'auras.

Non loin les épiait le bonhomme en noir. Son visage simiesque ébaucha un sourire à l'adresse de Marion. Il paraissait comprendre sa fièvre et l'encourager dans son espoir.

– Elle est presque à toi, ajouta Jacques.

En effet, depuis le début il accumulait les triplets, voyait son total augmenter. Lorsqu'à la fin de la partie sa victoire fut définitive, Marion dut se mordre les lèvres pour ne pas crier sa joie.

– Eh bien, j'ai gagné, mes amis, et ce bijou va sans tarder parer ma maîtresse. Ta main, mon ange.

– Tu sais ce qu'on dit, clama Blot : « Heureux au jeu, malheureux en amour ! »

Mais Des Barreaux riait, ravi, pressé, maladroit. Il tremblait un peu. La bague lui échappa à l'instant où il essaya de la passer au doigt de Marion.

– Elle est trop grande pour toi. Remets ton gant, ainsi elle tiendra mieux. Mais où est-elle ?

– Ici !

Le bonhomme avait quitté sa chaise pour s'approcher du couple. D'un mouvement vif, il avait récupéré la bague qui s'était accrochée au bas de la robe de la jeune femme.

Suivant le conseil de Des Barreaux, cette dernière avait renfilé ses gants. Elle en possédait d'innombrables paires, en changeait plusieurs fois par jour, elle en raffolait. Ceux qu'elle avait choisis ce soir étaient d'un doux velours panné d'un bleu franc, comme par hasard assorti à la couleur de l'intaille. Finalement, ce fut l'étrange inconnu qui lui glissa l'anneau au majeur gauche.

– Merci, murmura-t-elle, très émue.

En fait, elle était au bord des larmes et, sans comprendre, éprouvait un bonheur intense mêlé de tristesse et de regrets.

– Cette bague est à vous. Il vous faudra la mériter et savoir la garder, rétorqua le bonhomme avec un clin d'œil espiègle.

Mais son intonation était grave et, instinctivement, Marion referma sa main d'un geste craintif.

– Hé ! C'est moi que tu dois remercier ! protesta Des Barreaux en la prenant par la taille. Le vainqueur mérite au moins un baiser.

Elle le lui donna distraitement en cherchant à voir le petit homme. Elle aurait aimé le questionner.

– Où est-il ?

Personne ne fut en mesure de le lui dire. Il s'était déjà éclipsé.

— On ne sait même pas qui c'est, remarqua Vauquelin qui se versa le fond d'une bouteille.

CHAPITRE 27

Au contact de Marion, le désir de Des Barreaux s'aiguisait. Sa victoire à la rafle, que tout le cabaret avait applaudie, augmentait son ivresse.

— Rentrons. Regagnons notre île, ma mie, mon cher soucy.

S'il avait pu lâcher bride à sa nature, il aurait troussé sa maîtresse devant tout le monde. Quelle importance ! Dans sa jeunesse, avec Théophile, il avait fait bien pis. Mais sa douce Vénerille méritait plus d'égards. C'était pour elle, à l'encontre de tous ses principes, qu'il avait aménagé une maison, l'avait embellie, fleurie, parfumée ; qu'il s'était assagi.

— Tu viens ? fit-il en se levant, un peu surpris par le manque d'empressement qu'elle manifestait.

Marion prit son temps pour rassembler son éventail, remettre son masque de taffetas noir. Une femme sortait rarement à visage découvert. Celui qu'elle portait recouvrait le sien à moitié, laissait admirer sa bouche et un petit grain de beauté qui soulignait la pureté de son teint.

Leurs amis leur souhaitèrent bonne nuit avec toutes les allusions grivoises possibles. Leurs rires accompagnèrent leur départ, si forts qu'ils débordaient du cabaret, secouant le quartier tranquille de Notre-Dame.

Dehors les attendaient le valet de Des Barreaux et celui de Marion. Ils bavardaient avec le cocher d'un carrosse de louage que la jeune femme avait emprunté pour venir de la rue des Trois-Pavillons, dans le Marais, où elle logeait avec ses parents. Des quinquets éclairaient vivement l'enseigne repeinte de frais, ornée de la célèbre pomme de pin. En revanche, de l'autre côté de la rue, la vieille église Sainte-Madeleine, siège de la Confrérie qui chapeautait toutes les autres associations parisiennes, se devinait à peine dans la nuit noire. Le ciel obscur ne renvoyait aucune lueur de lune ou d'étoiles mais l'air était tiède, l'été s'annonçait.

Des Barreaux fit approcher le carrosse. Son impatience allait grandissant :

– Je vais avoir du mal à tenir jusqu'à Saint-Victor. Allons, grimpe, ma belle !

Immobile dans sa robe de soie que les lumières du cabaret éclaboussaient d'or et d'argent, Marion ne lui répondit pas. Du reste, elle ne lui avait pas adressé une seule parole depuis qu'elle portait la bague. Elle n'entendait qu'à peine ce que Jacques lui disait. Elle paraissait préoccupée, absente comme si elle guettait quelque chose qui ne pouvait tarder d'arriver.

– Marion, qu'as-tu ? Monte ! répéta Jacques Des Barreaux en maintenant la portière ouverte.

Elle continua de l'ignorer, son attention captivée, tout à coup, par trois gentilshommes qui émergeaient de l'ombre, du côté de Sainte-Madeleine. Des gens de cour, à n'en pas douter. Il suffisait d'observer leur démarche, leur manière de rejeter leurs manteaux courts derrière le pommeau de leurs épées ; de noter la richesse de leurs vêtements et le panache « à la renarde » qui garnissait leurs grands feutres, également la façon dont ils le portaient. Ils étaient jeunes, désinvoltes, élégants mais, vite, Marion n'eut d'yeux que pour l'un des trois, plus jeune, plus désinvolte, plus élégant que ses compagnons et indiscutablement plus beau de visage. Des traits à la fois nobles et juvéniles, tendres et fiers, mélancoliques et moqueurs. Une poignée de secondes lui suffit pour déchiffrer tout cela.

— C'est lui, pensa-t-elle.

Lui ? Qui donc ? Elle le voyait pour la première fois.

Avant de pénétrer dans le cabaret, le jeune homme marqua un léger arrêt en passant près d'elle. Il l'étudia en cherchant à deviner si sous le masque elle était aussi charmante que le laissait espérer sa silhouette. Puis, soudain, son regard, qui s'était mis à la détailler tout entière, fixa la main gantée de bleu qui soulevait avec précaution les plis de sa jupe, une main ornée d'une bague extraordinaire.

Marion crut que le jeune homme allait lui parler. Mais, demeurant bouche bée, il se contenta de soulever son feutre et la salua. Il fallut que Des Barreaux intervînt pour que l'espèce de sortilège qui s'était emparé d'eux se rompît.

— Ma chère, il se fait tard, pressa-t-il. Puis s'adressant aux trois gentilshommes, il lança familièrement : Bonsoir messieurs !

— Tu les connais ? lui demanda Marion qu'il avait enfin entraînée à l'intérieur du carrosse.

— Oui, mais sans plus. Ce sont des muguets de cour, de jeunes insolents – C'était bien à Des Barreaux de critiquer dans ce domaine – J'ai remarqué la manière dont te reluquait le petit Cinq-Mars, glissa-t-il, mi-figue, mi-raisin, faussement jaloux.

— Cinq-Mars ? C'est donc lui ? fit Marion qui avait déjà entendu prononcer ce nom.

— Henri de Coiffier-Ruzé, marquis d'Effiat et de Cinq-Mars, le nouveau Grand Maître de la Garde Robe du roi, en personne, ricana Des Barreaux. Il est en effet étonnant que tu ne l'aies pas encore rencontré. C'est la dernière coqueluche des salons. A la cour, on prétend qu'il ira loin. Avec le cardinal de Richelieu pour protecteur, il a en effet toutes les chances de réussir. Mais laissons ce blanc-bec pour nous occuper de nous. Petite Vénerille, sois gentille, bonne fille...

Elle écarta ses mains qui la palpaient, esquiva sa bouche qui sentait trop le vin.

– Non, Jacques !

C'était la première fois qu'elle le repoussait. Il crut à un jeu, insista, Marion se défendit avec fermeté. Alors il se contenta de poser sa tête sur son épaule en grognant de dépit. Puis il bâilla bruyamment.

Après avoir franchi le Petit Pont, le carrosse abandonna rapidement les quais de Seine pour traverser la place Maubert et remonter la rue Saint-Victor que barrait, au loin, la petite porte fortifiée du même nom. Au-delà des remparts se profilait l'abbaye qui dominait tout le faubourg. Le carrosse s'arrêta. La maison de Des Barreaux se trouvait là, *intra-muros*.

– On y est, fit-il en se redressant.

– Je ne descends pas, Jacques, annonça Marion qui refusa sa main tendue. Pas ce soir. J'ai la migraine.

– Allons donc !

– Et puis j'ai promis à ma mère de rentrer tôt. Mon père va de plus en plus mal. S'il venait à me réclamer, on ne sait jamais, je me dois d'être présente.

Des Barreaux l'écouta se répandre en excuses, trop ivre pour riposter, trop amoureux pour ne pas s'étonner d'un subit changement d'attitude.

– Si je comprends bien, tu me déposes comme un paquet, ironisa-t-il en entendant Marion commander au cocher de retourner rue des Trois-Pavillons. Je me demande si je dois te laisser seule à cette heure.

— Il n'est pas si tard et j'ai Mirot, dit-elle en parlant de son valet.

— Quelle escorte !

Néanmoins, Des Barreaux s'extirpa laborieusement du carrosse. Navrée, Marion le regarda poser par terre un pied peu sûr.

— Reviens demain, mon ange. C'est promis ? Je t'attendrai toute la journée.

— Promis, oui. A demain !

Enfin seule, elle rejeta avec soulagement la tête contre la cloison capitonnée et s'abandonna à la fois au roulement de l'équipage et à son propre tumulte, encore bouleversée par sa rencontre avec Cinq-Mars. Aussi fou que cela parût, elle était convaincue, intimement, que cette rencontre avait un lien avec la bague qui scintillait dans la pénombre.

CHAPITRE 28

Devant la Pomme de Pin, Henri de Cinq-Mars resta longtemps sans bouger, bien après qu'eut disparu le carrosse qui emportait la troublante inconnue. Ses compagnons avaient beau l'exhorter à entrer dans le cabaret, le cribler de sarcasmes, rire et s'agacer tour à tour, il n'avait pas l'air de les entendre. Une flamme s'était mise à danser devant ses yeux, il en sentait la chaleur, suffoquait presque, aveuglé, le front perlé de sueur. Cette femme masquée de noir, dont il n'avait aperçu que la moitié du visage, dont il ignorait tout, lui était devenue, en quelques secondes, plus précieuse que la vie.

— Qui est-ce ? finit-il par balbutier en émergeant de son rêve.

— Tu veux parler de cette fille qui accompagnait Des Barreaux ? Probablement sa maîtresse, répondit Henri de Ruvigny.

— La demoiselle Marion de Lorme, précisa François-Auguste de Thou. Ne l'as-tu pas déjà croisée ?

— Non, jamais. Ce serait donc elle ?

— Notre libertin ne fréquente personne d'autre depuis qu'il la connaît, ni fille, ni garçon, s'esclaffa Ruvigny. Cette

Marion doit être une magicienne. Elle est superbe en tout cas.

Une magicienne, songea Cinq-Mars. Oui, c'était ça. Elle en avait le pouvoir et les attributs. Même si Marion avait été repoussante, il aurait été malgré tout subjugué. Ne portait-elle pas un bijou mythique, cette bague que jamais il n'aurait cru voir un jour ?

— Eh bien, que décidons-nous ? reprit de Thou, intrigué par le comportement de son ami.

Plutôt dévot, très studieux, de Thou était certainement le plus sérieux des trois. Il s'était fait un peu prier pour sortir ce soir ; il fréquentait peu les cabarets, préférant une bonne lecture au coin du feu. A la cour, il occupait la charge de Maître de la Bibliothèque de Louis XIII. Il devait ce poste sans éclats, peu digne de ses compétences, au cardinal de Richelieu qui se méfiait de lui, le sachant dévoué à la reine et trop proche de Cinq-Mars. Richelieu ne souhaitait aucune autre influence que la sienne sur son jeune protégé.

Celui-ci ignora la question, toujours obsédé par Marion :

— Savez-vous où elle habite ? demanda-t-il en recoiffant son feutre.

Ruvigny, qui connaissait tout le monde et que ce coup de foudre amusait beaucoup, se fit un plaisir de le renseigner :

— Ses parents ont un petit hôtel dans le Marais, pas très loin de chez moi, rue des Trois-Pavillons*. Mais elle est plus souvent chez Des Barreaux. Bon ! Si on entrait ? J'ai soif !

— Nous n'allons pas prendre racine ici, marmonna de Thou.

— Vous boirez sans moi, bonsoir ! décréta brusquement Cinq-Mars en leur tournant le dos sans explication.

* Rue Elzévir.

– Henri ! Où vas-tu ? Non ! Espèce de lâcheur ! Reviens !
Mais il ne céda pas.

Devant le porche de l'église Sainte-Madeleine, il retrouva
leurs domestiques qui gardaient leurs chevaux. Congédiant
le sien, il enfourcha sa monture et, par les rues mal éclairées,
quitta l'île de la Cité, pour rejoindre le Marais.

Cinq-Mars était rarement seul. Dans la ville à moitié
endormie, il éprouva une sensation inhabituelle de liberté,
bien proche du bonheur. Jamais rendez-vous galant ne lui
avait procuré une telle griserie.

Orphelin à douze ans de son père, le maréchal d'Effiat
qui avait suivi une brillante carrière de soldat et de diplo-
mate, Henri avait été élevé par sa mère, une créature froide,
pétrie d'orgueil, de principes et d'avarice. Aucune joie du
côté de ses frères ou de ses sœurs : Martin était à demi fou ;
Jean, destiné à l'Église, n'était guère plus équilibré ; Char-
lotte avait été enfermée au couvent, malgré ses protestations,
et Marie, que Richelieu avait mariée très jeune et contre son
gré à l'un de ses cousins, était morte en couches, désespérée.

Sur les épaules d'Henri, le cadet, reposait donc l'avenir
du nom. Tout le monde comptait sur lui.

D'aussi loin que remontaient ses souvenirs, sa mère, la
maréchale, ne lui avait pas une seule fois témoigné de l'affection. Pas un sourire ; pas un baiser. En revanche, le devoir,
la grandeur de la maison, le service du roi et de l'État, toutes
ces notions lui avaient été inculquées très tôt. « L'honneur,
mon fils, la gloire et la vertu ! Et l'obéissance en toutes
choses ! »

Des mots qu'elle n'avait cessé de lui répéter tout au long
de sa triste jeunesse, et que lui répétait encore le cardinal de
Richelieu, ce vieil ami de la famille omniprésent dans sa vie.
Richelieu, auquel le roi Louis XIII avait confié le gouvernement, avait pleins pouvoirs et en usait sans limites. Déce-

lant chez Henri une intelligence et un charme très prometteurs, il l'avait pris sous sa protection, échafaudant pour lui de mirifiques projets. Son intérêt était indéniablement flatteur mais, au fond, Henri se serait volontiers passé du soutien d'un personnage qu'il avait toujours redouté. Pourtant, que de compliments, d'encouragements de sa part ! Que de mielleries ! Que de bienfaits ! De quoi faire tourner la tête de n'importe quel jeune ambitieux.

Lorsque après ses études à l'Académie Benjamin où il était devenu un gentilhomme accompli, ayant appris à la fois à danser et à se battre, à monter à cheval et à apprécier les bons auteurs, Richelieu l'avait fait venir à la cour et lui avait confié un commandement aux gardes du roi. Henri avait alors seize ans environ ; c'était le début d'une vie agréable : opérations militaires durant l'été ; plaisirs en société durant l'hiver. Cela lui suffisait amplement. Mais l'insatiable Richelieu avait des vues beaucoup plus larges. Son protégé devait se faire remarquer du roi, s'en faire apprécier, gagner ses faveurs. Puisque tout le monde succombait à son charme et à son entrain, pourquoi pas Louis XIII ?

Un mois plus tôt, le 27 avril 1638, le jour de ses dix-huit ans, le petit marquis de Cinq-Mars avait reçu le titre envié de Grand Maître de la Garde Robe Royale. La maréchale d'Effiat s'en était pâmée de vanité maternelle ; l'attention de la cour avait commencé à s'éveiller, les jaloux à murmurer, tandis qu'Henri avait eu l'impression d'être brutalement enfermé dans une cage dorée qu'il serait difficile d'ouvrir à nouveau.

Sur le pavé fangeux de Paris résonnaient haut et clair les sabots de son cheval, faisant écho aux battements appuyés de son cœur. Évoquer ses nouvelles fonctions qui le retenaient maintenant quotidiennement auprès d'un roi morose et lunatique le plongeait toujours dans une sorte d'angoisse inexplicable. Il inspira un grand coup, réussit à oublier son malaise, de nouveau concentré sur son but : revoir au plus vite cette mystérieuse Marion.

CHAPITRE 29

Imbriquées les unes dans les autres, serpentines, étranges parfois et s'élargissant tout à coup devant une porte cochère ou le parvis d'une église, les rues du Marais dessinaient un pittoresque labyrinthe. Cependant, Henri de Cinq-Mars trouva sans peine la petite rue des Trois-Pavillons. Quelques maisons à encorbellement la bordaient, deux ou trois hôtels parmi lesquels il chercha à deviner celui de la famille de Lorme. Des lanternes étaient suspendues à la plupart des entrées ; derrière certains volets apparaissaient encore des lumières mais rares et discrètes. Le silence caressait les façades ; le parfum des jardins qu'elles dissimulaient flotta autour de lui.

Il mit pied à terre et se posta dans un renforcement, à mi-parcours de la rue, de manière à pouvoir en surveiller les deux côtés. Lorsqu'elle avait quitté la Pomme de Pin, Marion avait suivi Des Barreaux mais elle ne manquerait pas de rentrer chez elle, tôt ou tard. Cinq-Mars était prêt à l'attendre toute la nuit s'il le fallait.

Et cette attente était pour lui un moment étrange et délicieux. Chose surprenante, il n'était même pas contrarié de savoir la jeune femme chez un amant, comme s'il anticipait l'avenir avec elle ou, au contraire, s'évadait dans une époque très lointaine dans laquelle ils s'étaient déjà appartenus.

Trois quarts d'heure à peine s'étaient écoulés quand il entendit approcher un carrosse. Cinq-Mars se rencogna dans l'ombre et retint son souffle. L'équipage passa devant lui, s'arrêta à dix pas. C'était bien le même !

Un valet sauta du siège voisin du cocher auquel il régla la course, déplia le marchepied et ouvrit la portière, prêt à aider sa maîtresse à descendre. Il n'en eut pas le loisir : Henri, comme surgi de nulle part, s'interposa au moment où Marion se penchait, pointant un soulier garni d'une rose en lamé argent. Elle avait ôté son masque. Il put donc découvrir, comme à livre ouvert, toute une gamme d'émotions sur ses traits ravissants : la surprise, un soupçon de tristesse vite balayée par une joie puissante. Mais de craintes, d'hésitations, aucunes, et la jeune femme posa sa main dans la sienne spontanément, un sourire lumineux aux lèvres.

Au bout d'un instant, sans cesser de le contempler, elle ordonna au valet d'ouvrir un étroit portail latéral, assez bas, à peine visible dans le mur et de les laisser seuls. Puis elle entraîna Cinq-Mars qui dut courber la tête pour passer sous le chambranle de bois. De l'autre côté se trouvait le jardin de l'hôtel que la lune, brusquement dévoilée d'un rideau de nuages, inonda d'une clarté laiteuse. A vrai dire, le jardin était un carré modeste mais abondamment garni de roses et, à son extrémité, planté d'un tilleul en fleurs.

C'est là que Marion se dirigea rapidement, à pas légers. Ils ne s'étaient pas lâché la main et dès qu'ils furent sous le couvert de l'arbre, à l'abri d'éventuels regards, ils s'étreignirent avec passion.

L'enchantement dura longtemps. Plus rien, pour eux, n'était réel excepté le fait miraculeux d'être ensemble. A ce degré de bonheur, ils n'éprouvèrent même pas, dans l'immédiat, le besoin d'aller plus avant malgré leur désir. Des baisers interminables, quelques mots chuchotés leur suffisaient. Leurs corps, leurs cœurs, leurs âmes se reconnaissaient. Ils avaient tout leur temps.

Dans la nuit, la bague fulgurait avec une intensité peu ordinaire qui semblait fasciner Cinq-Mars. A plusieurs reprises, il y posa ses lèvres et fut sur le point de parler. Mais chaque fois, il se tut, préférant le langage des gestes et boire, encore et encore, l'amour aux lèvres de Marion.

Ils furent tout surpris en constatant que le ciel pâlissait, que de timides chants d'oiseaux commençaient à annoncer l'aube. Henri se décida difficilement à partir et elle le raccompagna, s'attardant pour le regarder récupérer son cheval et s'éloigner au trot sur un signe d'adieu. Heureuse au point de vouloir chanter elle aussi, Marion allait refermer la porte quand une silhouette se détacha d'une maison voisine et suivit la direction que le cavalier venait de prendre. La jeune femme frissonna, guetta les bruits un instant. Le trot rapidement décroissait. Sans se presser, l'inconnu disparut au bout de la rue. Peut-être ne s'était-il trouvé là que par hasard ? Tout en verrouillant le portail, elle voulut s'en persuader.

CHAPITRE 30

Cinq-Mars lui avait dit en la quittant qu'il reviendrait dans la journée dès qu'il pourrait s'échapper de son service auprès du roi. Oubliant la promesse faite à Des Barreaux, Marion resta à la maison. La maladie de son père imposait à tous silence et discrétion. Aussi, après avoir prévenu sa mère qu'elle attendait une visite, la jeune femme se posta dans un petit cabinet du rez-de-chaussée qui lui permettait d'observer toutes les allées et venues de l'extérieur et n'en bougea plus.

Ce qui lui arrivait était inouï. Malgré les apparences, cela n'avait rien à voir avec un coup de foudre, mais ressurgissait des profondeurs d'elle-même. Comme un souvenir émergeant d'une mémoire trop longtemps assoupie.

Pour accueillir Cinq-Mars, elle avait revêtu un « corps » de velours bleu nuit à grosses manches, sobrement fermé par un mouchoir de cou en batiste. Sa jupe était de taffetas jaune comme les bas brodés et les mules. Ses cheveux bruns, ses boucles en petits accroche-cœurs sur le front, ses yeux noirs et son grain de beauté au coin de la bouche étaient ses plus sûres parures. Et la bague, évidemment, qu'aujourd'hui elle portait en sautoir, au bout d'une chaîne d'or.

Avant même de l'apercevoir, Marion sut que Cinq-Mars

179

arrivait. Parmi les bruits innombrables de la rue, elle distingua le pas de sa monture. En effet, quelques instants plus tard, Mirot, sur ses ordres, faisait entrer le jeune homme. Sans attendre, elle se jeta dans ses bras.

Un peu plus tard, ils s'écartèrent un peu pour mieux s'admirer. Ils s'aperçurent que sans se concerter, ils arboraient les mêmes couleurs. Henri avait revêtu un pourpoint et des chausses bleu-roi à crevés jaunes et cette coïncidence les amusa tous deux beaucoup. Puis il redevint sérieux en avisant le bijou suspendu au bout de la chaîne et fit asseoir Marion sur une banquette dans l'embrasure de la fenêtre.

— Nous ne nous sommes même pas présentés l'un à l'autre, dit-il en lui prenant les mains. C'est insensé.

— Je sais qui tu es, Henri.

— Je sais qui tu es aussi, ma précieuse Marion. Mais au fond, nos noms, ce que nous faisons, cela n'a pas d'importance.

— C'est vrai, reconnut-elle.

Elle pensa que le clair regard bleu qui reflétait son sourire trahissait une maturité que ne possédaient pas tout à fait ses traits réguliers à peine sortis de l'adolescence.

— Cette bague, commença-t-il. M'en voudras-tu si je t'avoue que c'est à cause d'elle que je suis ici ?

— Tu veux dire que tu aurais recherché, poursuivi n'importe quelle femme qui l'aurait portée ? releva-t-elle avec malice.

— Oui.

Nullement vexée par sa franchise, Marion sourit encore, plus mystérieusement :

— Je ne t'en veux pas. Je le sais depuis le début mais ne me demande pas pourquoi : c'est inexplicable.

— Tiens, regarde, fit-il en sortant un petit objet de sa poche.

Une bague, toute pareille ! A la différence toutefois, qu'au centre de l'intaille on y reconnaissait la déesse Vénus, représentée à demi nue, enveloppée de voiles.

– Elles sont jumelles, expliqua Henri à voix basse. La mienne est dans ma famille depuis des siècles et nous viendrait d'une ancêtre, une certaine dame de Vainces. Mon père me l'a offerte peu de temps avant de mourir. Et toi ?

– J'ignore d'où vient celle-ci, répondit Marion sur le même ton grave et confidentiel. Je ne la possède que depuis hier soir. Elle a été gagnée à une partie de rafle.

Elle se rappela son agitation tout au long du jeu et l'énigmatique petit homme. Quant à Jacques Des Barreaux, son souvenir était de plus en plus flou.

– Ma bague est plus petite. Je suis sûr qu'elle doit parfaitement te convenir.

Avant même qu'elle eût le temps de réagir, il avait glissé « Vénus » à son doigt. Alors elle détacha « Mars » de sa chaîne et, à son tour, l'offrit à Henri.

– C'est une bague de géant ! s'exclama-t-il en riant. Mais rassure-toi, j'aurai garde de ne pas la perdre et saurai la mériter.

Le bonhomme en noir n'avait-il pas fait cette recommandation à Marion ?

– Jamais je n'aurais supposé qu'elles seraient un jour réunies. Il court beaucoup de légendes à leur sujet.

Il évoqua ce que s'était transmis sa famille, à chaque génération. Peu de choses en somme. Bientôt, il se tut et reprit Marion dans ses bras.

Il la quitta bien plus tard, après l'avoir possédée comme un fou et s'être donné lui-même sans réserve. Désormais, ils s'appartenaient. Réellement. Pour la vie. Et bien plus encore !

Sur la banquette, dans ses vêtements en désordre, les

cheveux recouvrant sa poitrine nue, Marion, comblée, émerveillée, le regarda partir pour la seconde fois en quelques
heures. Il lui manquait déjà. Et pour la seconde fois, elle vit
une silhouette abandonner l'abri d'une porte voisine pour
s'élancer derrière Cinq-Mars.

Un chat gris tigré sauta sur le bureau recouvert de papiers et de dossiers en maroquin rouge et, du bout de sa patte, fit rouler une plume d'oie. Puis il se mit à la mordiller avec frénésie ; un peu d'encre barbouilla ses moustaches. Habituellement, pour ce genre de sottise, il recevait une tape et son maître l'envoyait rejoindre ses congénères qui dormaient sur les fauteuils. Aujourd'hui, il semblait que tout lui était permis. L'attention était ailleurs.

— Vous êtes bien sûr de l'adresse et de la personne, insista une voix doucereuse.

— Tout à fait sûr, monseigneur.

— Ce n'est donc pas une fille de bas étage ?! Une prostituée ?

— Non, non. Sa famille est tout ce qu'il y a d'honorable : ce sont gens de finances ou de robe. Sa mère est apparentée aux Châtelain et aux Donon, de riches bourgeois parisiens. Son père, le sieur Jean de Lon de Lorme, a pu acquérir la baronnie de Blay, en Champagne.

— Il s'agirait, alors, de la demoiselle Marie de Lorme, celle qui a si bien retourné Des Barreaux qu'il s'est métamorphosé en homme sage et fidèle ?

— Marie, dite Marion. En effet, c'est elle.

— On en a beaucoup parlé tout au long de cette année, reprit le même timbre doux et songeur. A ce qu'on raconte, elle est très belle.

— Sublime, monseigneur.

— Donc dangereuse. Tout cela s'enchaîne bien trop vite à mon goût. Je ne peux courir le moindre risque. Amène-moi cette jeune personne.

CHAPITRE 31

Marion n'était pas très rassurée en se rendant au Palais-Cardinal. L'invitation qu'elle avait reçue ce matin n'était pas de celles qu'il était permis de décliner mais elle avait de quoi surprendre, venant d'un si haut personnage. Que pouvait bien lui vouloir le cardinal-duc de Richelieu, le tout puissant ministre de Louis XIII, pour la convoquer ce même soir ? Elle aurait aimé en aviser Henri, lui demander conseil. Malheureusement le roi, qui avait brusquement décidé de chasser à Saint-Germain, avait entraîné tous ses officiers à sa suite dont le Grand Maître de la Garde Robe, évidemment. Cette absence devait durer plusieurs jours et chagrinait Marion.

Son bonheur ne datait pas encore d'une semaine, mais Henri était revenu rue des Trois-Pavillons. Le temps clément leur avait cette fois permis de se retrouver au fond du jardin, sous le tilleul, sans crainte d'alerter la maisonnée. Marion, qui avait cru de nouveau voir rôder le même individu, avait averti Henri.

Il avait réagi avec insouciance :

– D'après toi je serais suivi ? Bah, pour ma part je m'en moque. Je n'ai rien à cacher. Mais c'est ta réputation, Marion, qui est à protéger.

– Je n'ai pas à rougir non plus, avait-elle affirmé. Je ménage mon père, voilà tout.

– Et Des Barreaux ?

Marion fut un peu embarrassée par la question :

– Je lui ai écrit que j'avais la fièvre et ne pouvais sortir. Cependant mon intention est de lui annoncer que tout est fini entre nous.

– Sans regrets ? avait avancé Cinq-Mars presque timidement.

Pour toute réponse, elle l'avait embrassé en le traitant d'idiot.

L'amour leur conférait l'envie de braver l'univers, le sentiment d'être invincibles. Qui pouvait les empêcher d'être heureux et selon quel droit ?

Près de la vieille porte Saint-Honoré, à deux pas du Louvre, le cardinal de Richelieu avait complètement bouleversé le quartier en achetant et en faisant abattre un lot d'habitations. A leur place s'élevait maintenant un palais grandiose*, tout à sa gloire. Ministre, membre du conseil, gouverneur du Havre, de Brouage, de l'Aunis, titulaire d'abbayes, propriétaire de vastes fiefs, ses revenus étaient immenses ; ses dépenses, un gouffre. Haï du plus grand nombre, il avait obtenu du roi l'autorisation de lever une importante garde personnelle de mousquetaires à pied et de chevau-légers qui l'accompagnaient dans ses moindres déplacements et se relayaient en faction tout autour de son palais.

A l'entrée principale, Marion leva la tête : des torches éclairaient des proues et des ancres de navires sculptées sur la façade, rappelant que Richelieu possédait aussi la Surintendance de la navigation et du commerce. Partout s'étalait sa puissance.

* L'actuel Palais Royal.

La jeune femme frissonna malgré la brise d'été et le manteau de soie qui l'enveloppait mais elle garda la tête haute en franchissant la porte, saluée par les mousquetaires. Un homme la précédait, qui était tout à l'heure venu la chercher chez elle. Il s'agissait du premier valet de chambre du cardinal, un certain des Bournais dont elle avait d'emblée détesté les manières obséquieuses.

Après une enfilade de pièces fraîchement peintes et décorées à l'or fin, Marion fut enfin introduite dans une chambre aux tentures fermées. Peu éclairée, elle n'en semblait pas moins luxueuse que les autres. Sur un salut plus bas que terre, des Bournais se retira. Il ne la laissait pas seule mais en présence d'un gentilhomme, d'élégante apparence.

Un habit en satin gris lin brodé d'argent et d'or, des mouches posées sur le visage, un chapeau orné de plumes, des bottes évasées : il avait une allure à la fois sémillante et cavalière. Intriguée, Marion le vit s'approcher. Au même instant, un chat vint se frotter au bas de ses jupes et, instinctivement, elle se pencha pour le caresser.

– Il est conquis, déjà ! Mais il y en a d'autres qui ne demandent qu'à sentir la douceur de votre main.

L'allusion n'était même pas voilée. Le cavalier continua :

– J'adore les chats, déclara-t-il en désignant une demi-douzaine de bêtes grasses et fourrées de toutes couleurs, étalées çà et là, ronronnantes.

Il ôta son feutre devant Marion médusée. Apparurent alors des cheveux poivre et sel coupés court, un front haut, un nez finement busqué, et la jeune femme, oubliant son appréhension, ne put s'empêcher de rire sous cape, trouvant ridicule cet accoutrement, les petites mèches bouffantes aux oreilles, la barbiche en pointe. A quel jeu s'amusait donc un homme que l'on avait l'habitude de voir apparaître rehaussé par la robe pourpre, indice de ses fonctions ? Néanmoins, lorsqu'elle croisa son regard gris, admirable mais coupant comme le tranchant d'une lame, elle ne se sentit pas très à l'aise et plongea dans une révérence, balbutiant quelques mots, confuse.

Richelieu fit claquer sa langue contre son palais pour la réprimander en douceur :

– Ne vous excusez pas, mademoiselle. Je souhaitais vous surprendre. C'est réussi, me voilà content. Venez vous asseoir, là, que nous fassions connaissance.

Il l'installa sur une chaise à dossier de tapisserie et lui-même s'assit tout près. Très près.

Marion ne pouvait rien ignorer des rides griffant son visage. Les mouches incongrues en soulignaient le teint cireux. La politique était un dur métier et chacun savait que Richelieu était fragile sous une volonté de fer ; qu'il dormait peu, neurasthénique à ses heures et même souvent saisi de crises étranges. Il hennissait alors, luttait contre de sourdes angoisses. Tout cela était de notoriété publique tout comme étaient connues ses maîtresses, rares il est vrai. Il avait convoité la reine, sans succès, avant de la détester et de lui rendre la vie intenable. Il aimait sa nièce, une hypocrite qu'il avait fait nommer duchesse d'Aiguillon, un inceste dont la cour et la ville faisaient leurs gorges chaudes. Il était fourbe, envieux, manipulateur, sans pitié. Très intelligent.

– J'étais vraiment curieux de vous rencontrer, ma chère.

Il possédait de belles mains et visiblement avait l'intention de s'en servir. Elles se posèrent sur Marion, se firent très vite insistantes pendant que ses prunelles métalliques cherchaient à la percer jusqu'à l'âme. Un serpent hypnotisant sa proie ! Dans un sursaut de défense, Marion se releva.

– Non ! Ne soyez pas effrayée. Je ne veux que votre bien. Vous et moi, je le sens, pouvons réaliser de grandes choses.

Elle s'était si peu attendue à ce genre de scène qu'elle

demeura sur place, pétrifiée. Le cardinal en profita pour tenter de l'embrasser. En dépit de sa propreté méticuleuse, de son eau de toilette raffinée, il dégageait l'odeur surette d'un homme souffreteux. Marion eut un haut-le-corps et le repoussa.

Aussitôt l'attitude de Richelieu changea ; le prélat pétri de morgue et de froideur refit surface.

— Vous n'allez pas me refuser ce que vous accordez à cet ivrogne de Des Barreaux ou au petit marquis de Cinq-Mars ! Dont je constate que vous portez l'un des bijoux. Celui-ci est célèbre. Vous ne manquez pas d'audace.

Il savait qu'il venait de marquer un point :

— Rien ne m'échappe, belle Marion, et mes espions sont efficaces. Je vous accorde le libertin, mais Cinq-Mars, halte là ! Il n'y faut pas toucher. Mon jeune protégé n'est point à vous.

— Je serais donc indigne de lui mais assez bonne pour votre Éminence ? ironisa Marion, sans chercher à dissimuler son mépris. Je ne comprends pas. Soit vous vous sous-estimez, soit vous placez monsieur de Cinq-Mars très haut.

— La destinée d'Henri le hissera effectivement au sommet.

— Où je compte bien le suivre s'il en a envie, affirma-t-elle avec aplomb.

— Orgueilleuse ! Vous seriez une entrave à sa carrière et à sa gloire.

— Ce n'est pas mon intention. Mais le mieux ne serait-il pas de le laisser en juger par lui-même ?

Entre les pans entrouverts de sa légère cape de soie, sa poitrine gonflée sous l'effet de l'indignation, de l'humiliation, fascinait Richelieu. La résistance de Marion décuplait ses désirs. Cette fille était comme une source ardente devant sa bouche assoiffée. S'y abreuver lui rendrait sa jeunesse, ses forces perdues. Il fit une autre tentative :

– Marion, aime-moi, supplia-t-il en agrippant son poignet.

Avec violence, elle s'en libéra.

– Jamais ! Vous me dégoûtez ! cracha-t-elle.

Cette fois-ci, il ne bougea plus, ne chercha même pas à la retenir. Ce cri l'avait frappé au vif, cruellement, et des larmes s'échappèrent de ses paupières fermées.

Marion venait de se faire un ennemi mortel.

CHAPITRE 32

A Paris, le moindre bruit se répand, mieux qu'une traînée de poudre. Marion de Lorme, dont la liaison avec Des Barreaux suscitait déjà l'intérêt des gazetiers, fit dès le lendemain de l'entrevue du Palais-Cardinal l'objet de tous les commentaires. La déconfiture de Richelieu repoussé par la jeune femme comblait d'aise les ennemis du ministre et ils étaient légions. Mais le plus réjoui des hommes fut sans conteste Des Barreaux lui-même qui s'empressa de composer un poème explicitement intitulé : « Sur ce que l'auteur était mieux auprès de sa maîtresse que monsieur le cardinal de Richelieu qui était son rival. »

> « J'aime une beauté sans seconde
> A qui même les immortels
> Ont soin de dresser des autels...
> J'ai de puissants rivaux...
> L'éclat de leur haute fortune
> N'ébranle point sa fermeté...
> Sa bouche me l'a dit, cette bouche fidèle,
> Qu'elle mourrait plutôt que de m'être infidèle. »

Le Prince des Libertins triomphait. Marion ne l'avait pas

trahi, renonçant pour lui, croyait-il, aux biens qu'aurait pu lui offrir le ministre.

Aussi quels ne furent pas sa déception et son chagrin lorsque la jeune femme lui envoya peu après une lettre de rupture et s'afficha publiquement au bras du marquis de Cinq-Mars !

C'était fini ! Une page de leur vie se tournait. Des Barreaux pouvait bien pleurer, blasphémer, précipiter sa déchéance dans le vin, Marion s'élançait avec allégresse dans un nouvel amour. SON véritable amour, Henri, qui se faisait de plus en plus fervent. Leur couple, éclatant de jeunesse, de charme et de séduction se mit à rayonner tel un astre dans tous les salons à la mode. Rien ne paraissait devoir altérer leur entente parfaite, leur confiance réciproque et leur complicité.

La mort de Jean de Lorme, survenue peu après leur rencontre, ouvrit définitivement les clefs de la liberté à la plus indépendante de ses filles, déjà encouragée par sa mère. Anne de Lorme, en effet, qui avait mis au monde douze enfants et supporté une vie conjugale peu riante, aspirait de son côté à quelques loisirs. Dès que fut terminé le partage des biens de son époux, obligée de quitter l'hôtel de la rue des Trois-Pavillons, elle se mit en quête d'un nouveau logis pour elle et Marion ; pas question de s'éloigner de leur cher Marais ! D'un commun accord, elles jetèrent donc leur dévolu sur la place Royale, l'adresse la plus prestigieuse, le joyau de Paris*.

Qui se souciait, en l'admirant, qu'on la devait aux larmes d'une reine ? Autrefois, à cet emplacement, s'élevait la Maison royale des Tournelles. Lorsque le roi Henri II blessé au cours d'un tournoi y était mort en 1559, sa veuve inconsolable, Catherine de Médicis, avait fait raser les murs

---

* L'actuelle place des Vosges.

témoins de son malheur. Longtemps à l'abandon, champ de manœuvre, marché aux chevaux, le lieu avait enfin intéressé Henri IV qui l'avait morcelé en parcelles gratuites à charge aux bénéficiaires d'y construire des pavillons identiques. Au total, plus d'une trentaine, chacun bâti sur des arcades qui formaient une galerie tout autour d'un vaste quadrilatère. Cette symétrie, l'alliance de la brique, de la pierre, de l'ardoise, ces fenêtres largement découpées, représentaient un ensemble nouveau, très original, unique. D'emblée il avait attiré la fine fleur de la société.

Un monde fermé, chatoyant, léger, une vraie bulle dans laquelle Marion et Henri furent d'abord aussi heureux qu'on peut l'être quand on possède jeunesse, grâce, fortune et amour. La perfection en somme. Quoique...

A y regarder de près, leur bonheur ne renfermait-il pas tous les germes de la tragédie future ? S'ils avaient été tous deux moins insouciants, moins sûrs d'eux-mêmes, peut-être les auraient-ils décelés à temps ? Ces germes qui avaient pour noms l'ambition, la jalousie, la rancune, la concupiscence et l'orgueil. La honte, aussi. Tout ce qui à l'ombre et à leur insu croissait sournoisement.

Richelieu n'avait pas digéré l'affront que Marion lui avait infligé. Cependant, il décida de ne pas s'en prendre à elle dans l'immédiat. Il espérait, il se persuadait que Cinq-Mars se détacherait d'elle tôt ou tard. Les charmes de cette femme, même aussi troublants, ne pèseraient pas lourds dans la balance face aux honneurs que Richelieu prévoyait pour lui. « Une destinée qui le hisserait au sommet », avait-il prédit à Marion. Il travaillait depuis des années dans cette perspective.

Au début, il avait été mû par son affection pour le jeune orphelin, le fils de son ami d'Effiat, si tant est que le ministre fût capable d'un tendre sentiment. Puis bien vite, il avait agi dans son intérêt personnel. Du roi seul, Richelieu tenait sa puissance. Or, il n'existait pas un être plus imprévisible que Louis XIII, plus jaloux de son autorité, plus enclin à des toquades. Le cardinal avait toujours tremblé qu'une autre influence que la sienne ne vînt le balayer en détruisant son œuvre. Par un tour de force, il avait réussi, au fil des années, à éliminer tous les proches du roi, ses amis de cœur, ses meilleurs compagnons. Il avait pu affaiblir la jeune reine, en semant la brouille dans le couple royal, il avait éliminé sans remords la reine-mère, pourtant sa première bienfaitrice ! Mademoiselle de La Fayette, dont Louis avait été épris, était maintenant au couvent ; Marie de Hautefort, l'actuelle favorite, ne perdait rien pour attendre. Certains croupissaient en prison, tel le célèbre et loyal Bassompierre ; d'autres se morfondaient en exil ; d'autres encore, adversaires déclarés du ministre, avaient péri sous l'épée du bourreau.

Épuisé par ce combat perpétuel, le cardinal de Richelieu pensait faire du jeune Cinq-Mars sa meilleure arme. Personne n'ignorait les secrets penchants du roi qui approchait peu la reine. La naissance du dauphin tenait du miracle. Et pour cause ! L'intérêt que Louis XIII portait au sexe opposé était purement platonique. Mais il avait beau être chaste, pétri de religion et de scrupules, saurait-il résister à Henri si ce dernier y mettait du sien ? Le cardinal pariait que non.

Une étrange guerre commença entre l'habile ministre d'une part, qui chapitrait son protégé en lui promettant monts et merveilles, et Marion d'autre part, limpide et généreuse, qui n'avait d'arguments que ceux de l'amour. La maréchale d'Effiat ne tarda pas à s'en mêler, ambitieuse et intraitable. Enfin, ce fut au tour du roi. Pris quotidiennement entre ces feux croisés, Cinq-Mars ne sut bientôt plus où il en était.

CHAPITRE 33

Pendant la campagne de l'été 1639 contre les troupes espagnoles qui tenaient les places-fortes du Nord, le comportement du Grand Maître de la Garde Robe attira définitivement l'attention de Louis XIII, demeuré jusqu'à présent plus ou moins indifférent. La tête farcie des conseils pressants de Richelieu, des recommandations aigries de sa mère qui voyait d'un mauvais œil sa liaison avec Marion, Henri se battit vaillamment, en particulier au siège d'Hesdin. De plus, lors des haltes, il sut se montrer si drôle, si charmant que, d'un seul coup, toutes les barrières tombèrent dans l'esprit du roi qui se livra pieds et poings liés à ce bel Adonis. Chez un être tourmenté, enclin à se torturer par plaisir, les désirs longtemps refoulés, en se libérant enfin, entraînent souvent un véritable cataclysme :

– « Je l'aime plus que tout le reste du monde ensemble », avoua Louis XIII, ébloui.

« Nous avons un nouveau favori, qui est monsieur de Cinq-Mars dépendant de Monseigneur le cardinal, écrivait l'un des secrétaires d'État. Jamais le roi n'a eu passion plus violente pour personne que pour lui. »

De fait, Marie de Hautefort, la confidente préférée, fut

très vite renvoyée de la cour où l'ascension de Cinq-Mars stupéfia les observateurs.

« Cher ami ! » Le roi l'appelait « cher ami ». Il mettait son propre carrosse à sa disposition ; il le voulait sans cesse près de lui ; souffrait de la moindre de ses absences. Puis, il y eut cette apothéose : il lui octroya l'une des charges les plus honorifiques du royaume que briguaient tous les nobles de haut rang et que détenait, depuis Henri III, un ancien « mignon », le fameux Roger de Bellegarde. Henri fut nommé Grand Écuyer du roi ! Désormais, il n'était plus monsieur le Grand Maître, encore moins le petit Cinq-Mars. Il était, tout simplement, Monsieur le Grand !

Son protégé régnant enfin sur le cœur du roi, Richelieu jubilait, croyant la partie gagnée.

— Jusqu'où iras-tu ? s'écria Marion lorsque Henri surgit un beau soir chez elle, place Royale, pour lui annoncer la nouvelle qui courait déjà dans Paris.

Ivre de son succès, il la prit par la taille, la souleva et la fit tournoyer dans la chambre, tendue de damas rouge.

— Arrête ! Henri ! implora-t-elle en riant. Tu es fou, arrête !

— Est-ce ainsi qu'on s'adresse à mon personnage ? Ne doit-on pas plutôt dire : de grâce, M. le Grand, ayez la bonté de me reposer à terre. Je vous en prie, M. le Grand ?

— Pitié pour une malheureuse qui a le tournis, M. le Grand.

Riant plus fort qu'elle, il lâcha sa taille pour entourer ses épaules et l'embrasser.

— Tu es donc si fier de ton titre ? demanda-t-elle après un long baiser.

— Qui ne le serait pas ?

— Te voici dans les plus hautes sphères, soupira-t-elle.

– Et ce n'est pas fini ! Marion, tu sembles regretter mon succès.

– Non, bien sûr que non, s'empressa-t-elle de dire. Rien n'est trop beau pour toi.

Elle ne savait au juste pourquoi elle ne pouvait pleinement s'en réjouir et préféra plaisanter :

– C'est que je crains de te paraître dorénavant trop modeste, un petit vermisseau au-dessous, bien au-dessous d'une étoile.

Elle exagérait son humilité, sa gêne, tout en jouant avec les ferrets de son pourpoint. Pourtant ses craintes étaient bien réelles quoique pour d'autres raisons. La faveur royale qui inondait Cinq-Mars l'inquiétait. Elle était trop éclatante ; elle aveuglait, en masquait les véritables origines : les manigances de Richelieu. Henri était manipulé. S'en doutait-il ? Louis XIII l'était, lui aussi, dont l'engouement, pareil à un brasier, risquait d'entraîner trop loin le jeune homme. Marion ne voulait pas perdre son fol amour. Elle ne voulait pas non plus savoir ce qui se passait dans l'intimité du roi. Évidemment, en société, on répétait beaucoup de choses pas très jolies à entendre, encore moins à admettre. Marion n'était pas naïve. Des Barreaux et ses libertins s'étaient chargés de l'éclairer sur les réalités de l'existence. A la cour, ce qu'on appelait encore « le vice italien » n'était pas rare. On s'en moquait en général, dans un esprit gaulois.

Mais Henri, son Henri ! Si jeune, si frais ! L'imaginer prodiguant ou recevant des caresses d'un souverain, maigre, maladif, prématurément vieilli à quarante ans ! Elle s'y refusait !

– L'étoile, c'est toi. Mon étoile, murmura-t-il en réponse, cherchant à la rassurer, à écarter ce nuage qui ternissait son regard de velours et dont il devinait la cause.

A cet instant, il fut saisi d'une profonde aversion pour l'homme qu'il avait séduit et asservi.

Car Cinq-Mars s'était pris au jeu en charmant Louis XIII. C'était si comique de le voir rougir et s'épanouir comme une jouvencelle dès qu'il s'approchait de lui ! Si grisant d'en obtenir tout ce qu'il voulait, au moindre caprice, sur un simple claquement de doigts ! Après tout, il s'agissait du roi de France, un monarque de droit divin, le maître absolu. Henri avait réussi à le faire rire et chanter, à lui faire porter des tostées à la ronde en joyeuse compagnie... Richelieu et sa mère enfin contents allaient sans doute le laisser tranquille à l'avenir. Tout cela, c'était pour se dégager de leur tutelle qu'il le faisait. Pour être libre d'aimer Marion.

— Je t'aime, ne comprends-tu pas ?

Elle secoua la tête. A ses oreilles, de grosses perles tremblèrent, leur bel orient souligné par les boucles noires qui l'environnaient.

— Si c'est le cas, tu n'as peut-être pas besoin de tant de gloire et d'honneurs. Nous serions heureux loin du poids de la cour.

Henri eut l'air soudain si désemparé qu'elle regretta ses paroles.

— Hélas, Marion ! Comment pourrais-je y échapper ?

Prisonnier de son rang et des intrigues, prisonnier de lui-même...

— Fais-moi confiance, ma mie, ma douce. Crois en moi, soutiens-moi. J'ai tant besoin de toi. Marion, Marion chérie, acheva-t-il en s'agenouillant devant elle, veux-tu m'épouser ?

Elle fut si surprise qu'elle tomba à genoux elle aussi et violemment serra ses doigts dans ses mains. Leurs bagues jumelles, qu'ils ne quittaient plus, s'entrechoquèrent.

Le mariage ? Toute petite, elle avait décidé qu'elle s'y refuserait. L'exemple de sa mère soumise aux conventions sociales, dominée par son époux, accablée de grossesses successives, l'en avait dégoûtée. Plus tard, auprès de Des Barreaux, il n'avait été question que de sexe, d'agréable libertinage. Mais avec Henri, le mariage représentait tout autre chose, un lien de plus, béni de Dieu. Noyée dans ses yeux purs, elle n'hésita pas, accepta. Et parce qu'elle ne pouvait demeurer grave bien longtemps, elle sourit. Un sourire qui se transforma en rire triomphant et communicatif. Dans un élan de bonheur, ils chavirèrent sur le tapis.

Marion qui se piquait d'astrologie à l'exemple de bon nombre de ses contemporains, avait trouvé une explication à leur entente qui semblait devoir miraculeusement résister à tous les obstacles.

— Tu es né sous le signe du Bélier ; moi sous celui de la Balance, expliqua-t-elle. Deux signes qui s'accordent mutuellement. Tu es sous l'influence de Mars ; j'obéis à la planète Vénus. Nous sommes faits l'un pour l'autre. C'est écrit dans le grand livre du Ciel. Nos bagues sont bien le parfait symbole de cette destinée inéluctable.

— Ce doit être vrai, admit Cinq-Mars. Si j'en crois la légende que m'a racontée mon père, ensemble elles apportent la prospérité et sont garantes d'un amour éternel aux heureux qui les possèdent en même temps. Que l'un deux s'avise de se défaire de la sienne et la mort viendra le chercher.

— Tais-toi ! frissonna Marion. Tu me fais peur.

Henri se moqua d'elle :

— Dans ces histoires de mère-grand, il faut en prendre et en laisser. De quoi aurais-tu peur ? Je n'ai pas l'intention d'ôter Mars de mon doigt.

— Et de mon côté, je garde Vénus.

— Alors tout est bien. Il ne me reste plus qu'à annoncer à ma mère notre intention de nous marier.

CHAPITRE 34

Son statut flamboyant de favori avait renforcé chez lui une assurance que d'aucuns jugeaient insolente voire même insupportable. Néanmoins, lorsqu'il demanda à parler à la maréchale d'Effiat, Henri, pas très à l'aise, fut repris par ses craintes anciennes de petit garçon. Intimidé malgré lui par cette femme de fer, il lui en voulut tout en se reprochant sa propre faiblesse.

La maréchale habitait une maison non loin de l'Hôtel de Ville mais depuis qu'Henri avait à sa disposition un logement à la cour, il n'y résidait plus guère. Toutefois, il y passait régulièrement moins par devoir filial que pour changer de tenue. Ses habits, ses manteaux, ses bottes, tous du « dernier galant », se comptaient par plusieurs dizaines et n'auraient pas eu de place dans les appartements exigus du Louvre. Madame d'Effiat condamnait les folies vestimentaires de son fils et à chacune de ses visites ne manquait pas de le lui dire ouvertement.

La fréquentation de Marion aussi coquette et dépensière que lui n'avait pas atténué ces défauts, bien au contraire. Un mauvais point de plus à mettre à l'actif de l'intrigante, pensait la maréchale.

Elle avait été jolie autrefois, amoureuse de son mari. Elle

201

ressemblait maintenant à un pruneau sec, du moins ce fut l'image qu'évoqua Henri en entrant ce matin-là dans la chambre de sa mère. Afin de l'amadouer, il avait pris soin de revêtir un pourpoint plutôt sobre, en drap fin couleur tabac, garni de rubans de soie plus foncés, et son collet au « point de Venise » était, pour une fois, de dimension raisonnable. Mais pour l'avaricieuse maréchale, c'était encore trop. Elle le passa en revue d'un œil critique :

– Vous voici habillé comme pour un bal, de si bonne heure, mon fils ? s'étonna-t-elle faussement.

Il s'inclina devant elle avant de lui baiser la main, décidant de croire à un aimable trait d'humour :

– Madame, je vous trouve d'humeur plaisante. Je m'en réjouis. Il me sera plus facile d'aborder le sujet qui m'amène.

La scène qui s'ensuivit éprouva considérablement les nerfs déjà secoués de Cinq-Mars. S'il avait cru être en mesure d'agir maintenant à sa guise, il s'aperçut vite qu'il s'était trompé lourdement. La maréchale n'eut pas de mots assez durs, assez méprisants pour stigmatiser la jeune femme que son fils défendait, une fille, selon elle, perdue de réputation et scandaleuse, aux façons de courtisane. Une créature indigne de porter le nom d'Effiat. Jamais, elle vivante, cette Marion de Lorme n'entrerait dans la famille ! Elle ferait appel au roi. Sa Majesté, de même que le cardinal, n'autoriserait jamais une telle mésalliance. Henri n'était qu'un sot. Qu'il se marie, d'accord ! Mais avec une personne irréprochable, pourvue d'une véritable dot et non avec une gueuse éclaboussée de boue.

Là se situait le principal achoppement : Marion aurait été une riche héritière, la maréchale n'aurait pas fait la fine bouche. Malheureusement, une fois les biens du sieur de Lorme partagés entre ses nombreux enfants, il n'était pas

202

resté une grosse rente à la jeune femme qui, de surcroît, n'avait aucun sens de l'économie.

Le ton entre la mère et le fils dégénéra rapidement à tel point qu'Henri préféra fuir pareille mégère. Le même jour, il déménageait ses effets et s'installait chez son ami Ruvigny, Couture Sainte-Catherine, près de la rue Saint-Antoine. La place Royale était à deux pas.

Très secoué par la véhémence de la maréchale et ne doutant pas qu'elle mettrait ses menaces à exécution en se rendant auprès du roi dont il prévoyait la réaction jalouse, il décida de prendre les devants, d'agir vite et surtout dans une discrétion absolue.

Une nuit d'automne où les brumes et les fumées de Paris se mélangeaient en un brouillard humide et dansant, Marion retrouva Henri sur l'étroit parvis de l'église Saint-Gervais. L'orme de la place qui avait été planté au Moyen Âge étirait ses branches nues comme un squelette implorant. La jeune femme était accompagnée de sa mère et d'une servante encapuchonnées comme elle dans de grandes capes sombres. Son petit frère Jean, âgé d'une quinzaine d'années et qui vivait avec elles, les avait suivies, ravi de l'équipée. Près de l'arbre, quatre hommes les attendaient, dissimulés sous leurs feutres et leurs larges manteaux. Marion eut du mal à distinguer les traits de son amant.

– De véritables conspirateurs, pensa-t-elle amusée.

Par ailleurs, elle était si émue qu'elle n'avait cessé de trembler en chemin.

Elle avait déjà plusieurs fois rencontré les fidèles amis de Cinq-Mars, Ruvigny et François de Thou. Le troisième témoin qu'il s'était choisi pour ce soir était un petit bossu très laid mais dont l'intelligence et la loyauté faisaient pétiller le regard. Il s'agissait de Louis d'Astarac, marquis de Fontrailles. Un jour, Richelieu l'avait traité de « monstre ».

Ulcéré, Fontrailles en avait conçu une haine farouche pour le ministre auquel il n'avait jamais pardonné l'injure. Voyant clair dans son machiavélisme, il espérait aider son ami Cinq-Mars à s'en dépêtrer.

Des travaux occupaient depuis longtemps l'église Saint-Gervais mais les sept petites chapelles qui avaient été ajoutées au bas-côté nord, à l'emplacement d'un ancien cimetière, étaient achevées, leurs peintures, leurs ornements encore tout frais. Dans l'une d'elles, « la Chapelle dorée » où étaient représentées la Vie et la Passion du Christ, un prêtre et son servant se tenaient prêts à officier.

Il est bon de se marier la nuit. Les forces du Mal, curieusement, ont moins de prise sur les vivants ; Marion le savait. Elle ne pouvait que se réjouir de s'unir à Henri car, en dépit de tout, elle était profondément chrétienne. En outre, ce mariage clandestin offrait tout le charme romanesque, un peu fou, qu'elle prisait. Ils verraient, plus tard, à officialiser leurs liens. En attendant, qu'il était plaisant de braver, une fois de plus, le cardinal de Richelieu ! Quant au roi... bah ! Henri saurait bien, à la longue, en obtenir l'appui. Marion était heureuse et se voulait optimiste. Sa main posée sur la main de celui qui serait dans quelques minutes son époux, environnée du halo blond des cierges reflétés sur le bois doré des cadres, elle souriait. Puis, soudain, sans savoir pourquoi, elle songea à tous les morts qui avaient été enterrés à cet endroit précis, pendant des siècles, exactement sous ses pieds. Puis elle s'aperçut que la petite chapelle avait la forme d'un tombeau et son sourire s'éteignit.

Elle retrouva sa gaîté plus tard, dans son salon, autour d'un médianoche que sa mère avait commandé chez Coiffier, le traiteur de la rue du Pas-de-la-Mule, le meilleur du Marais. Saisissant son théorbe, une sorte de luth à deux manches dont elle jouait remarquablement bien, la jeune femme régala ses invités de sérénades et de chansons. L'admiration rivalisait avec le désir dans l'expression de son mari.

C'est à peine s'ils dormirent ensuite. Henri avait parlé d'une surprise ; il voulait lui montrer quelque chose, son « cadeau d'épousailles ». Ce quelque chose devait se situer loin de la place Royale puisqu'à la pointe du jour, un carrosse vint les chercher pour sortir de Paris. Intriguée, impatiente, Marion s'aperçut qu'ils empruntaient une route qui lui était familière, bien souvent suivie pendant des années avec ses parents, ses frères et sœurs. La route qui menait en Champagne.

Qu'avait donc mijoté Henri qui refusait en riant de répondre à ses questions et profitait de l'intimité du carrosse pour prolonger voluptueusement leur nuit de noces ?

— Je salue la dame de Villevenard, déclara-t-il d'un ton solennel lorsqu'ils furent parvenus à destination.

Il avait bondi sans attendre qu'un laquais vînt lui ouvrir. Les plumes qui ornaient son feutre balayèrent, devant Marion, le sable d'une allée.

— Voilà, tu es chez toi, mon trésor, fit-il en lui tendant la main pour l'aider à descendre.

La lune, levée depuis longtemps, ajoutait sa lumière à toutes celles qui brillaient aux fenêtres d'une demeure récente en briques serties de pierres et qui se répandaient à profusion sur l'eau des douves. On y voyait presque autant qu'en plein midi.

— Chez moi ! balbutia Marion, en franchissant aux côtés d'Henri une imposante grille en fer forgée.

Tout le personnel s'était aligné sur leur passage, formant une haie de part et d'autre du pont dormant. Leur nouvelle maîtresse était encore plus belle que ce qu'on en disait.

– Villevenard ? Mais nous sommes tout près de Baye, dit-elle émerveillée.

– Tu m'as confié un jour combien tu aimais séjourner en Champagne et aussi à quel point tu regrettais que la propriété de ton père fût désormais occupée par ton frère aîné.

– C'est exact. Mon frère désapprouve mon mode de vie. Nous ne sommes pas en très bons termes. Il me ferme sa porte.

– Tu auras ta propre maison désormais où tu pourras venir quand tu en éprouveras l'envie.

– Ce merveilleux château ?

– Ce sera notre refuge, notre nid secret. Es-tu heureuse ? Marion ! Tu ne vas pas pleurer, dis !

Elle rit en s'essuyant les yeux ; elle n'avait plus de mots ; la joie l'étouffait.

CHAPITRE 35

A la suite d'un entretien avec le cardinal de Richelieu, et sur ses conseils, la maréchale d'Effiat eut directement recours au Parlement de Paris. Portant plainte contre la demoiselle Marie de Lon, dite Marion de Lorme, pour « rapt et séduction » à l'encontre de son fils, elle s'y prit si bien que « défenses » furent faites à Henri de se marier. Le Parlement, en accord avec le roi, en profita aussitôt pour ériger des lois interdisant les mariages clandestins. Le consentement des parents, la publication des bans, le contrat chez le notaire devaient être obligatoires.

– Trop tard ! s'amusèrent certains, mystérieusement bien informés.

Cinq-Mars avait pris sa mère de vitesse. On n'appelait plus Marion que Madame la Grande. Cinq-Mars se rendait ostensiblement chez elle, dans des toilettes d'un luxe inouï dont il changeait plusieurs fois par jour. La bonne société du Marais s'arrachait le couple célèbre.

Parallèlement, la faveur du Grand Écuyer atteignait des sommets à la cour.

Mais à quel prix !

Comprenant qu'il ne pourrait pas supplanter Marion dans son cœur, jaloux à s'en rendre malade, Louis XIII

207

décida d'interdire à la jeune femme de résider à Paris quand lui-même y était. Dès qu'il s'installait au Louvre, elle prenait donc la direction de Villevenard. Henri, hélas, ne l'accompagnait pas souvent, accaparé par son service. Sa vie, peu à peu, devenait une course contre la montre, une jonglerie pour grappiller quelques heures de liberté. Si la cour était à Saint-Germain, il galopait la nuit, après le coucher du roi, pour retrouver Marion place Royale, se précipiter avec elle à un bal, à un souper, lui faire l'amour éperdument avant de repartir à toutes brides afin d'être, à temps, présent au lever. Sans avoir dormi ou à peine. La fatigue le terrassait parfois au milieu de la journée. Le roi s'en apercevait et lui faisait grise mine :

— Vous êtes encore allé rejoindre ces messieurs du Marais ?

Henri niait, multipliait les précautions. Sans pour autant apaiser les soupçons de Louis XIII qui le fit espionner et suivre dans ses déplacements par un chevau-léger de sa garde. Par chance, Ruvigny s'en aperçut et alerta son ami. Henri dut redoubler de ruse pour déjouer la surveillance.

A ce régime, sa relation avec Louis s'envenima. Il se mit à le bouder pour un oui pour un non, à proférer des insolences, à se conduire en enfant capricieux. Au fond de lui-même, il espérait lasser le roi. Peine perdue ! Celui-ci souffrait cruellement de sa mauvaise humeur et cherchait en quoi il avait bien pu lui déplaire. Puéril, pathétique, il écrivait à Richelieu pour se plaindre de la paresse et de la morgue de M. le Grand. Le cardinal s'évertuait alors à dissiper les brouilles. Une fois la réconciliation faite, Louis, tout joyeux, lui envoyait vite un message pour le rassurer et lui exprimer sa gratitude. Pendant ce temps, Cinq-Mars, rongeant son frein, digérait le sermon que lui avait fait le cardinal. Mais un jour, le jeune homme s'aperçut que ce « fidèle protecteur », ce « si précieux ami » de la famille d'Effiat, payait le valet de chambre du roi pour observer chacun de ses propres gestes et relever le moindre de ses propos. Révolté, Henri fit en sorte que Louis chassât l'espion de la cour et alla directement se plaindre au ministre. Mal lui en prit : on le traita plus bas que terre. Jamais de sa vie, il n'aurait imaginé être insulté de la sorte. Hébété, il laissa Richelieu lui cracher son venin.

Le soir, dans les bras de Marion, Henri craqua, secoué de sanglots, chaviré de rage, d'humiliation, de dégoût de soi. Et de haine ! Ne sachant comment le calmer, elle le berça contre elle. A ce moment-là, il était un petit garçon, elle était sa sœur aînée, sa mère. Elle n'aurait pu l'aimer davantage, pensa-t-elle, bouleversée.

— Tout doux, allons... Henri !

— Oh, je les hais ! Le cardinal surtout. Si tu savais ce qu'il m'a dit ! Oui, c'est lui le responsable de tout cela. Je vois enfin clair. Il m'a utilisé, afin qu'à mon tour j'influence le roi pour son propre compte. Entre ses griffes, je n'ai été qu'un pantin. De Thou, Fontrailles m'avaient prévenu. Je n'ai pas voulu les entendre. Tu le savais, toi aussi, n'est-ce pas ?

Le silence de Marion valait un acquiescement.

— Et moi qui croyais devoir ma réussite à mon mérite ! J'espérais même être admis au Conseil, ricana-t-il à travers ses larmes. Mais il paraît que je ne suis qu'un incapable. Ma seule qualité est de posséder une jolie figure et de... C'est en gros ce que m'a dit Richelieu. Dieu ! Comme j'ai honte !

— Non, il ne faut pas ! Non ! s'écria-t-elle en baisant son front moite. Ne te sous-estime pas, mon amour. La beauté ne suffit pas et le cardinal le sait. C'est bien pour d'autres raisons qu'il avait misé sur toi. Mais il se complaît à rabaisser les gens. Ne te laisse plus humilier, Henri. Redresse-toi. Défends-toi.

Elle l'exhorta longtemps au courage, à la dignité. Puis elle lui suggéra de tout abandonner, charges et pensions, de se retirer de la cour, de goûter auprès d'elle l'existence sereine d'un simple gentilhomme.

— Entre Paris, Villevenard et les terres que tu possèdes en Touraine, nous aurions de quoi vivre à l'aise. Le roi se trouvera une autre compagnie que la tienne et le cardinal une autre proie. Tenons-nous à l'écart de toutes ces intrigues.

Henri s'apaisa un peu et parut réfléchir :

— Tu me conseilles donc de fuir ?

— Ce n'est pas fuir que de se détourner de deux vieillards malades et tyranniques pour choisir la jeunesse, le bonheur, la liberté.

— Tu parles comme de Thou. Mais vous ne comprenez pas : Richelieu m'a avili à tel point que je ne me respecte plus moi-même. Je dois retrouver ma fierté, Marion, et me venger. Cet homme doit payer pour tout ce qu'il a commis !

L'étreinte de la jeune femme se fit encore plus forte. Comme elle aurait voulu le convaincre et pouvoir toujours le garder près d'elle en lui épargnant d'autres épreuves, plus dures encore ! Mais elle estimait légitime le désir d'Henri de retrouver l'estime de soi et n'insista plus. Il ne restait qu'à prier, qu'à croire en la faveur du Destin. Elle chuchota, sa bouche dans ses cheveux :

— Prends garde, Henri. Il y a déjà bien des malheurs accrochés à sa robe rouge.

CHAPITRE 36

Dès lors qu'il eut défini son but, l'attitude de Cinq-Mars se modifia. Il se fit plus souple, plus aimable auprès du roi. Pour abattre Richelieu n'était-il pas essentiel d'avoir son appui, envers et contre tout ? Le roi seul pouvait faire et défaire un ministre. Sans Louis XIII, Richelieu n'aurait jamais été ce qu'il était. Mais en s'élevant si haut, il avait fait le vide autour de lui. Sous prétexte de restaurer l'autorité de l'État, il avait divisé la famille royale, rabaissé les Grands, plongé le pays dans la misère. Des provinces entières se soulevaient ; le royaume supportait de plus en plus mal l'interminable conflit contre l'Espagne. Le roi lui-même souffrait des malheurs de son peuple. Il n'y avait que Richelieu pour ignorer les horreurs de la guerre.

Fontrailles, qui nourrissait toujours autant de rancœur à son égard, se chargea de mettre en forme le projet. De Thou, plus réservé, fut mis dans la confidence. Certains, parmi les officiers du roi, étaient prêts à jouer du poignard. En quelques minutes, ils auraient nettoyé la France de la tyrannie de Richelieu. Mais Cinq-Mars repoussa l'idée d'un assassinat. Mieux valait, selon lui, soulever le pays, et faire appel à l'Espagne.

Des contacts furent pris ; on approcha certains personnages, par exemple, le duc de Bouillon, maître de la place forte de Sedan, enfin Monsieur, le propre frère du roi, Gaston d'Orléans.

Complexe, insaisissable, Monsieur avait déjà trempé dans plusieurs conspirations. La plupart s'étaient achevées tragiquement. Lui, bien entendu, en tant que Prince de la Maison de France, avait toujours échappé au châtiment suprême. Combien de fois avait-il promis au roi de rester « son frère fidèle et affectionné » après avoir subi les remontrances de Richelieu qu'il détestait ? Mais un complot ne pouvait avoir de légitimité, ni de poids, si Gaston d'Orléans n'y figurait point. Sans se faire prier, il donna son aval à ce qu'on appellerait « la Conspiration de Cinq-Mars ». La reine, tacitement, l'approuva.

Le traité une fois rédigé, Fontrailles se chargea lui-même de le porter à Madrid. La signature du roi d'Espagne était évidemment indispensable.

— Le temps viendra bientôt, Marion, où le cardinal ne sera plus rien, et où moi je serai maître à sa place. Quelle victoire, Seigneur ! Je la savoure déjà, s'enthousiasmait Henri, en forçant le trait. Nous pourrons enfin proclamer notre mariage à la face du monde. Tu seras reçue à la cour. La reine ne pourra rien nous refuser. Ni Monsieur.

Et le roi ?

— Sera-t-il encore de ce monde ? lança-t-il avec désinvolture. Il est si malade.

— Le cardinal l'est aussi, objecta Marion. Peut-être serait-il plus judicieux d'attendre patiemment que tous les deux disparaissent.

L'ampleur du complot l'effrayait. Sa réussite lui paraissait bien incertaine. Le sommeil l'avait fuie. Parfois, elle croyait entendre la voix de Des Barreaux lui conseillant, comme naguère, d'imiter les oiseaux qui se contentaient de chanter sans penser aux lendemains. Ne rien prendre au sérieux, ne s'occuper que d'amour et de plaisirs, sans ambitions particulières... Que n'aurait-elle donné pour en convaincre Henri et le détourner d'une entreprise aussi vaste, aussi dangereuse !

Envahie de pressentiments, angoissée comme elle ne l'avait jamais été, Marion tenta encore de le raisonner. Sans illusions et sans succès.

Le départ du roi pour les provinces du Midi était imminent. Richelieu s'apprêtait à le suivre dans une litière spécialement conçue à son usage. Ses ulcères, ses hémorroïdes, ses plaies purulentes, ses fièvres l'obligeaient à voyager allongé. Souvent, sur son chemin, ses gardes étaient obligés d'abattre des murs pour frayer un passage à l'équipage monstrueux. Un symbole de ce qu'avait été la trajectoire du cardinal ? Jamais il n'avait hésité à renverser un obstacle, même au détriment de son prochain. Mais bien que physiquement déchu, il n'en conservait pas moins toutes ses facultés mentales. Il avait l'œil et la pensée à tout ; ses espions étaient partout.

En particulier, sur les traces de Fontrailles qui, sans s'en douter, fut suivi jusqu'à Madrid.

CHAPITRE 37

Marion et Cinq-Mars reculèrent autant qu'ils le purent l'instant de la séparation. Ils savaient que celle-ci serait longue. Leur dernière nuit, dans le grand lit de damas rouge, à crépines d'argent, fut un éblouissement et un déchirement.

A l'aube, de sa fenêtre, la jeune femme le regarda partir. C'était l'hiver. La barrière entourant la place Royale désertée, avec la statue équestre de Louis XIII figée en son milieu, les petits carrés de gazon, les façades des pavillons voisins, tout cela émergeait à peine d'une vapeur blanche. Le givre, sur chaque chose, déposait un glacis délicat.

Marion resserra sur elle son trop léger déshabillé de tabis blanc et s'obligea héroïquement à sourire pour faire un dernier signe à Henri, magnifique tel qu'il l'était toujours. Son manteau de velours vert étalé sur la croupe de son cheval, la garde de son épée étincelant à sa ceinture, il agitait son feutre, décrivant avec les plumes frissonnantes des signaux que seul l'amour pouvait déchiffrer. Puis il tourna bride, s'enfonça dans le brouillard et elle ne le vit plus.

Après, ce fut l'attente, interminable ; les lettres trop rassurantes qui allaient à l'encontre des rumeurs alarmantes que Marion entendait dans Paris. Et, mi-juin, ce fut le coup de théâtre : l'arrestation à Narbonne de M. le Grand, son transfert d'abord à la prison de Montpellier, ensuite à la forteresse de Pierre-Encise, à Lyon, où il retrouva de Thou, arrêté lui aussi. Puis ce fut leurs aveux extorqués par ruse et par traîtrise, l'effroyable pression exercée sur les juges par Richelieu présent sur les lieux. Enfin, Marion reçut la nouvelle qu'elle avait tant redoutée : l'exécution publique des deux amis, le 12 septembre 1642, en place des Terreaux. Leur noble courage devant la mort fut si extraordinaire que les Lyonnais devaient en garder longtemps le souvenir. Tant de jeunesse, de valeurs chevaleresques anéanties, tranchées net par la hache d'un bourreau !

Cinq-Mars devait être le dernier à périr, victime de Richelieu, le plus fascinant d'une liste bien longue. Il avait vingt-deux ans.

Encore sous le choc, désespérée, Marion se réfugia à Villevenard. Elle n'y était pas vraiment seule : les souvenirs des jours heureux emplissaient la demeure. C'était là, chez elle, que devait naître l'enfant d'Henri.

Avait-il eu, au moins, la joie d'apprendre sa grossesse ? Elle n'avait jamais su s'il avait reçu la lettre dans laquelle elle s'était finalement décidée à la lui annoncer. Par des amis influents et grâce à une somme d'argent importante, elle avait pu trouver un homme qui s'était fait fort de pénétrer à Pierre-Encise, jusqu'au prisonnier. Elle n'en avait plus jamais entendu parler par la suite, encore moins du résultat de sa mission.

Des années plus tard, quelqu'un se présenta chez elle. C'était un ancien domestique du cardinal qu'il avait servi à l'époque de son séjour à Lyon. L'homme était âgé ; il se disait perdu, taraudé par le remords, désireux de soulager sa conscience pendant qu'il en était temps. Il parla d'un billet remis à M. le Grand alors en prison et d'une réponse que Cinq-Mars avait écrite à la jeune femme, enfin d'une bague qu'il avait jointe à cet ultime message. C'était juste avant le procès truqué, ce piège fatal monté par le cardinal de Richelieu. Le domestique avait cru de son devoir de remettre le tout à son maître. Celui-ci, devant lui, avait détruit le billet après l'avoir lu et rangé le bijou dans un coffret. Le vieux domestique ajouta que c'était la première et unique fois où il avait entendu rire le terrible homme rouge.

TROISIÈME PARTIE

Sous le ciel de Rome

1923

CHAPITRE 38

Richelieu n'avait pas savouré longtemps son implacable vengeance. Moins de trois mois après l'exécution de Cinq-Mars, il s'était éteint dans son lit, parmi les ors du Palais-Cardinal. Jusqu'à la fin, Louis XIII l'avait maintenu dans ses fonctions de ministre. L'intérêt de l'État... Mais le roi, aussi, achevait sa course, rongé par la tuberculose, le cœur dévasté par le chagrin, hanté par les spectres de ses amis sacrifiés, M. le Grand en tête.

Qu'était devenue Marion ? Antoine dévora les pages qui lui étaient consacrées. Elles étaient nombreuses, riches de détails. Le XVIIᵉ siècle était familier aux historiens. Marion de Lorme en avait été l'une des plus célèbres figures, à jamais associée au quartier du Marais. Les poètes et les romanciers avaient continué à louer ses charmes et ses mystères bien après sa disparition. Victor Hugo s'était inspiré de sa vie pour créer un drame joué en 1831 au théâtre de la Porte-Saint-Martin. Pour tout le monde, Marion restait le type même de la courtisane, de la pécheresse repentie. Pour Antoine, elle était une amoureuse simplement coupable d'avoir eu confiance en la vie, en l'amour.

Après la mort d'Henri, elle avait disparu quelques mois. Paris ne s'en était pas trop étonné : elle se remettait de son épreuve à l'abri des indiscrets, cachait pudiquement ses larmes. Un beau jour, elle était réapparue place Royale encore plus resplendissante et sensuelle et, pendant sept ans, avait régné sur le monde galant du Marais. Avait-elle oublié M. le Grand ? En tout cas, son nom n'avait plus franchi ses lèvres. Au gré de ses caprices, elle avait choisi ses amants parmi les hommes les plus brillants. D'autres aussi s'étaient partagé ses faveurs, moins jeunes ou moins nobles ou moins séduisants. Mais riches, très riches. Grâce à leurs largesses, elle avait pu vivre selon ses goûts. Puis était venu le temps des revers : trop de dépenses, trop de dettes ; l'acharnement des créanciers et des héritiers du cardinal. Sa fin avait été brutale, et sordide. Enceinte à trente-sept ans, Marion avait tenté d'avorter en avalant une dose trop forte d'antimoine. Elle était morte très chrétiennement après trois jours de souffrances. Les témoins de l'époque avaient été frappés par sa jeunesse demeurée intacte ; les curieux avaient défilé, nombreux, pour l'admirer une dernière fois, revêtue par sa mère d'une robe blanche, coiffée d'une couronne de fleurs d'oranger. Comme une jeune mariée !

C'était rue de Thorigny ; Antoine promit de s'y rendre ; il irait partout sur ses traces. C'était facile, le quartier n'avait pas changé ou si peu.

Que d'anecdotes, de précisions ! L'inventaire effectué par les huissiers après son décès en 1650 permettait de connaître tous ses biens, de reconstituer son logis, ses toilettes ; il n'y manquait pas un tabouret, pas une paire de gants, pas une chemise. En revanche, aucune mention n'était faite de ses bijoux, du château de Villevenard, encore moins de l'enfant qu'elle avait mis au monde. Antoine eut beau chercher, il ne trouva rien à ce sujet. Cet enfant avait-il seulement vécu ? Beaucoup d'indices inclinaient à penser qu'il avait en effet pu grandir et peut-être même demeurer suffisamment long-temps au château pour y perpétuer le souvenir de ses parents.

Antoine y avait vu Marion !

Il reconnut dans l'*Armorial* de John Patten, la réplique exacte du blason qui ornait la plaque de cheminée et le cabinet secret de Villevenard. Le chevron, le lion rampant, la couronne de marquis posée en cimier et le cordon bleu des ordres du roi avec le Saint Esprit symbolisé par une colombe, rien ne manquait. C'était les armes de la famille de Cinq-Mars, les Coiffier-Ruzé, marquis d'Effiat. Antoine entendait encore madame Reynal prétendre qu'elle ignorait la provenance du contrecœur de la même façon qu'elle avait affirmé que le portrait était celui d'une inconnue. Impossible ! Il était invraisemblable qu'il n'existât aucune preuve du passage de Marion à Villevenard et madame Reynal et Olivia devaient en avoir idée !

Antoine lâcha le livre de Jean Sert qu'il venait de relire. Olivia lui avait dit un jour que sa famille maternelle occupait le château depuis trois siècles ! Si l'enfant était devenu adulte, et avait fait souche, cela pouvait signifier que la jeune femme était la descendante directe de Marion de Lorme et que, par l'ascendance lointaine de Cinq-Mars, un peu de sang d'Agnès et de Renaud de Vainces coulait dans ses veines ! Cela pouvait signifier que la bague offerte par Henri à Marion, la bague d'Octavie, passant de génération en géné-ration, était actuellement entre les mains de Valérie Reynal ! Et Antoine l'avait vue, c'était donc vrai ! En lui subtilisant celle d'Aulus, la mère d'Olivia avait maintenant les deux anneaux en sa possession !

Antoine manqua de souffle comme après une plongée en apnée, une image qui s'adaptait bien à cette formidable remontée du temps. Madame Reynal devait certainement connaître la légende. Et Olivia aussi. Elles lui avaient donc menti l'autre soir. Pourquoi ?

Quelle excitation, quel bonheur féroce avaient-elles dû vivre quand il avait ouvert l'écrin devant elles ! Du moins, en ce qui concernait madame Reynal. Olivia, de son propre aveu, se désintéressait des « vieilleries ». Et si, finalement, sa mère l'avait tenue dans l'ignorance de tout cet héritage ? C'était peu probable.

Le besoin de la revoir, de la presser de questions, d'éclaircir toutes ces zones d'ombres qui l'angoissaient fut tel, qu'Antoine décida de partir à sa recherche au mépris de toute prudence.

CHAPITRE 39

D'abord chez elle, par acquit de conscience. En cet après-midi dominical, le boulevard de Courcelles avait l'aspect somnolent d'une sous-préfecture. L'appartement d'Olivia était silencieux, volets fermés. A défaut de trouver la concierge, Antoine s'adressa à un voisin qui ne se souvenait pas d'avoir croisé la jeune femme depuis plusieurs jours. Rien de surprenant en somme.

Un taxi le mena ensuite au Champ-de-Mars. Là, l'ambiance était tout autre et les visiteurs se pressaient au pied de la tour Eiffel. Par un temps aussi clair, la vue, là-haut, devait être idéale et Paris magnifié par la perspective, avec tous ses monuments piqués en repères, la Seine bien sage en son milieu, devait fasciner plus que jamais.

Tournant le dos à la Dame de Fer, Antoine gagna une artère parallèle au Champ-de-Mars, l'avenue Élysée-Reclus où s'alignaient des façades cossues et tranquilles. Avec attention, il observa celle de l'hôtel Mani. Aucun mouvement ne se dessinait derrière les fenêtres simplement protégées d'embrasure de soie. Il se rappela son humeur conquérante quand il s'était présenté ici, la première fois, au cours de la nuit du Nouvel An, invité par Olivia et sa mère. C'était surtout cette dernière qui avait insisté. Il avait été reçu en hôte choyé mais tout n'avait été que mensonges et manipulations ! Pourtant, non, ce n'était pas tout à fait exact. Olivia avait tenté de le décourager dès le début. Elle ne lui avait jamais rien promis, lui exposant crûment la précarité de leur situation que sauverait un riche mariage. Elle avait été franche et loyale, à sa manière, cela il ne pouvait le nier !

Résolument, il sonna à l'entrée, attendit, sonna encore. Le même domestique au gilet rayé jaune et noir, qui lui avait déjà ouvert, surgit à la porte. L'homme parut lui aussi le reconnaître.

Avec un accent italien alerte, sautillant qui contredisait son air digne et navré, le maître d'hôtel lui annonça que le comte Mani avait quitté Paris deux jours plus tôt. Antoine lui demanda, alors, si par hasard madame Reynal et mademoiselle Demat l'accompagnaient. Il répondit que oui.

— Savez-vous où se sont rendus le comte Mani et ces dames ?

L'amabilité était de règle, le sourire et la volubilité de même. L'homme avait l'art de parler pour ne rien dire. Un flot d'explications s'ensuivit d'où Antoine ne retira pas grand-chose. Le signor Mani possédait plusieurs résidences, n'est-ce pas ? Un manoir près de Londres, cet hôtel à Paris, une villa au bord du lac de Côme, un palazzo à Rome, sans compter les suites qui lui étaient réservées à l'année à Spa, à Monte Carlo, etc. Il y partait toujours sur un coup de tête, changeait d'itinéraire en chemin. Il n'était pas commode de prévoir ses décisions, foi de Gianfranco ! Lui-même ignorait tout, excepté que le chauffeur avait conduit le signor Mani et ses invitées à la gare avant de prendre la route avec les bagages. Une tonne de bagages ! Madame Reynal et la signora avaient dévalisé les boutiques. Toutes deux étaient de grandes habituées de la rue de la Paix. Quelle gare ? Gianfranco ne savait pas, avec le sourire bien sûr. Aussi fourbe qu'un personnage de la commedia dell' arte ! Antoine, qui voyait parfaitement que l'homme se moquait de lui, eut envie de le serrer à la gorge. Au lieu de cela, il essaya de le soudoyer en lui glissant un billet. Gianfranco se plia en courbettes répétées sans toutefois recouvrer la mémoire.

– Oh, signor Maunier, grazie, grazie. Arrivederci, signor.

Excédé, Antoine tourna les talons.

Où était Olivia ? Il regagna son appartement au plus vite dans l'espoir d'un message. John et Igor, qui lui téléphonèrent vers les six heures, n'avaient, de leur côté, reçu aucun appel. Les deux amis l'invitèrent à dîner, il refusa, se déclarant fatigué, ce qui était vrai, mais en leur promettant d'être à l'agence le lendemain.

Où était Olivia ? Après avoir quitté l'hôtel de l'avenue Élysée-Reclus, elle avait réussi à fausser compagnie à sa mère et à Mani pour rencontrer Toche et se rendre à Villevenard. Mais ensuite ? Qu'avait-elle fait ? Et si lady Barrett avait raison ?

L'idée d'un accident ou d'une mauvaise réaction de Joseph mis en présence d'Olivia commençait à tarauder Antoine. Chaque fois, il la repoussait car elle ne cadrait pas avec la personnalité conquérante de la jeune femme. Cependant, si rien de grave ne lui était arrivé, si elle avait pu venir à bout de Joseph, elle aurait dû regagner Paris en toute hâte !

Les livres étaient encore tous étalés dans le salon, sur le canapé, la table et le tapis. Antoine les contempla un moment sans faire un geste pour les remettre à leur place. Les *Histoires d'Antiques* de Jean Sert, ce bel ouvrage de maroquin rouge qu'un bouquiniste énigmatique lui avait cédé à prix d'or, était resté ouvert. Comme tournées par des doigts invisibles, ses pages, quittant les aventures de Marion, étaient revenues sur celle d'Aulus et d'Octavie, à l'époque où Rome rayonnait sur le monde. ROMA !

Ils étaient à Rome ! Mani y possédait un palais ; il était romain d'origine. Madame Reynal avait une fois insisté sur l'ancienneté de sa famille et lorsque l'Italien s'était plaint du café qu'il buvait à Villevenard, elle l'avait exhorté à la patience : « Tu te rattraperas bientôt. » Antoine l'entendait encore ! Si Mani épousait Olivia, c'était à Rome et nulle part ailleurs que devait avoir lieu la cérémonie de mariage !

Ils n'avaient renoncé ni l'un ni l'autre à leurs projets, d'autant plus libres et déterminés qu'ils étaient certains de ne plus rencontrer d'obstacles, et Olivia n'avait pas non plus changé d'avis. Comment Antoine avait-il pu imaginer le contraire ? Parce qu'elle avait volé à son secours, avait eu pitié de lui, qu'elle désapprouvait les méthodes de sa mère ? Quel naïf il était ! Elle lui avait pourtant clairement signifié qu'elle acceptait Mani. Aucun sentiment ne serait assez puissant pour l'en dissuader.

Il rit tout haut, écœuré par sa propre bêtise, soulevé d'amertume. Des sentiments ! En avait-elle seulement pour lui ? Elle était de ce genre de filles qui ne s'intéressent qu'à leur précieuse petite personne !

Puis il se souvint de sa douceur quand, pas plus tard qu'hier, elle lui avait soutenu la tête pour lui donner à boire et de la façon dont elle lui avait chuchoté « chéri », sa bouche contre ses lèvres. Elle l'aimait, c'était évident. Rien que pour ce petit mot, chéri, qu'il voulait encore entendre, il se battrait pour empêcher ce mariage.

CHAPITRE 40

De bonne heure le lendemain, il rassembla quelques effets dans une valise et appela un taxi. A huit heures, il était rue de Vaugirard, à l'ouverture d'une remise de véhicules à louer. Son choix se porta vite sur un modèle de la marque Chenard et Walker au célèbre profil « en fer à repasser », capable d'atteindre des vitesses dignes d'une course automobile. Exactement ce qu'il s'apprêtait à réaliser. Ensuite, il roula vers la Bastille.

Toche avait déjà ouvert son tabac. Il était seul et eut l'air heureux en constatant que le lieutenant Maunier semblait avoir mis à profit ce dimanche pour reprendre du poil de la bête. Il le lui dit tout en s'étonnant qu'il fût là de si bon matin.

– J'aurais un autre service à vous demander, annonça Antoine. Vous avez déjà beaucoup fait, évidemment...

– Pas de problèmes. A propos, mademoiselle Demat a-t-elle pu revenir sans encombre et se débarrasser de ce Joseph ? Elle va bien ?

Antoine s'éclaircit la gorge :

– Je l'ignore, mon vieux. Pour être franc, je ne sais pas où elle est exactement. Enfin, j'ai lieu de croire... j'ai l'intuition qu'elle est à Rome.

— Rome ? Pour quoi faire ? bégaya le buraliste un peu ahuri.

La réponse d'Antoine acheva de le désorienter :

— Pour se marier ! Mais ça ne se passera pas comme ca ! Je vais m'en mêler. Toche, seriez-vous prêt à m'aider ? Je me suis renseigné hier sur l'horaire des trains. Il n'y en a pas de direct avant mercredi soir. Et encore doit-on changer à Milan pour attraper l'express de Rome, ce qui nous fait arriver là-bas au plus tôt, vendredi matin. J'ai donc l'intention de prendre la route dès que possible. Pouvez-vous m'accompagner ? A deux, nous roulerions sans arrêt, en se relayant au volant, vous et moi. Écoutez, Toche, je comprendrais très bien si vous refusiez. Vous avez votre commerce, Huguette... Sans compter que vous n'avez pas encore récupéré votre voiture. Tout cela à cause de moi. Bien entendu, je vous dédommagerais.

— Ma voiture, on finira bien par la retrouver, vous tracassez pas, lieutenant. Pareil pour Huguette, j'en fais mon affaire.

Il n'en était pas très sûr, car Huguette ne lui lâchait pas aisément la bride. Toutefois avec un peu de doigté et... la promesse de fiançailles sans cesse remises, il la convaincrait. Elle aussi appréciait le lieutenant. Pour rien au monde, Gaston Toche n'aurait refusé ce service. Ce voyage à Rome, c'était une aventure, une aubaine très excitante. Et pour une bonne cause en plus ! Tout de même, les femmes vous en faisaient voir des vertes et des pas mûres, ricana le buraliste qui cependant se garda d'exprimer son avis à Maunier déjà assez malmené par la fougueuse Olivia ! Rome ! Quelle idée ?

Souvent interrompus par des clients, les deux hommes se mirent d'accord. Antoine, qui désirait passer au cabinet Patten-Vinkovo avant de partir, y attendrait Toche, le temps que celui-ci réglât tout avec Huguette, ce qu'il promit de faire le plus vite possible.

CHAPITRE 41

Antoine se gara rue Saint-Honoré. L'agence n'était pas encore ouverte et il dut utiliser sa propre clef. Il marquait un point sur Marie Touzet qui se targuait toujours d'arriver en avance. Naguère cela l'aurait amusé de lui damer le pion. Aujourd'hui, leur rivalité était le cadet de ses soucis.

Antoine releva le courrier puis gagna son bureau disposé en face de celui de la secrétaire, contre le mur opposé. Dans un tiroir, il récupéra son passeport qui lui avait été délivré à l'automne pour un voyage d'affaires aux États-Unis annulé en dernière minute. Une enveloppe contenait quelques dollars américains. Il empocha le tout. Rapidement, il tria le courrier en espérant que, peut-être, Olivia lui aurait écrit un mot ou expédié un télégramme, expliquant son geste. Il n'y avait rien de ce genre, bien entendu.

Les bruits de la rue mis à part, le calme régnait autour de lui. C'était inhabituel. Pas de coups de fil, de cliquetis de machine, de voix sage, un brin « pète-sec ». En face de lui, le bureau de Marie Touzet était toujours inoccupé. C'était drôle cette ardeur qu'elle mettait à taper sur ses touches, bien droite, sérieuse comme un pape, abritée derrière ses grandes lunettes. Antoine la soupçonnait d'épier chaque mouvement des uns et des autres et même d'écouter des conversations privées. Il est vrai qu'avec John et Igor qui aimaient se donner en spectacle, elle était aux premières loges. L'aventure d'Antoine, la recherche de la bague et d'Olivia l'avaient passionnée, rompant l'ennui de sa propre existence. Curieusement ce matin, son absence créait un vide dans l'agence silencieuse.

Antoine consulta sa montre, vit qu'il était près de dix heures, se secoua. Toche n'allait pas tarder, du moins il l'espérait. La porte communiquant avec l'allée de l'immeuble s'ouvrit, John et Igor firent irruption, pomponnés, cravatés de soie claire, frétillants, prêts à s'atteler à un travail qu'ils adoraient :

— Tony ! Bonjour ! Alors ? Des nouvelles d'Olivia ?

Mais il était évident que leur jeune ami n'en avait reçu aucune, ce qui déclencha chez Igor une réaction incontrôlée :

— Cette fille souffle sur vous le chaud et le froid. Elle vous fait tourner en bourrique. N'en aurez-vous pas bientôt assez ?

John essaya de tempérer le propos en cherchant des raisons au comportement d'Olivia. Il tenait surtout à encourager Tony triste et songeur, qui ne s'était même pas insurgé contre la remarque d'Igor et qui murmura :

— Je voudrais d'abord comprendre ce qui la motive. L'argent est donc si important pour elle qu'elle est prête à se donner à cet Italien ?

— Ça en a tout l'air, grommela le Russe. L'argent mène plus de la moitié du monde. Quelle femme serait assez désintéressée pour dédaigner une fortune ? Soyez lucide, mon petit.

— Je commence à l'être, soupira Antoine. Néanmoins, je pars pour l'Italie.

— Vous espérez la convaincre de changer d'avis ?

– Je veux avant tout connaître la raison de ses mensonges. Car il ne s'agit pas simplement de nous deux mais aussi de la bague d'Aulus.

– Évidemment. Nous porterons plainte contre madame Reynal, j'y ai songé, interrompit John. Cette femme aura à rendre des comptes à la police.

– Oui, bien sûr, fit Antoine. C'est votre bague, vous devez la récupérer ou être indemnisé. Mais pardonnez-moi, John. Ce qui m'importe, c'est pourquoi elle s'en est emparé. Et je crois le savoir maintenant.

Dans la foulée, il raconta enfin sa « rencontre » avec Marion de Lorme.

– J'ai passé des heures, hier, à vérifier si tout était conforme à la vérité historique.

– Et bien entendu, vous pourriez désormais témoigner du siècle de Louis XIII dans le moindre aspect de son quotidien, comme l'Antiquité ou le procès des Templiers n'ont plus de secrets pour vous, ironisa gentiment Igor.

– La bague d'Octavie serait donc restée à Villevenard depuis tout ce temps ? s'étonna John. C'est fou, Tony, complètement fou !

– Je vous l'accorde mais j'irai jusqu'au bout de cette expérience.

– Avez-vous suffisamment d'argent ? Croyez-vous qu'il soit prudent de conduire seul sur un si long trajet ? Voulez-vous que l'un de nous vous accompagne ? Ces gens sont dangereux. Vous devez impérativement rester sur vos gardes.

Antoine mit un frein à leur sollicitude en leur annonçant que Toche viendrait avec lui.

– Il devrait être déjà ici. Huguette ne doit pas lui faciliter les choses.

– Il y en a une autre qui devrait y être aussi, s'énerva John qui constatait tout juste que sa secrétaire n'était pas à son poste. Avez-vous vu Marie ?

— Non, répondit Antoine distraitement, en guettant par la porte vitrée l'apparition de Toche.

— Elle avait pourtant promis d'être à l'agence à la première heure. Cette fois, c'est le renvoi ! Et n'essaye pas de plaider sa cause, Igor. Je n'accepterai plus aucune excuse. J'en ai par-dessus la tête. Nous dirigeons une affaire réputée ; notre personnel doit être à la hauteur.

— Ce qui n'est ni le cas de Marie, ni le mien, releva Antoine.

— Je ne disais pas cela pour vous, mon cher Tony.

— C'est pourtant vrai. Moi aussi je vous fais faux bond. Ah ! Voici Toche ! Enfin !

Désolé d'avoir sans doute blessé Antoine, furieux contre la jeune secrétaire, John le fut encore davantage en constatant qu'Igor s'apprêtait à sortir.

— Où vas-tu ?

— Chez Marie. Elle a peut-être des ennuis. On n'a pas le droit de la mettre à la porte sans savoir.

La discussion tourna rapidement au vinaigre selon une habitude bien ancrée chez eux, ce qu'Antoine mit à profit pour précipiter son départ. Empoignant le bras de Toche qui du seuil de l'agence, une sacoche de voyage à la main, saluait sans être entendu, il lui fit exécuter un rapide demi-tour. Une minute plus tard, ils étaient assis dans l'auto. Quand le moteur se mit à ronfler, les deux décorateurs interrompirent leur dispute et se précipitèrent sur le trottoir. Ils n'eurent que le temps d'agiter la main avant de voir disparaître la « Chenard » au bout de la rue.

CHAPITRE 42

Malgré son self-control, John Patten réprima difficilement sa contrariété. Le constatant, Vinkovo faillit renoncer à son projet. Mais son hésitation dura peu. Un taxi passait justement ; il le héla et s'y engouffra en lançant l'adresse de Marie.

Tant pis pour son ami ! La clairvoyance qu'il se vantait de posséder n'était en fait que l'envers d'un esprit rigoriste, lamentablement dépourvu d'imagination. Lors de la disparition de Tony, son entêtement aurait pu être fatal au jeune homme. Heureusement Igor, lui, était là pour corriger ses erreurs d'appréciation. En ce qui concernait leur secrétaire, il avait toujours pensé qu'elle cachait une personnalité intéressante, plus complexe que les apparences. Certes, il était fâcheux qu'elle prît son travail à la légère et abusât de leur bonté. Mais cela n'avait pas toujours été le cas. La congédier sans préavis et sans chercher plus loin les causes de son changement d'attitude était une erreur selon le Russe qui, cependant, en dépit de sa profonde intuition, n'aurait su définir de quel côté penchait la balance : profiteuse, menteuse et sans scrupules, aigrie par son célibat ? Ou jeune fille accablée par la vie, sans beaucoup de défenses, courageuse et touchante ? Qui était Marie ?

Autour de la porte de Montreuil, Igor Vinkovo découvrit un Paris populaire qui gardait encore de faux airs de campagne. Jamais il ne s'était aventuré jusque-là. Le taxi le déposa à l'angle du boulevard Davout et de la rue de la Croix-Saint-Simon, une paisible petite artère. Marie Touzet et sa mère habitaient au numéro trente-quatre dont le rez-de-chaussée était occupé par une épicerie.

Il n'y avait pas de gardien. Sur le côté, une allée couverte abritait des vélos et une voiture d'enfant. Elle donnait accès à un escalier de bois à rampe de fer. Une autre porte s'ouvrait sur une minuscule cour intérieure encombrée de cageots.

Igor chercha le nom de Marie sur les boîtes aux lettres : troisième à gauche. Les marches usées craquèrent sous son poids. A mi-étage dans l'angle du mur étaient installés des water-closets communs aux locataires. Leurs inévitables relents se mêlaient à une odeur de pot-au-feu qui se répandait dans tout l'immeuble. L'endroit n'était pas sordide, il était simplement ordinaire, un cadre habituel à des milliers de Parisiens, ouvriers, artisans, cousettes, petites secrétaires. Igor Vinkovo, qui avait grandi à Saint-Pétersbourg dans un palais des quais de la Neva et n'avait jamais fréquenté que les beaux quartiers, se sentit brusquement à l'étroit dans ces murs et fut saisi d'une sorte de tristesse à la pensée que c'était là l'horizon de Marie.

Il frappa chez elle, un peu gêné de pénétrer dans un univers qu'elle n'évoquait jamais. Si la jeune fille était absente, sa mère dont la santé était délicate et qui se cloîtrait chez elle, aurait peut-être des difficultés à lui ouvrir ? Personne ne lui répondit. Après une seconde tentative, sans plus de résultat chez l'autre occupant du palier, Igor redescendit et décida de s'adresser à l'épicier.

Un homme affublé d'énormes moustaches, portant béret et blouse grise comme un maître d'école, un crayon coincé derrière l'oreille, s'affairait entre des sacs de jute gonflés de légumes secs. Il cligna des yeux en voyant le Russe qui le dépassait de plus d'une tête. Son écharpe de soie, ses guêtres blanches sur ses chaussures vernies, jusqu'à son épingle de cravate, tout chez lui trahissait une préciosité sans rapport avec sa stature. L'épicier n'avait jamais été en présence d'un tel phénomène. Il ne s'en montra pas moins aimable, ne se faisant pas prier pour fournir toutes les informations recherchées. Une véritable pipelette !

Madame Touzet et sa fille étaient parties dimanche matin. Un taxi était venu les prendre vers neuf heures. C'était assez exceptionnel pour avoir été remarqué par tout le voisinage. Elles avaient auparavant confié leur chat aux locataires du second. En dix ans, elles ne s'étaient jamais absentées plus d'une journée.

– Dix ans ! Vous les connaissez donc bien ! s'exclama Igor.

– Les connaître serait beaucoup dire. Elles sont pas causantes, figurez-vous. Oh, polies, correctes, jamais d'histoires. Mais très distantes.

L'épicier s'arrêta, soudain méfiant. La curiosité de cet extravagant étranger lui parut suspecte et Igor dut s'empresser de se présenter, expliquant aussi le motif de sa présence.

– L'un des patrons décorateurs de Marie ? Ah, oui ! Eh bien, désolé, monsieur. J'en sais pas plus. Déjà gamine, Marie était réservée. On ne l'a jamais vue jouer avec les autres.

– Oui, elle a conservé son sérieux, opina Igor en songeant à l'opinion de John.

– Sa mère l'a bien élevée, y a pas à critiquer.

– Madame Touzet sort peu, n'est-ce pas ? Elle n'est pas très solide.

– Bah, elle a l'air plutôt en bonne forme. Suffisamment pour aller tous les jours à son travail.

– Elle travaille donc ?

– Marie vous en a pas parlé ? Sa mère donne des cours de français dans un collège, à Saint-Mandé.

Igor surmonta sa surprise :

– Je vois. Ce n'est pas facile pour une veuve de guerre, avec une petite pension !

– Madame Touzet n'a pas perdu son mari à la guerre. Elle était veuve avant. En 1912, quand elles se sont installées ici, y avait déjà pas de monsieur Touzet. Du reste, y a pas d'hommes dans l'entourage de ces dames.

Une fois de plus, l'épicier s'interrompit, intrigué par l'ignorance du visiteur. Celui-ci, déconcerté, eut un léger haussement d'épaules comme pour prouver qu'il n'attachait pas d'importance à ces détails :

– J'ai dû me tromper.

Pour le coup, Igor n'osa demander si Marie avait réellement eu un fiancé tué au combat. Il commençait à avoir des doutes sur la franchise de sa secrétaire. John aurait-il eu raison de se méfier ? Sans illusions, il posa néanmoins une dernière question :

– Connaissez-vous le but de leur voyage ? Leur destination ?

– Non monsieur. Elles font jamais de confidences. Mais ça devait être grave et pressé puisque Marie n'a même pas pris la peine de vous prévenir. Ça va lui créer des ennuis chez vous ?

L'épicier flairait des complications pour sa jeune voisine avec gourmandise. Bientôt la rue tout entière serait au courant.

Igor le rassura, se croyant obligé pour le remercier de sa complaisance de lui acheter quelque chose. Il choisit des berlingots bigarrés de vert et de rouge puis le quitta, salué respectueusement par l'épicier.

CHAPITRE 43

— Résumons : depuis plus de deux ans que nous l'employons, nous avons toujours entendu cette fille évoquer le veuvage, la santé délabrée de sa mère et son propre chagrin d'amour. Or, il s'avère que tout est faux. En outre, elle déserte son poste, s'absente sans crier gare. Elle s'était pourtant engagée à venir aujourd'hui. Cette petite est louche ; elle se moque de nous. Admets-le, Igor, nous en avons la preuve maintenant.

Assis sur une fesse au coin du bureau de John, le Russe hocha la tête en piochant dans le sachet de berlingots.

— En tout cas, si elle a le toupet de remettre les pieds chez nous, elle s'expliquera.

— L'épicier m'a dit que Marie et sa mère n'avait pas emporté de gros bagages. Ce n'est pas un déménagement. Nous la reverrons.

— Pas pour longtemps, je te le garantis ! Je suis décidé à la renvoyer.

John Patten se mit à tripoter nerveusement les dossiers qui s'amoncelaient devant lui. Le départ imprévu de Tony, la désertion de leur secrétaire, Igor triste et déçu d'avoir été dupé par cette sainte-nitouche, lui-même excédé, anxieux : voici que l'agence qui fonctionnait si parfaitement il y a quelques semaines encore tournait au ralenti, plongeait dans le désordre, ce que Patten détestait. Il avait dû répondre au téléphone, taper une lettre urgente, déplacer deux rendez-vous.

— On ne va pas s'en sortir sans secrétaire, grogna-t-il. Comment être à la fois au four et au moulin ?

— Je peux remplacer Marie, sans problèmes !

Un friselis de plumes, un parfum poudré, un visage rose et de pétillantes prunelles de porcelaine bleue : lady Barrett que ni l'un ni l'autre n'avaient entendue entrer proposait son aide avec la spontanéité qui la caractérisait. Elle prit un berlingot sans attendre qu'on les lui proposât.

— Pamela ! Croyez que nous apprécions votre offre mais c'est impossible ! fit Patten en se levant pour l'embrasser.

— Pourquoi pas ? J'adorerais !

Elle traîna sur le mot, en escamotant les « r », à l'anglaise.

Après s'être débarrassée de son boa de plumes, elle s'installa à la place de Marie. John et Igor ne purent s'empêcher de rire en la voyant faire.

— Je sais me servir d'une machine à écrire et je m'exprime correctement au téléphone. C'est amplement suffisant. Plus sérieusement, mes amis, je comptais trouver ici notre cher petit Maunier. S'est-il bien remis de sa mésaventure ? Je lui ai apporté cette revue. Il y a dedans une photo et un article qui ne lui plairont pas du tout, dit-elle en tournant les pages de *l'Écho mondain*.

Ainsi que son nom l'annonçait, il s'agissait d'un mensuel qui s'intéressait exclusivement aux faits et gestes du gotha, aux potins du monde politique et culturel. Sous le titre : « Quand beauté rime avec charité ; mademoiselle Demat », on reconnaissait Olivia en robe du soir. Superbe. « Mademoiselle Demat a assisté le 28 février dernier au concert de Maurice Ravel, donné au théâtre des Champs-Élysées au profit de la Croix-Rouge. » La photo la représentait en compagnie de sa mère et du comte Amadeo Mani.

— Ils s'affichent ensemble, commenta lady Barrett. Tony doit réagir.

Lorsqu'elle eut appris que le jeune homme venait de partir précipitamment sur leurs traces, une fois son étonnement passé, elle formula tout haut le sentiment général :

— Je crains qu'il ne coure après de nouveaux déboires, en souhaitant qu'il ne rencontre pas d'autres dangers. Olivia est aussi instable qu'une girouette. Décidément, tout est bien étrange. Et Marie qui disparaît elle aussi !

— Cela n'a aucun rapport, rétorqua John.

Igor répéta à Pamela sa conversation avec l'épicier de la rue de la Croix-Saint-Simon. Il fallait accepter l'évidence : Marie n'avait cessé de leur mentir ; elle s'était fabriqué un personnage. Dans quel but ?

— J'étais son confident, je la soutenais toujours, soupira Igor, déconfit.

Taillé en hercule, il avait une sensibilité de midinette.

— Son départ est curieux, c'est vrai. Faut-il croire au hasard ? Pour ma part, non, avoua l'Anglaise en reprenant un berlingot.

— Je n'y crois pas non plus, murmura Igor.

John Patten s'abstint d'envenimer le sujet en contredisant ses amis. Il préféra leur suggérer d'aller au restaurant, l'heure du déjeuner ayant sonné depuis longtemps.

Lady Barrett était en train de s'envelopper de nouveau de ses plumes quand la porte s'ouvrit. Tout rose elle aussi mais beaucoup moins tapageuse, Huguette entra dans l'agence. Un peu empruntée, elle s'avança, dit poliment bonjour. Le boa duveteux semblait la fasciner.

— Mademoiselle Huguette, si vous aviez l'intention de voir

Toche, il a pris la route depuis longtemps, fit Vinkovo avec douceur.

— Non, non. Je suis ici pour autre chose. Elle se racla la gorge : Gaston m'a confié le bureau de tabac pendant son absence, vous le savez sans doute. Eh bien, vers onze heures, la police est venue. Elle le recherchait.

— La police ! s'exclamèrent-ils à l'unisson.

— Ça inquiète toujours de les voir débarquer chez soi, pas vrai ? continua Huguette encouragée par leur expression bienveillante. J'ai d'abord eu peur pour Gaston mais, en fait, ils venaient au sujet de l'auto.

— Quelle auto ? demanda Patten avant de se souvenir que Joseph s'était enfui avec celle de Toche.

— L'adresse de mon Gaston est inscrite à l'intérieur, près du démarreur. La gendarmerie de Coulommiers a retrouvé la voiture écrasée contre un arbre à deux kilomètres de la ville.

— Et Olivia ?

— Je sais pas, répondit Huguette. Les policiers n'en ont pas parlé et moi j'ai préféré me taire. Surtout lorsqu'ils m'ont annoncé que l'homme était mort au volant. Ils pensaient qu'il s'agissait de Gaston et avaient l'air bien embêtés d'avoir à m'apprendre la nouvelle.

— Ainsi Joseph est mort ?

— Tué sur le coup à ce qu'il paraît.

— Dieu soit loué ! s'écria lady Barrett. Olivia a pu s'en sortir.

— En la découvrant soudain dans l'auto, Joseph a dû être effrayé et aura fait une fausse manœuvre, c'est la seule explication possible.

— Qu'avez-vous dit exactement aux policiers, Huguette ? demanda John Patten.

— Une bonne partie de la vérité, que Gaston et moi, on était allés en Champagne chercher un ami, que notre voiture avait été volée, qu'on avait dû louer un taxi pour rentrer à Paris. Ils peuvent vérifier, j'ai pas menti.

– C'est bien, Huguette, très bien, approuva John. Vous avez eu raison de ne pas mentionner le nom de mademoiselle Demat. Inutile de compliquer la situation.

– Espérons qu'Olivia n'ait pas été blessée elle aussi, reprit lady Barrett. L'accident a eu lieu de nuit, en rase campagne. Qu'a-t-elle bien pu faire ensuite ?

– Probablement gagner Coulommiers, prendre un train ou louer un véhicule elle aussi.

John se voulait confiant et positif. Près d'eux, sur le bureau, *l'Écho mondain* était ouvert sur la photo d'Olivia. Il la tapota de l'index :

– Cette jeune personne n'est pas seulement une délicate Parisienne. Elle nous a déjà prouvé qu'elle était également débrouillarde et hardie. Vous l'avez vue à l'œuvre, n'est-ce pas, Huguette ?

La petite rousse avait suivi son geste et contemplait le portrait d'Olivia étalé sur une demi-page. Puis son regard se reporta sur John :

– Je l'ai vue à l'œuvre... répéta-t-elle machinalement, tandis que dans son esprit défilait la rocambolesque équipée de Villevenard.

CHAPITRE 44

— Où on est ? grogna Toche en constatant qu'ils suivaient les quais d'un fleuve tranquille sur lequel tremblaient des lumières.

— A Lyon, répondit Antoine. C'est la Saône.

— Ouais ! Ils sont pas trop chouettes leurs immeubles, commenta le Parisien, goguenard. On va pas s'arrêter ?

— Juste pour refaire le plein, acheter des sandwichs que nous mangerons en route.

— Vous connaissez la ville ? demanda Toche qui aurait préféré goûter à la cuisine locale.

— Un peu.

Ils venaient de franchir un pont et, sans trop hésiter, Antoine s'engagea dans des rues étroites.

Puisqu'ils devaient effectuer une halte autant que ce soit ici, au risque peut-être de perdre de leur précieux temps. Mais c'était plus fort que lui, il ne pouvait traverser Lyon sans faire un crochet sur les lieux du supplice de Cinq-Mars.

Il se repéra facilement et gara l'auto le long de l'Hôtel de Ville pour contempler la place des Terreaux où la nuit chassait les derniers pigeons. L'endroit ne devait avoir qu'un lointain rapport avec ce qu'il avait été jadis.

La fontaine monumentale du sculpteur Bartholdi s'élevait

maintenant au centre avec ses chevaux de bronze qui piaffaient parmi les gerbes d'eau. Antoine s'en approcha, attiré comme par un aimant, et se laissa asperger par les gouttes qui jaillissaient hors de la vasque. Le bruit de la cascade lui emplissait les oreilles mais, graduellement, ce bruit fut remplacé par un autre, le grondement d'une foule qu'une clarté soudaine éclaira tout autour de lui. Ce phénomène ne dura que quelques secondes. Ce fut toutefois suffisant pour lui permettre d'apercevoir, en haut d'une estrade, entre un prêtre et un bourreau, un jeune homme à la beauté irréelle qui s'apprêtait à mourir en récitant un Salve Regina.

— Lieutenant, qu'est-ce qu'on fait ? Hé, lieutenant, ça va ?

Surpris par son attitude figée, son expression douloureuse, Toche le rappelait au présent :

— Faudrait p't-être pas lambiner.

— Vous avez raison. Ce n'est pas le moment de faire du tourisme, lâcha Antoine avec une dureté inhabituelle.

— Tâchons de trouver nos casse-croûtes.

Ils sortirent bientôt de Lyon sans problèmes, avec le réservoir rempli, un bidon d'essence de secours et des provisions pour eux-mêmes.

L'intermède terminé, Antoine semblait plus pressé que jamais. Ils se passaient le volant environ toutes les deux heures, dormaient par tranches plus ou moins courtes. Jusqu'ici, la voiture n'avait pas failli à sa réputation, aucun ennui majeur n'avait ralenti la cadence, à part un pneu crevé et un petit problème mécanique rapidement décelé et réparé par Toche qui lisait dans un moteur aussi aisément qu'Antoine déchiffrait un vieux grimoire.

Filant sur la nationale 7 comme poussés par le mistral, ils atteignirent la côte méditerranéenne sans autres difficultés et, dans l'après-midi du deuxième jour, passèrent la frontière.

Antoine avait toujours souhaité visiter l'Italie. Toche, dans ses projets les plus échevelés, n'avait même pas osé imaginer emmener Huguette à Venise. En homme sage, il ne rêvait pas au-dessus de ses moyens. Voici qu'ils étaient tous deux dans cette péninsule chargée d'histoire, ponctuée de villes superbes, sans même avoir le loisir d'admirer un campanile. Le paysage était devenu abstrait. Ils ne voyaient que la route et les changements de lumières selon les heures et le jeu de leurs phares. Ce voyage qui n'en finissait pas vidait leur esprit de toute autre pensée que celle d'aller vite sans endommager la voiture, de se ravitailler sans gaspiller de temps. Toute parole entre eux était devenue superflue.

Cependant Toche s'interrogeait sur le motif qui obligeait Maunier à vouloir toujours défier, sans sourciller, les dangers de la route. Évidemment, seul l'amour peut vous entraîner dans ce genre de folies. Le lieutenant était donc si épris de son Olivia ? C'était bizarre, au cours de leurs rares échanges, Toche sentait chez lui à la fois de la rage et de la tristesse, beaucoup d'incompréhension.

– Je suis peut-être fou ; idiot sûrement, lui confiait Antoine. Mais je veux comprendre, comprendre !

Ils atteignirent Rome à la fin du troisième jour, c'est-à-dire dans la soirée du mercredi. Ils débarquèrent à la gare Termini d'un train en provenance de Sienne, qu'ils avaient pu attraper de justesse après que leur voiture eut rendu l'âme sous les remparts de la cité toscane.

Ils étaient chiffonnés, pas rasés, poussiéreux, engourdis, étourdis par le bourdonnement de la gare. Mais enfin, ils étaient arrivés !

CHAPITRE 45

— Vous savez où nous allons ? s'inquiéta Toche prêt à payer une fortune le droit de dormir dans un lit.

— Non. Je n'ai même pas l'adresse de Mani. Mais on devrait l'obtenir sans mal, un homme de son rang est forcément connu, fit Antoine qui dépliait un papier sorti de sa veste.

— Ah, mais vous avez le plan de Rome ! c'est déjà ça, se réjouit le buraliste en y jetant un coup d'œil.

— Oui, sauf que vous voyez ici le tracé de la ville telle qu'elle était sous l'Antiquité.

Toche ne manquait pas de repartie :

— Alors, y a plus qu'à sonner chez Jules César.

C'était à peu près le seul Romain qu'il était capable de citer, lointain souvenir de son école primaire, ce Jules César qui avait vaincu les Gaulois et le pauvre Vercingétorix qu'il avait ramené captif à Rome. Toche, qui ne prétendait pas être très cultivé, rit de sa propre boutade. A son grand étonnement, Antoine opina :

— Figurez-vous, mon cher Gaston, que j'y ai pensé. Je trouve même l'idée excellente.

— Quoi ? D'aller chez Jules César ? Vous rigolez, lieutenant.

– Pas du tout. Venez !

Après la traversée du hall bruyant et grouillant de monde, encombré de malles et de paquets, ils émergèrent à l'air libre, agité mollement d'un souffle tiède qui sentait les jardins et les collines. Antoine le respira, un léger sourire se dessinait sur ses lèvres.

Peu de taxis mécaniques attendaient les voyageurs. Un couple de Britanniques et leurs enfants s'emparèrent des deux automobiles présentes. Antoine et Toche durent se rabattre sur l'une des calèches alignées à la queue leu leu. Elles se ressemblaient toutes : le même cheval osseux ; les mêmes roues hautes et incertaines ; des cochers identiques, un bonnet sur l'œil, et jargonnant tous avec habileté un mélange d'italien, de français et d'anglais. Un mélange par ailleurs assez compréhensible.

Lorsque Antoine demanda à leur cocher de les conduire sur le « forum de César », l'homme se mit à rire et expliqua clairement que c'était impossible avec le cheval et puis, la nuit, c'était mal famé, dangereux. Du reste, il n'y avait pas grand-chose à voir sur les forums. Le gouvernement projetait depuis longtemps d'y entreprendre de véritables fouilles. Des promesses ! En attendant, leur accès était difficile aux touristes. Mais les vestiges à Rome, ce n'était pas ce qui manquait. Le cocher était prêt à en montrer d'autres. Le Colisée par exemple...

Antoine, qui tenait à son forum, insista tant et si bien que l'autre, sur un soupir résigné, alluma sa lanterne et agita son fouet. La calèche oscilla doucement, emportée par le trot du cheval.

Pendant quelques minutes, les deux voyageurs, fourbus, se laissèrent bercer en savourant le charme désuet de la promenade. A Paris, la cadence était devenue infernale. Ici, les automobiles étaient plus rares, les rues étaient surtout le domaine des piétons. Peu pressés de rentrer chez eux, surtout lorsque la nuit était aussi étoilée, ils flânaient avec insouciance ou bavardaient par petits groupes au pas des portes.

Après avoir suivi une longue artère toute droite, la calèche s'immobilisa.

– Où sommes-nous ? fit Antoine en se penchant.

– Au bout de la Via Nazionale, signore.

Le cocher tendit son fouet, indiquant une zone obscure et inhabitée où se dressaient vaguement, dans le noir, des colonnades, des pans de murs.

– Les forums, signore.

L'homme fit comprendre de nouveau qu'il n'était pas question de s'y aventurer, ce qu'Antoine dut admettre à contrecœur.

– Si vous tenez vraiment à visiter ce coin sinistre, lieutenant, on pourra y revenir en plein jour.

– Ce n'est pas tant que je tienne à les visiter mais ces forums me serviront de points de repères. Il y a celui de César, mais aussi celui d'Auguste, celui de Trajan, d'autres encore. Figurez-vous, Toche, que je circulerais certainement plus à l'aise dans la Rome impériale que dans celle d'aujourd'hui. Tout a commencé près de l'enceinte de la cité primitive, c'est pourquoi je veux y retourner au plus près.

Toche, qui depuis leurs retrouvailles à l'automne dernier en avait entendu et vu bien d'autres sans avoir au juste le fin mot de l'histoire, se permit cette fois de demander ce qui « avait commencé ».

– Mais tout, mon vieux, tout ! C'est ici, à Rome, que les bagues ont été créées. Je croyais vous l'avoir dit !

Antoine était déçu, nerveux, agacé de sentir qu'on attendait de sa part de nouvelles directives. Finalement, il se résigna à ne pas se lancer immédiatement dans la recherche des souvenirs d'Aulus. Oubliait-il qu'il devait d'abord retrouver Olivia ?

Il décida de s'en remettre pour ce soir au cocher et lui ordonna de continuer en contournant l'immense champ de ruines.

– Le Palazzo Mani, connaissez-vous ?

L'homme fit signe que non en relançant le cheval dont les os saillants faisaient peine à voir. Puis le quartier se fit plus noble et harmonieux. La place qu'ils traversaient maintenant se bordaient de maisons Renaissance. A son extrémité partait une avenue importante vers laquelle la calèche cahota jusqu'à ce qu'Antoine, soudain, sur une impulsion, criât d'arrêter.

– *Piazza Venezia, signore ? Bene, bene.*

Le cocher tira sur les rênes visiblement en accord avec le choix beaucoup plus raisonnable de ses clients. Il eut même l'obligeance de leur signaler la présence de petits hôtels dans les rues avoisinantes et le nom de l'avenue : le Corso. En revanche, le prix de sa course dépassait la mesure et Antoine dut le marchander, une tentative qui ne remporta qu'un demi-succès. Il était dix heures aux nombreuses églises qui émaillaient Rome. Sans hésiter, Antoine reprit son bagage et quitta la Piazza Venezia, Toche se contenta de suivre sans poser de questions.

Vicolo Emilio, une ruelle mince comme un serpentin, des maisons si rapprochées que d'une fenêtre à l'autre, les gens devaient être capables, ou presque, de se toucher la main : c'est là que se trouvait la pensione Procia avec chambres à louer. L'endroit ne payait vraiment pas de mine et, en d'autres circonstances, Antoine ne s'y serait pas arrêté. Mais ce nom lui évoqua tout de suite quelque chose bien qu'il eût été incapable de dire ce que c'était. En outre, ils étaient trop épuisés tous deux pour errer encore longtemps à la recherche d'un hôtel plus confortable. Cette nuit, n'importe quel lit ferait l'affaire. De toute façon, l'essentiel était de se tenir *grosso modo*, au cœur de Rome. Antoine n'avait pas choisi de s'arrêter dans ce quartier au hasard.

Une femme sans âge, au chignon noir huileux, au sourire édenté mais accueillant, les conduisit à leurs chambres par un escalier soigneusement encaustiqué. La pension tout entière semblait bien tenue malgré sa simplicité. Les couvre-lits étaient en fraîche cotonnade à fleurs mais ni Antoine, ni Toche n'était en état de les admirer. Ils se souhaitèrent une bonne nuit tandis que la femme retournait leur chercher des brocs d'eau qu'elle remonta leur déposer près des cuvettes en émail.

Remettant sa toilette au lendemain, complètement exténué, Antoine s'allongea sans même défaire le lit.

Il ne devrait pas ; il aurait dû être dehors à la recherche d'Olivia. Le Palazzo Mani, c'était connu, certainement. Pourquoi ne s'y précipitait-il pas dès maintenant au lieu de se prélasser ?

Dans un sursaut de volonté, péniblement, Antoine se redressa, mais ses membres, sa tête étaient si lourds qu'il retomba sur son oreiller et, cette fois, s'endormit en quelques secondes.

Quel sommeil agité ! Quelles visions bouleversantes ! Bien sûr, il revit Aulus penché sur son ouvrage quand l'or qu'il façonnait renvoyait tous les éclats du ciel. Il retrouva surtout les trois figures féminines qu'il avait appris à chérir, de jolies brunes qui, en dépit de leurs personnalités différentes, avaient comme un air de famille. En particulier, leurs yeux étaient semblables, d'un noir expressif, tendre, et aussi leurs voix, chuchotant à l'unisson. Quoi donc ? Ces mots qu'il n'avait jamais encore vraiment compris : « gare, cieux » ?

CHAPITRE 46

Antoine s'éveilla au matin, étonné de constater à sa montre qu'il avait dormi aussi longtemps. Octavie, Agnès, Marion avaient traversé sa nuit, compagnes familières, porteuses du même message. Elles ne l'abandonnaient donc pas, l'incitaient à poursuivre. Quant à Aulus, le rêve de sa présence n'était pas surprenant. Antoine devinait que la maison de l'orfèvre avait dû jadis s'élever dans les parages. Procia, n'était-ce pas le nom que portait sa servante ? En remontant jusqu'à la source, qu'allait-il découvrir ?

Encouragé, il se leva, procéda à une toilette soigneuse, défroissa tant bien que mal ses vêtements, revêtit une chemise propre puis il descendit au rez-de-chaussée, attiré par l'odeur de café qui s'échappait de la salle d'hôtes.

Il y retrouva Toche déjà attablé devant un petit déjeuner. N'ayant rien bu ni mangé la veille au soir, ils étaient également affamés et prirent le temps de se restaurer copieusement. Toche s'en étonna car il s'était attendu à voir Maunier bondir dès l'aube dans ses recherches, sans s'accorder un répit.

– Qu'allez-vous faire au cas où Olivia s'est déjà mariée avec le comte Mani ? Ce serait terrible pour vous, lieutenant ?

– Franchement, je ne sais pas. Je m'y suis préparé bien sûr.

Bien en peine d'exprimer sa pensée, Antoine but son café, plongé dans une réflexion profonde que respecta son compagnon un peu surpris par sa réponse.

Un groupe d'Américaines entra dans la salle et, après un salut courtois, les deux hommes qui en avaient terminé, leur laissèrent le champ libre.

Assis à l'entrée, dans un rai de soleil, un petit homme en robe de chambre noire, la peau ridée comme un vieux coing, leur lança un *buongiorno* en les détaillant d'un regard vif. Était-ce aussi un client ou le patron de la pensione Procia ? Antoine lui demanda poliment s'il savait où pouvait se trouver le Palazzo Mani. Mais le vieil homme se mit à glousser en secouant la tête. Puis il se leva, resserra la ceinture de sa robe de chambre et s'éloigna en traînant ses pantoufles. Dans le milieu du couloir, brusquement, il se retourna :

– *A sinistra, signore.*

Il disparut comme dans un éclair.

– *Sinistra ?* C'est ce qu'il a dit : sinistre ? répéta Toche, interloqué.

– *A sinistra* signifie à gauche, traduisit Antoine. Nous n'avons qu'à suivre son indication.

– Il est bizarre, non ? A gauche, ça peut nous mener loin.

– On verra. Peut-être que non. Laissons-nous guider par le destin, Toche.

Vicolo Emilio, les cloches, les cris d'enfants, les chansons, les conversations claironnantes d'une maison à l'autre, s'unissaient avec allégresse, les mêmes bruits répétés depuis l'Antiquité, aussi immuables que la navette des hirondelles striant le ciel bleu. Sitôt dehors, Antoine sentit vibrer tout le passé de Rome.

A gauche, encore à gauche. Pour l'instant, aucun palais en vue. Au débouché de la ruelle, les deux hommes empruntèrent une artère plus large qui les conduisit devant l'église

256

del Gesù. De très nombreux touristes s'étaient rassemblés, le nez en l'air, pour admirer sa façade au baroque exubérant, de pur style jésuite et, l'espace de quelques secondes, Antoine fut effleuré par l'envie de flâner lui aussi, parmi les mille et une merveilles de la Ville éternelle.

Mais il oublia vite sa frustration, l'attention attirée par une femme coiffée d'un feutre sombre qui sortait de l'église. Rapidement, elle fendit la foule, ressurgit à l'extrémité du parvis et continua dans la direction qu'ils suivaient eux-mêmes. Antoine ne put la voir de face mais sa silhouette, sa démarche lui parurent familières et il s'apprêtait à en faire la remarque à Toche qui l'avait un peu devancé, insensible aux beautés architecturales del Gesù, quand le buraliste se retourna en s'écriant :

– Regardez là-bas, lieutenant ! C'est mademoiselle Demat. Oui, oui, j'ai bien reconnu son visage. C'est elle !

Ils s'élancèrent dans son sillage.

Par malchance, une charrette transportant des légumes se renversa au milieu de la chaussée, ce qui créa un petit encombrement qui les retarda. Par-dessus les têtes, ils essayèrent d'apercevoir la jeune femme. Elle avait disparu. L'obstacle contourné, ils empruntèrent à quelques mètres la première rue à gauche, la via delle Botteghe Oscure. Personne ! Ils prirent encore à gauche.

Enfin ils la retrouvèrent qui marchait à une cinquantaine de mètres, mais ils constatèrent aussitôt un changement dans son attitude. Maintenant elle avançait en rasant les murs et son allure s'était faite beaucoup plus prudente. Sans se concerter, les deux hommes ralentirent, soucieux de conserver une certaine distance entre elle et eux.

– Vous croyez que mademoiselle Demat nous conduit chez Mani, lieutenant ?

– Comment savoir ? fit Antoine, intrigué par ce curieux

257

manège. Je le souhaite, en tout cas, bien que je ne comprenne rien à ses manières.

Il ne reconnaissait plus Olivia. D'habitude elle avançait en conquérante, toisait le monde avec hauteur. Quel changement !

– On dirait qu'elle ne tient pas à être à découvert, continua-t-il perplexe, en l'observant. Pourquoi ? Toche, vous êtes certain de l'avoir bien vue tout à l'heure ?

– Sûr et certain ! C'était mademoiselle Demat ! Et voilà qu'elle joue les détectives.

– J'ignore à quoi elle joue, marmotta Antoine. Ne nous montrons pas tout de suite. Attendons.

S'arrêtant sous une porte voûtée, la jeune femme observa un moment ce qui se passait plus loin et, lorsqu'elle quitta son abri, redoubla de précautions.

Ils lui emboîtèrent le pas. A gauche de nouveau. La rue échouait sur une place entourée de demeures anciennes. D'où ils étaient, Antoine et Toche pouvaient même distinguer une fontaine étincelant au soleil. Le quartier regorgeait de palais, certains très abîmés, tous magnifiques. Toujours attentifs à ne pas révéler leurs présences, priant pour que la jeune femme ne se retournât pas, ils la virent subitement obliquer dans un étroit passage aménagé entre deux maisons et quand ils se décidèrent à la suivre, ce fut pour constater qu'elle avait disparu.

L'endroit, humide et nauséabond, ne menait en fait nulle part. Des murs aveugles et décrépits l'entouraient ; c'étaient les arrières des palais aux nobles façades. Pourtant, tout au fond de ce cul-de-sac, invisible de la rue, se nichait une petite porte cloutée.

Antoine fit tourner la poignée sans rencontrer de résistance :

– Nous n'avons plus qu'à entrer nous aussi.

CHAPITRE 47

Un relent humide et âcre, comme si l'air n'avait jamais été renouvelé depuis la construction de la maison à la fin du Quattrocento, les prit à la gorge dans une obscurité presque totale. Le silence était également impressionnant. Les deux hommes s'immobilisèrent quelques secondes afin de capter un minimun de repères. Peu à peu se distinguèrent les contours d'une paroi nue, un sol poudreux. L'endroit était vide, une simple entrée de service. Une lueur tombait du haut d'un escalier en pierre, dépourvu de rampe et tournant à angle droit. Ils n'attendirent pas davantage pour monter.

La porte béante d'un couloir qui partait d'un palier leur permit de constater rapidement que des pièces désaffectées ou servant de débarras occupaient le premier étage. En revanche, l'accès au second était fermé par une porte épaisse au bois soigneusement astiqué, de même pour le troisième palier. Cette fois, ils entendirent des bruits attestant que la maison était bien habitée. Cependant il n'y avait plus traces d'Olivia.

Avait-elle sa propre clef ? Avait-elle dû frapper pour qu'on lui ouvrît, ce qu'ils ne voulaient risquer de faire ? Antoine était toujours décidé à ne pas se manifester. Auparavant il

tenait à découvrir le plus possible d'éléments sur les véritables relations existant entre Mani, madame Reynal et Olivia.
Par ailleurs, rien ne prouvait encore que cette vieille maison
était celle du comte.

Un autre étage restait à explorer. La lumière n'avait cessé
de s'affirmer, de s'épanouir. Lorsqu'ils eurent atteint le dernier palier, elle cascadait franchement sur les marches, jail-
lissant d'une ouverture qui donnait accès sur l'extérieur.
Avançant avec précaution, les deux hommes débouchèrent
sur une terrasse offerte au soleil. Elle couvrait toute la lon-
gueur d'une loggia située juste au-dessous, comme put le
constater Antoine en se penchant tandis que Toche, sujet
au vertige, restait prudemment en retrait.

En bas, ils reconnurent la petite place avec la fontaine
aperçue de loin, tout à l'heure. Sinon, autour d'eux, à l'infini
s'étendaient les toits et les terrasses que dominaient coupoles,
tourelles et clochers, les pentes d'une colline, les touches
vertes d'un jardin, le relief d'une ruine, dans une asymétrie
plaisante au regard, surtout sous un ciel aussi bleu. Certaines
maisons se coiffaient de linge séchant à la brise ; d'autres
étaient couvertes de fleurs et d'arbustes plantés dans des
jardinières. Sur celle-ci, une haie de petits cyprès alignés en
pots séparait la terrasse en deux et une minuscule pergola
entourée de bougainvillées se dressait contre la balustrade.

– Allons voir là-bas, proposa Antoine.

A cet instant, des voix s'élevèrent en italien à l'extrémité.
D'où ils étaient, ils ne pouvaient rien voir, impossible aussi
de gagner la pergola sans se faire remarquer. Soudain
quelqu'un lança un mot français, « magnifique ! » et Antoine
sut tout de suite que l'exclamation venait de madame Reynal.

A pas de loup, il s'approcha de la rangée de cyprès tout
en faisant signe à Toche de le suivre. Ils s'immobilisèrent

chacun derrière un arbre et avec précaution glissèrent un œil entre les branches. Ce qu'ils découvrirent les stupéfia.

Cette partie de la terrasse avait été recouverte d'un tapis rouge vif et décorée de vasques en bronze débordant d'orchidées blanches. Sur la balustrade, aussi, couraient des guirlandes de feuillages piquées de roses, une débauche de fleurs d'un goût exquis, au parfum suave qui entourait une table haute, nappée de blanc comme un autel. Et c'était bien le cas : les objets sacrés, l'encensoir, les ciboires, les coupelles, les burettes, le large plat où était disposée une sorte de galette épaisse, le tout d'or, d'argent et de vermeil, étincelaient.

Quelques domestiques, à en juger par leur tenue, mettaient la dernière touche à une décoration qui plaisait visiblement à madame Reynal. Elle répéta :

– Magnifique !

Elle-même l'était, d'une élégance théâtrale, surprenante. Elle portait une longue robe plissée en soie mauve, à demi recouverte par un court manteau drapé. Ses cheveux étaient relevés par un chignon vertigineux, habilement entremêlés de fils d'or. A ses oreilles pendaient de fines torsades en filigrane serti de pierres précieuses.

Toche la contempla, bouche bée. Chez Antoine, l'admiration involontaire ne réussit pas à dissiper le malaise occasionné par la découverte de l'autel. Bien au contraire. Ce splendide décorum ne pouvait avoir qu'une signification : on allait ici même célébrer un mariage. Madame Reynal avait toutes les raisons de redresser la tête, de se frotter les mains en faisant teinter les anneaux de ses poignets. Ses plans avaient fonctionné selon sa volonté. Toute sa personne en était pétrie, cela était criant ; une volonté de fer, sans scrupules, sans conscience.

Ainsi vêtue, elle évoquait les antiques matrones romaines. Était-ce par simple souci d'originalité qu'elle avait choisi d'adopter ce costume ou bien tout cela s'inscrivait-il dans un scénario bien défini ?

Enveloppé de l'odeur vigoureuse des cyprès que pimentait la chaleur printanière, Antoine sentit son pouls s'accélérer, son esprit fonctionner à toute vitesse. Il récapitulait : le chemin qu'ils venaient de suivre n'avait guère dû les éloigner de la pensione Procia. En fait, ils avaient pratiquement tourné en rond à se diriger toujours vers la gauche. Par conséquent, le Palazzo Mani s'élevait lui aussi sur l'ancien quartier des Saepta, celui qu'avait habité Aulus Manus. Les initiales du comte Amadeo Mani étaient les mêmes que celles de l'orfèvre, A.M., et Olivia pouvait prétendre à celles d'Octavie Rubella. Elle était aussi une Reynal après tout. O.R. !

CHAPITRE 48

Bouleversé, suffocant, les mains crispées sur les branches, Antoine regarda madame Reynal ôter deux bagues de ses doigts puis les déposer au milieu d'un coussin qui avait été installé sur un haut tabouret, devant l'autel. Leur scintillement tricolore, unique au monde, était parfaitement visible, même à cette distance.

Aurait-il eu encore besoin d'une preuve qu'elle était là, irréfutable. Ainsi qu'il l'avait déjà deviné, il n'était pas le seul à détenir le secret. Cette femme le connaissait depuis toujours, transmis dans sa famille, à chaque génération, par les descendants de Marion et de Cinq-Mars. Tous n'avaient jamais dû cesser d'estimer que l'anneau d'Aulus, subtilisé par Richelieu, leur appartenait de droit.

En un sens, n'était-ce pas la vérité ? Antoine ne savait plus ce qui était juste, ce qui relevait de la prédestination, lui qui si longtemps s'était cru investi d'une sorte de mission sacrée : redonner chance et vie aux rêves perdus. Maintenant, c'était grâce à Valérie Reynal si les anneaux étaient revenus sur le lieu de leur création.

Pourtant, comment oublier qu'elle s'était rendue coupable de crimes pour avoir trop fidèlement obéi au passé ?

Dans quelles circonstances avait-elle rencontré Mani ? Peu

importait, après tout. Ce qui comptait, ce qui était extraordinaire, était le retour aux origines, la fin de la malédiction. Trop longtemps séparés par des malentendus, des choix erronés, les deux bagues se retrouvaient, les amants seraient réunis, l'amour triompherait.

Les questions tourbillonnaient dans l'esprit d'Antoine. L'amour... En définitive, Olivia aimait peut-être Mani ? A moins qu'elle ne voulût uniquement entrer, elle aussi, dans une légende dont sa mère avait dû l'abreuver dès sa naissance ? L'argent n'était donc pas le seul moteur de leurs actes.

Valérie Reynal n'épouserait pas le comte quels que fussent ses sentiments pour lui mais elle ferait mieux. Elle serait celle qui aurait vaincu le sort, rétabli l'ordre suprême des choses. De quoi se sentir toute-puissante.

Les domestiques s'étaient retirés, laissant seule cette femme hors du commun. Elle éclatait de satisfaction et d'orgueil, dressée au milieu du tapis rouge. Les bras élevés et tendus en direction de la ville, elle était pareille à quelque prêtresse rendant hommage aux dieux. Aujourd'hui verrait sa victoire.

Subjugué, Antoine se retenait d'intervenir. D'ailleurs il était encore trop tôt. Il lui fallait attendre les autres protagonistes. Après, il n'avait aucune idée de ce qu'il ferait.

Près de lui, Toche ne manifestait aucune impatience mais d'un signe interrogateur désigna madame Reynal.

– La mère d'Olivia, articula Antoine sans émettre un son.

Toche hocha la tête, guettant la suite comme au spectacle. Celle-ci ne tarda pas. Un bruit de cymbales, de flûtes et de tambourins précéda le cortège qui, en face d'eux, émergea sur la terrasse.

D'abord des musiciens jouant d'instruments primitifs, puis des invités, probablement, qui furent accueillis par Valérie Reynal et se tournèrent vers l'autel où deux prêtres assistés d'un enfant vinrent ensuite prendre place. Tous étaient somptueusement vêtus de tuniques ou de toges, courtes pour les musiciens, longues et plissées, certaines bordées de bandes pourpres, pour les autres, selon le modèle antique. Les habits sacerdocaux eux-mêmes n'échappaient pas à cette recherche d'authenticité. Dans toute autre circonstance, Antoine aurait souri tant cette mise en scène évoquait un film hollywoodien.

Le rythme décrut et s'acheva sur un coup de cymbales. Alors apparurent le comte Mani et sa fiancée.

Belle à couper le souffle dans ses mousselines vert émeraude. Trop belle, pensait curieusement Antoine. Tout ce qu'il avait admiré chez sa mère se retrouvait sur elle, la jeunesse en plus. Cet avantage aurait dû adoucir les traits, assouplir l'allure, rendre émouvante l'expression du visage. Mais Olivia, plus hautaine que jamais, semblait ne plus rien avoir de charnel. Elle ressemblait à ces déesses immortalisées dans le marbre.

Antoine aurait donné cher pour deviner ses pensées. La main dans celle de Mani, elle s'approcha de l'autel sans ciller, lèvres closes. En revanche, son compagnon était l'image même du contentement et de la fatuité. La mine fleurie, le sourire suffisant sous ses mèches de cheveux plaquées à la romaine, il arborait avec un évident plaisir une toge blanche sous une cape de velours écarlate retenue aux épaules par une fibule d'or. Il avait l'air captivé par Olivia.

— Un paon vaniteux, se murmura Antoine.

Pourtant, bizarrement, il n'était même pas jaloux. Il se sentait le siège d'une lutte féroce entre des sentiments totalement opposés. D'une part il considérait cette mascarade avec ironie et agacement ; d'autre part, il éprouvait une profonde tristesse mêlée d'envie en constatant qu'il était exclu d'une aventure qui pourtant avait été la sienne.

Mais elle était encore la sienne ! Pas plus tard que la nuit dernière, Octavie, Agnès et Marion lui avaient renouvelé leur soutien. C'était lui qu'elles avaient choisi ! Il n'était pas fou ! Ses rêves avaient toujours été l'exacte réplique de la réalité !

Pris de doutes, il se tourna vers Toche comme pour rechercher une certitude, un encouragement. Le buraliste fut frappé par sa pâleur et lui exprima silencieusement son inquiétude. Personnellement, il jugeait le spectacle captivant, « typique », aurait-il dit. Une intéressante reconstitution historique. Qu'une bande d'hurluberlus richissimes s'amusât à se déguiser, pourquoi pas ! Quelle superbe créature, vraiment, cette future mariée ! N'importe quel homme pouvait comprendre la fierté de son promis, estimait Toche. Toujours muet, il demanda :

— Qui est-ce ?

— Le comte Mani !

Maunier paraissait stupéfait mais son attention se reporta vite sur le couple et Toche, qui allait encore le questionner, n'osa le faire.

Le lieutenant allait-il enfin réagir ? Qu'attendait-il au juste ? Qu'Olivia intervînt d'une façon ou d'une autre ? Quel rôle avait-elle prévu de jouer ? C'était à n'y rien comprendre.

La fumée de l'encens jetait sur les spectateurs un voile parfumé qui se rapprochait peu à peu.

L'un des prêtres leva les mains. Le petit garçon agita sa sonnette. La cérémonie commençait. Valérie Reynal présenta elle-même le coussin à l'officiant afin qu'il bénît les anneaux. Les mots latins s'envolèrent de la terrasse. Les musiciens entamèrent une mélopée lancinante. Personne n'aurait pu dire s'il s'agissait d'une messe respectant le rituel catholique ou d'une cérémonie incantatoire dirigée par un flamine, dans un temple païen. Rien ne rimait à rien. Ce n'était qu'un grotesque simulacre religieux, frôlant le sacrilège. Antoine ne devait pas le laisser s'accomplir. Il ne pouvait pas non plus capituler sans combattre et abandonner la victoire à une criminelle.

Ah, comme elle se redressait, Valérie Reynal ! Comme elle se délectait, la voleuse, l'assassin des Rulaines, la Belette ! Celle qui avait tenté de le supprimer !

Olivia et Mani prirent chacun un anneau, prêts à les échanger. Alors, écartant les branches du cyprès, Antoine s'avança vers eux et froidement lança :

– Arrêtez !

Toutes les têtes se tournèrent dans sa direction. Mais à la même seconde, quelqu'un d'autre, soudain, interrompit l'étrange cérémonie. Surgissant de la pergola où elle s'était tenue cachée, une femme courut s'interposer entre Mani et Olivia et, avant qu'ils aient pu le prévoir, leur arrachait les anneaux des mains.

– Assez ! Assez ! Vous n'avez pas le droit ! hurla-t-elle. Rendez-les !

La stupeur cloua Antoine sur place mais Toche se rapprocha. Cette femme était celle qu'ils avaient suivie jusqu'ici ! Maintenant, elle était aux prises avec Olivia et sa mère qui essayaient de lui reprendre les bijoux. Elle se défendait sauvagement, poings fermés, tout en leur décochant des coups de pied, en cherchant à les mordre. Dans la bagarre, elle perdit son chapeau, ses cheveux courts et noirs apparurent.

– Mademoiselle Demat ! s'exclama Toche tandis qu'Antoine se précipita pour prêter main forte à Marie Touzet.

CHAPITRE 49

Ce qui s'ensuivit fut rapide et violent. L'assistance, d'abord médusée, s'en mêla, tandis que Mani, revenu de sa surprise, appelait ses gens à la rescousse.

En quelques minutes, Antoine, Toche et Marie Touzet furent brutalement maîtrisés malgré leurs protestations et sans plus d'égards entraînés dans l'escalier. Les deux hommes, séparés de la jeune fille, se retrouvèrent alors ligotés, entravés et bâillonnés dans une pièce du premier étage dont la porte de bois ferré se referma sur eux en grinçant.

Antoine était encore frappé par le regard que lui avait jeté Olivia, d'un vert insoutenable, lourd de reproches, méprisant. Tout de même, elle avait été stupéfiée par sa présence et avait manifesté son hostilité en le traitant d'imbécile. Puis sa colère s'était déchaînée contre Marie et elle avait éclaté de rire lorsque celle-ci, les poignets tordus par un domestique, cédant à la douleur, avait dû desserrer ses doigts et lâcher les bagues que madame Reynal avait instantanément récupérées.

Marie Touzet ! Antoine n'en revenait pas. Elle avait donc dû arriver à Rome par le train. John s'était plaint qu'elle avait quitté l'agence samedi, bien avant midi. Depuis le début, elle avait activement quoique discrètement pris part à toute l'affaire, menant dans l'ombre sa propre enquête. Par ennui ou par simple curiosité ? Par esprit d'aventure ou par vanité ? Pour leur prouver peut-être à tous, John, Igor, lady Barrett et lui-même, Antoine, qu'elle était plus perspicace qu'eux réunis ? Il avait du mal à cerner ses motivations.

Elle ignorait qu'il avait été retenu à Villevenard. Sans doute le croyait-elle avec Olivia ? Comment avait-elle su que cette dernière était à Rome ? Elle avait dû continuer ses recherches personnelles, rôder avenue Élysée-Reclus, sans aviser personne de son petit travail d'espion, surtout pas John avec qui elle entretenait des relations un peu tendues. Comptait-elle finalement lui rapporter sa bague ? A moins qu'elle n'eût l'intention de garder les deux pour elle ? Une drôle de fille, sûrement pas folle quoique capable de tout, agressive sous ses abords inoffensifs. Il fallait saluer le cran qu'elle avait manifesté en se ruant vers l'autel. Restait à espérer qu'elle ne fût pas trop maltraitée. Qu'avait-on fait d'elle ?

Tout en s'interrogeant sur le sort de la jeune fille, Antoine essayait de se débarrasser de ses liens, comme Toche d'ailleurs tassé dans un coin en face de lui. Ils durent vite se rendre à l'évidence : seuls, ils n'y parviendraient pas. En revanche, s'ils conjuguaient leurs efforts...

En se traînant comme il put, Antoine se rapprocha de son compagnon qui comprit aussitôt son intention et se mit à se déplacer lui aussi en s'appuyant sur les talons. Lorsqu'ils se furent rejoints, Antoine tenta alors de dénouer la corde qui ligotait les poignets de Toche. Du bout des doigts, ce n'était guère facile, le nœud était fortement serré. Mais à force de patience et de calme, après avoir bien bataillé, il put enfin en venir à bout. Les mains libres, Toche à son tour le délia rapidement après avoir d'abord ôté leurs bâillons. Ils s'attaquèrent ensuite à la corde enroulée autour de leurs chevilles.

— Ils ont dû nous enfermer dans l'une des resserres que nous avons entr'aperçues en montant, remarqua Antoine. Pourvu que Marie soit dans les parages. Il faut la retrouver.

— Marie ?

— Marie Touzet, la secrétaire de l'agence Patten-Vinkovo. Ce n'est pas Olivia que nous avons suivie ce matin, Toche. Notez que je m'en suis douté, à un moment. J'avais effectivement eu l'impression de reconnaître sa silhouette mais je n'avais pas vu sa tête et ses manières n'étaient pas celles d'Olivia. Cependant vous affirmiez être sûr de vous et Marie allait toujours à gauche, à gauche. Cela correspondait si bien.

— Marie ? répéta Toche en suspendant ses gestes.

Antoine, qui s'escrimait à se libérer totalement de ses liens, reporta son impatience sur le buraliste :

— Marie Touzet, oui ! C'est curieux que vous ayez confondu. D'ailleurs, je ne crois pas que vous l'ayez déjà rencontrée.

— Ben si. A la Bastille, dans mon bureau de tabac.

— Marie est donc allée chez vous ? Quand ?

Antoine rejeta enfin la dernière corde qui l'entravait et put se remettre debout, un peu laborieusement à cause de sa vieille blessure à la jambe. Toche en fit autant, apparemment très troublé par les questions de Maunier :

— Mais elle est venue le jour où nous sommes partis ensemble avec Huguette, pour vous sortir de Villevenard, lieutenant ! C'est elle qui nous a pilotés jusqu'à vous.

— Vous voulez dire que c'est Marie Touzet qui m'a délivré du souterrain ? murmura Antoine.

Pour le coup, il dut s'appuyer au mur.

— C'est la même personne qu'on vient de voir là-haut, en tout cas.

– Elle a donc prétendu s'appeler Olivia Demat ?

Dans quel but, grands dieux ? Quelle idée avait-elle en tête ? Marie ne lui avait jamais paru limpide mais là, vraiment, on tombait dans l'absurde. Car le pire...

La réponse de Toche exprima justement à haute voix ce qu'il hésitait à s'avouer lui-même :

– Elle n'a rien prétendu du tout, fit le buraliste d'un ton quelque peu froissé. Elle nous a simplement affirmé, à Huguette et à moi, qu'elle était de vos amis, que vous étiez en danger. On n'a pas cherché plus loin ; on n'a pas demandé son nom. C'est vous, lieutenant, qui l'avez appelée Olivia, souvenez-vous, quand elle a filé derrière Joseph. Et ensuite, il a toujours été entendu que c'était mademoiselle Demat qui vous avait secouru.

Le pire, acheva Antoine en lui-même, c'est que l'erreur venait de lui, et de lui seul !

– J'étais groggy, dit-il, en guise d'excuses. Après trois jours enfermé, sans manger, sans boire.

– Bien sûr, opina Toche. Vous étiez mal en point. En plus, on n'y voyait pas grand-chose.

– C'est vrai. J'ai à peine distingué ses traits. Et puis, elle m'a versé ce cognac...

A ce souvenir si précis, Antoine se sentit très gêné.

– Et puis, une jolie femme peut être confondue avec une autre, continua Toche qui l'étudiait attentivement. Surtout dans des circonstances pareilles. Alors, si je vous suis bien, lieutenant, tout à l'heure, c'était donc mademoiselle Demat ? Tout s'explique !

– Ah, vous trouvez ? Je pencherais pour le contraire, mon vieux. Allons chercher Marie. Et vite !

Honteux de sa méprise, furieux, Antoine se rua vers la porte, prêt à l'enfoncer. Mais par chance, ce ne fut pas nécessaire. Leurs geôliers n'avaient pas jugé indispensable de donner un tour de clef sur des hommes aussi solidement neutralisés.

Avec prudence, il écarta le battant, inspecta le couloir. A gauche, la porte correspondait avec le premier escalier, celui qu'ils avaient grimpé en arrivant. Elle était fermée. A droite, tout au fond, vers l'autre issue par laquelle on les avait ramenés, se tenait un homme qui surveillait les lieux, assis sur un tabouret, un gaillard énorme, dont la panse rebondissait par-dessus la ceinture.

– Prêt, Toche ?

– Prêt, lieutenant.

Antoine sortit seul dans le couloir et se campa en plein milieu, les bras croisés en position de défi. Aussitôt, comme prévu, l'autre se leva et se précipita dans sa direction en brandissant les poings. Vu sa taille, il devait être capable d'assommer un bœuf. En revanche, malgré son handicap, Antoine conservait beaucoup de souplesse. Il esquiva habilement les coups en faisant en sorte que son adversaire se retrouvât le dos tourné à la porte où Toche se tenait, une corde à la main, prêt à agir. A eux deux, ils réussirent à neutraliser l'individu. Ligoté, bâillonné à son tour, il fut enfermé à leur place sans qu'un bruit alertât les autres domestiques.

– Marie ! Marie, où êtes-vous ?

Antoine inspecta les alentours sans élever la voix. Du reste, il était probable que la jeune fille fût dans l'incapacité de lui répondre. Prêt du tabouret vacant, une porte était fermée, la clef sur la serrure. De l'autre côté, dans une sorte de vaste et sombre réduit, il découvrit Marie dans l'état qui était le leur une demi-heure plus tôt.

– Dépêchons-nous de sortir d'ici, pressa Toche lorsqu'ils eurent défait ses liens.

— Nous n'allons pas partir comme ça, mon vieux, c'est impossible.

— Il n'en est pas question, renchérit Marie tout en frottant ses poignets meurtris. Nous devons leur reprendre les bagues.

— On va pas rester dans cette maison de fous ! protesta Toche.

— Faites ce que vous voulez, moi je ne repartirai pas sans les bagues. Et vous, monsieur Maunier ?

Antoine notait d'une part qu'elle n'avait pas pris la peine de les remercier de lui être venus en aide et aussi qu'elle parlait des deux bagues comme si elle avait des droits sur elles et qu'elles constituaient un bien indissociable. Ce qui avait été le cas, en effet, mais il y avait très longtemps.

— J'ai au moins le devoir de récupérer celle d'Aulus qui appartient à John Patten. Pour l'autre, ce sera plus délicat.

Marie le foudroya d'un regard indigné :

— Tenez-vous à ce qu'elles soient encore séparées ?

Il se refusa d'en discuter avec elle maintenant. Ce n'était ni l'heure, ni l'endroit. Il avait encore des difficultés à accepter le fait que c'était elle et non Olivia qui s'était précipitée à son secours. Pour l'heure, il préférait mettre de côté cet épisode.

Il s'adressa à Toche :

— Vous n'êtes pas obligé de nous suivre.

— Bien sûr que si ! Je ne vais pas vous laisser retomber seuls dans un nouveau guêpier. C'est de la folie, lieutenant.

— Très juste. Cela fait quatre mois que je vis en plein délire. Pourquoi s'arrêter ?

CHAPITRE 50

Dans l'escalier, ils bousculèrent des domestiques qui redescendaient embarrassés de plateaux et de bouteilles vides et qui n'eurent pas le réflexe nécessaire de les intercepter. De la musique, des voix s'échappaient d'un étage supérieur. Au troisième, une réception battait son plein.

Elle avait lieu dans la loggia, une pièce impressionnante au plafond décoré de remarquables mosaïques. Des paons, des colombes, des phénix, des griffons, s'envolaient sur des milliers de tesselles de toutes couleurs que l'on retrouvait également au sol, en arabesques. La loggia était généreusement ouverte sur l'air et la lumière. Entre les colonnettes garnies de feuillage se découpait, avec régularité, la vue sur Rome. D'autres oiseaux, bien vivants ceux-là, et pas le moins du monde effarouchés, n'hésitaient pas à pénétrer dans la pièce et à voleter, attirés par le buffet. Les musiciens s'étaient regroupés sur une estrade ; les deux prêtres, les invités entouraient les héros du jour, Mani, Olivia et sa mère bien entendu, qui, selon ses habitudes, œuvrait en maîtresse de maison.

Antoine, Marie et Toche firent irruption d'un pas décidé.
– Comte Mani !
L'Italien se retourna, stupéfait. Il devint aussi rouge que

son « pallium » d'empereur romain. Mais Valérie Reynal
répondit à sa place par une exclamation pleine de rage :

— Encore vous ! Amadeo, à quoi servent donc vos gens ?

Le plus âgé des prêtres tenta un geste. Les retenant l'un
et l'autre, Mani s'adressa à Antoine :

— Monsieur Maunier ! Décidément vous êtes un homme
tenace. Dans un sens, j'admire. C'est souvent une qualité.
En l'occurrence, elle ne vous aura malheureusement servi à
rien. Quant à vous, mademoiselle, j'ignore qui vous êtes...

Traitant Toche en qualité négligeable, il attendit que
Marie déclinât son identité mais, voyant sa bouche obstiné-
ment close, il enchaîna :

— Allons, je suis bon prince. Que l'on serve du vin à nos
invités surprises ! Vous ne refuserez pas de trinquer à notre
bonheur, n'est-ce pas ?

— Nous ne sommes pas ici pour ça, encore moins pour
vous féliciter, mais pour discuter, déclara Antoine.

— Débarrassez-vous d'eux ! coupa Valérie Reynal.

Antoine écarta le garçon qui leur présentait un plateau.

— Soyez beau joueur, Maunier, reprit le comte. Vous avez
perdu.

— Qu'ai-je donc perdu ? demanda Antoine en cherchant
à croiser le regard d'Olivia.

Comme si l'incident ne la concernait pas, la jeune femme
finissait une coupe nonchalamment, sans un frémissement.
Mani l'enlaça d'un bras possessif :

— Cette merveilleuse créature est maintenant mon épouse,
répondit-il. La cérémonie a eu lieu malgré tout, ne vous en
déplaise, mon cher Maunier.

— Grand bien vous fasse ! Ce n'est pas pour cela que je
suis ici.

S'il avait eu d'abord l'intention de s'opposer coûte que
coûte à cette union, ce désir s'était bel et bien envolé chez

Antoine qui ne savait plus quels étaient ses sentiments exacts pour Olivia.

– Pour quelle raison alors ?

L'insistance, la curiosité de Mani n'étaient pas feintes. Le flegme de Maunier l'intriguait. Il ne lui déplaisait pas non plus de régaler ses hôtes, des gens de la bonne société cosmopolite, d'un petit impromptu divertissant. Antoine le sentait tout à fait à l'aise et sûr de son bon droit.

Ce n'était pas le cas de madame Reynal qui s'interposa une fois de plus :

– Amadeo caro, je ne comprends pas que vous tolériez leurs présences, à moins que vous n'ayez décidé de gâcher notre fête. Je vous demande instamment de les faire sortir tous les trois. Olivia !

C'était un appel à la rescousse mais sa fille ne broncha toujours pas.

– Valérie, je propose que nous écoutions d'abord ce que notre ami a à nous dire. Ensuite, nous resterons bien sûr entre nous, promit le comte. À vous, Maunier. Que voulez-vous ?

– Que vous restituiez cette bague.

Mani considéra à son doigt la bague d'Aulus, réellement surpris. Puis il déclara, sarcastique :

– En quel honneur ?

– Elle doit être rendue à son véritable propriétaire.

Madame Reynal ne se contrôla plus. Menaçante, elle s'avança vers Antoine :

– Sortez immédiatement !

– Valérie, ma chère, laissez-le s'expliquer. Il m'amuse.

Antoine eut la conviction soudaine que Mani ne savait pas tout des agissements malhonnêtes de la mère d'Olivia. Les mots qu'elle lui souffla précipitamment, d'un ton bas, presque désespéré, le confortèrent dans son idée :

— Je vous en supplie, taisez-vous, Antoine ! Au nom de l'amour que vous éprouvez pour ma fille...

L'angoisse s'ajoutant à la colère, son visage altier commençait à se décomposer. Antoine vit ses lèvres trembler. Cependant, il n'en tint pas compte. Restant sourd à sa prière, il s'adressa à Mani :

— La bague que vous portez appartient à monsieur John Patten, l'un des décorateurs pour lesquels je travaille. Par mon intermédiaire, il s'en est rendu acquéreur lors d'une vente aux enchères à l'hôtel Drouot, à Paris. Ce fait peut être prouvé. Sachant que l'histoire de ce bijou m'intéressait, monsieur Patten me l'avait confié et je l'avais avec moi lors de mon dernier séjour à Villevenard afin de le montrer à madame Reynal et à Olivia. Mais ce séjour s'est mal terminé pour moi, la bague m'a été dérobée. Et j'ai d'excellentes raisons, madame, de croire que vous y êtes pour quelque chose.

— Vous délirez, s'écria-t-elle, dans un sursaut de haine. Vous avez donné la bague à ma fille. Pourquoi mentir ?

— C'est vous qui parlez de mensonges ? déclara soudain Marie, prenant la parole pour la première fois.

Elle fut jaugée avec mépris de la tête aux pieds :

— De quoi vous mêlez-vous, petite sotte ? Et d'abord qui êtes-vous pour montrer tant d'insolence ?

— Ne serait-ce pas la très dévouée secrétaire du cabinet Patten-Vinkovo ? susurra Olivia.

Se libérant de l'étreinte de Mani, elle sortait enfin de son indifférence. Dans le voluptueux frou-frou de ses mousselines, elle se rapprocha :

— Marie Touzet, n'est-ce pas ? Aimable comme une gardienne de prison quand elle répond au téléphone. A quel titre êtes-vous ici, mademoiselle ? L'employez-vous à votre service particulier, mon cher Antoine ?

La moue était ironique, le ton persifleur. Marie voulut bondir sur elle mais Antoine, prévoyant l'empoignade, la retint à temps et s'empressa de renvoyer la balle à Olivia :

– Ne détournez pas le sujet. Il est question de la bague qui m'a été volée à Villevenard et que je viens réclamer.

La moue s'adoucit, un sourire navré la remplaça. Olivia contempla Antoine avec une tristesse et un embarras parfaitement feints :

– Oh, c'est donc cela ? Ce bijou... je croyais... enfin souvenez-vous, Antoine : vous me l'avez offert en gage de votre attachement pour moi. Elle se retourna vers Mani : d'ailleurs je ne vous l'ai jamais caché, cher Amadeo. Vous avez toujours su que monsieur Maunier désirait m'épouser, n'est-ce pas ? Je ne dissimule rien à mon mari.

Mani ayant acquiescé d'un fier hochement de la tête, elle fit face de nouveau à Antoine :

– J'ai refusé votre demande et vous ai demandé de reprendre la bague. Mais vous avez insisté pour que je la conserve en souvenir de vous. J'ai eu la faiblesse d'accepter et maintenant que vous avez changé d'avis, vous semez le désordre sans égards pour ma famille, mes amis. Antoine ! je ne vous aurais jamais cru capable d'une telle indélicatesse. J'avoue que je suis blessée, profondément peinée.

Personne dans l'assistance n'aurait pu en douter tant elle paraissait sincère. Antoine pouvait lire une réprobation générale dirigée contre lui sur le visage des invités.

– Bravo ! ricana Marie.

Une lueur incendiaire s'alluma dans les prunelles vertes d'Olivia qui sut néanmoins réprimer son irritation. Elle se contenta d'ajouter :

– Vous permettez, Amadeo, que je m'explique avec monsieur Maunier ?

CHAPITRE 51

Sans attendre la réponse, d'un mouvement gracieux, elle s'empara du bras d'Antoine pour entraîner celui-ci hors de la loggia, dans l'escalier qu'elle gravit avec lui toutes voiles dehors. Une minute plus tard, ils se retrouvèrent face à face, sur la terrasse inondée d'une lumière ardente.

Aulus conduisant Octavie sur le toit de sa maison... Dans sa netteté, l'image fit chavirer Antoine. Aurait-il imaginé que lui-même répéterait cette scène ? Aujourd'hui hélas, le ressentiment chassait la candeur. Aujourd'hui, l'amour s'était envolé ! Olivia attaqua :

– Qu'est-ce qui te prend ? Es-tu donc déterminé à tout détruire par basse vengeance ?

– Oh, s'il te plaît, n'inverse pas les rôles ! C'est moi qui accuse. Ansi tu es donc complice de ta mère que je croyais seule responsable de tout.

– Responsable de quoi, Antoine ? D'avoir pris ta précieuse bague ? Eh bien oui ! Pour elle et pour Mani, c'était capital. Une clause essentielle du mariage pour tout te dire. Et tu sais combien je tenais à épouser cet homme. Je te l'ai expliqué maintes et maintes fois. T'ai-je jamais caché notre besoin d'argent ? Je pensais que tu avais compris et accepté la situation. Pour le reste, rien ne s'oppose à ce que nous

nous aimions toi et moi. Chéri, murmura-t-elle d'une voix sourde, invitant à la volupté, j'ai toujours très envie de toi...

Déployant le grand jeu de la séduction, elle entrouvrit ses lèvres humides. Fardée d'une manière provocante, parée de bijoux comme une idole, les seins apparents sous la mousseline verte, palpitants, dégageant leur parfum capiteux, elle était l'image même de la tentation, la réplique troublante d'une lointaine Messaline. Réprimant un désir naturel qu'en toute autre occasion il n'aurait pas cherché à maîtriser, Antoine amorça un mouvement de recul.

— Ne me trahis pas, chéri, je t'en prie, insista-t-elle en agrippant son bras. Il suffit simplement que tu dises à Mani qu'en effet, tu m'as offert la bague. Il la voulait autant qu'il me voulait moi-même.

— Parce que vous aviez déjà l'autre et qu'ainsi, ils étaient en mesure, lui et ta mère, de réunir la paire. J'avais donc raison, dit-il sans faiblir ni se départir de sa froideur, en contemplant les longs doigts laqués de rouge accrochés à lui et l'éclat de la bague d'Octavie. Tu la portais ainsi le premier soir où je t'ai vue, il y aura bientôt sept ans, mais tu m'as menti... Ta mère m'a menti.

— Oui ! C'est vrai ! Je t'expliquerai plus tard.

— Tu m'expliqueras aussi pourquoi vous m'avez enfermé dans les souterrains ? J'ai bien failli ne pas en revenir, tu le sais.

— Quelle est cette histoire de souterrain ? clama le comte qui, jugeant que leur tête-à-tête avait assez duré, surgissait tout à coup.

— Que vas-tu inventer encore, Antoine ? s'indigna Olivia en adoptant une attitude outragée.

Dans une dernière tentative, elle lui étreignit avec force le bras avant de le relâcher.

— Expliquez-vous, Maunier ! rugit l'Italien qui se dépouillait de son éternelle humeur joviale, de son contentement vaniteux.

Valérie Reynal, dans son sillage, avait beau répéter qu'il ne fallait plus écouter ce mythomane mais le mettre à la porte avec ses deux acolytes, Mani commençait à craindre d'endosser déjà, vis-à-vis de ses invités, le rôle du mari grugé. L'atmosphère devenait irrespirable. Derrière eux apparurent Marie et Toche.

– Une fois pour toutes, je vous somme de vous expliquer ! tonna Mani.

En quelques phrases, Antoine s'exécuta, racontant comment il s'était retrouvé prisonnier à Villevenard, comment il en était sorti.

– Grâce à mademoiselle Touzet et à monsieur Toche, ici présents, qui vous le confirmeront. J'ai alors constaté que ma voiture et ma valise avaient disparu. La bague de monsieur Patten était dedans.

En bas, les musiciens avaient depuis un moment cessé de jouer. Même le bourdonnement de Rome semblait s'être atténué. Seul un moineau, dans un battement d'ailes, troubla le silence de mort qui s'abattait sur la terrasse. Mani était devenu écarlate ; madame Reynal paraissait au bord de l'apoplexie.

– Votre histoire est à dormir debout ! réussit-elle à haleter. Vous êtes parti... ce matin-là... après notre discussion.

– Nous nous sommes dit au revoir dans le hall, souligna Olivia.

– J'ai vu... après, votre auto s'éloigner... reprit sa mère.

– Ce n'était pas moi qui la conduisais.

– Alors qui ? Valérie ? Olivia ? aboya Mani. Comment voulez-vous que l'on prête foi à un récit aussi farfelu ? J'ignorais d'ailleurs qu'il y eût des souterrains à Villevenard.

— Si, si, il en existe. Madame Reynal l'admettait à contre-cœur : ils sont accessibles par des portes dont le mécanisme est facile quand on le connaît. Il suffit d'appuyer sur une moulure ou de soulever un levier. Ça fonctionne très bien.

— Eh bien, nous y voilà, Maunier ! s'écria Mani soulagé manifestement de trouver une explication au mystère. Vous aurez enclenché ce mécanisme par erreur et vous vous êtes emprisonné vous-même. Ce genre d'accident peut arriver dans les maisons anciennes. C'est ce qui en fait, en grande partie, leur charme. Le palais où nous nous trouvons actuellement est truffé de corridors et d'escaliers dérobés.

Mani retrouvait sa faconde, et son débit était d'autant plus rapide qu'il avait nourri quelque soupçon à un moment donné. Mais Valérie et Olivia ne pouvaient l'avoir trompé. Ce petit Maunier était du menu fretin, assez stupide pour s'être laissé prendre tout seul aux pièges d'un vieux château. Stupide et goujat. Oser réclamer à une femme son cadeau de rupture n'était pas digne d'un homme du monde. Il était évident que Maunier n'en était pas un. Il n'avait pas comme lui, comte Amadeo Mani, une lignée d'ancêtres pour l'étayer, une fabuleuse histoire familiale qui remontait à l'Antiquité, une mission à accomplir ! Mani entendait donner une leçon de noblesse à ce prétentieux, lui montrer ce qu'était un véritable aristocrate :

— Maunier ! Admettez que vous êtes l'unique responsable de votre mésaventure et nous effacerons tout. Vous sortirez alors de chez moi en toute tranquillité.

— Et la disparition de ma voiture, qu'en faites-vous ? s'obstina Antoine, toujours maître de soi.

— Au diable, votre auto ! s'interposa à nouveau Valérie Reynal. Elle a sans doute été volée par un passant.

Définitivement défaite, ayant perdu sa morgue, elle supplia tour à tour, d'un regard, Olivia et Mani.

L'idée d'un rôdeur s'emparant de la Panhard n'était-elle pas plausible ? Tout n'avait-il pas été un regrettable concours de circonstances ? Antoine devina que tous ne demandaient qu'à s'en tenir là. Mani accroché à sa volonté de réussite, trop confiant dans la sincérité des deux femmes ; Olivia redoutant, malgré son aplomb, que l'on prouve la culpabilité de sa mère et de perdre peut-être la fortune qu'elle avait tant convoitée ; madame Reynal enfin, tremblant que l'on dévoilât d'autres secrets, les siens, tous ses crimes pour lesquels malheureusement, il n'existait aucune preuve réelle.

– Un passant ? reprit Antoine spécialement à son adresse. Vous n'avez jamais manqué d'imagination et de ressources, madame Reynal. Je sais beaucoup de choses sur vous. En particulier, votre acharnement à vous emparer de la bague d'Aulus ou, si vous préférez, celle de Cinq-Mars votre lointain aïeul. Pour quelle raison m'avez-vous caché le passé de votre famille ? Comme au fur et à mesure qu'il parlait, il la voyait se pétrifier, il enfonça le clou : Votre but correspondant à celui du comte Mani, vous avez employé tous les moyens pour y parvenir, y compris certains inavouables, susceptibles de vous envoyer facilement derrière les barreaux.

– Qu'insinuez-vous ? s'indigna Mani.

– Rien qui vous concerne. Je ne pense pas que madame Reynal vous ait mêlé à ses intrigues, à ses forfaits. Un jour, peut-être, je l'espère, je pourrai la confondre. Pour l'instant, je ne puis qu'exiger la restitution de cette bague, au nom, je le répète, de monsieur Patten.

Une voix intérieure lui disait cependant que même s'il parvenait à l'obtenir, il aurait échoué, malgré tout. Quelle était donc cette force obscure contre laquelle s'étaient toujours heurtées les meilleures volontés, les amours les plus profondes ? Quelle avait été son erreur à lui, Antoine ? Fallait-il s'incliner, impuissant, devant son adversaire ?

— C'est absurde ! Finissons-en, supplia Valérie qui devait s'appuyer sur Mani pour tenir debout. Amadeo, mon ami, je te le jure, ce n'est pas moi qui ai enfermé Maunier dans les souterrains. Je n'ai pas davantage pris sa voiture.

— Exact pour une fois ! C'est Joseph qui s'en est chargé.

Tous les yeux obliquèrent vers Marie tandis que la flamme verte réapparaissait encore chez Olivia.

CHAPITRE 52

C'était peu de dire que Marie perdait patience. Elle avait vu avec un déplaisir extrême Olivia et Antoine sortir de la loggia ; elle avait, avec empressement, emboîté le pas à Mani et à madame Reynal jusqu'à la terrasse, se contenant difficilement, brûlant de leur couper la parole. Antoine, surtout, l'exaspérait, trop mesuré, trop résigné, renonçant à pousser son avantage. Et cela pour ménager Olivia, par scrupules et « manque de preuves » ! Une bague ! Il allait se contenter d'une bague ! Pour elle, il fallait les deux et elle les aurait, ainsi que tout le reste.

— Joseph ? Cette fille est folle, grinça madame Reynal.

— J'aimerais beaucoup en être certaine, murmura Olivia en observant avec acuité la brunette qui la défiait. Voyons... Vous connaissez Joseph ?

— Très peu.

— Et cela vous suffit pour lancer tout à trac son nom sur le tapis, comme ça, au hasard ?

— Rien ne relève du hasard, répliqua Marie d'un ton mordant.

Estimant que la situation était assez confuse sans qu'il fût besoin d'en rajouter et, de plus, constatant que Mani avait l'air vraiment ébranlé, Antoine chercha à tempérer l'humeur vindicative de la jeune secrétaire. Mais elle l'ignora délibé-rement, décidée à poursuivre son escarmouche avec Olivia. Cette dernière eut son petit rire méprisant :

— C'est très bien de parler par énigmes mais cela ne mène nulle part. Vous ne manquez pas d'aplomb, mademoiselle Touzet !

— Pour le culot, je ne vous arrive pas à la cheville, made-moiselle Demat, rétorqua Marie sans se démonter.

— Comtesse Mani ! Je suis la comtesse Mani maintenant ! glapit Olivia avec arrogance. Personne n'y changera rien et surtout pas vous !

— Surtout moi, au contraire.

— Vous dépassez les bornes ! Madame Reynal volait au secours de sa fille et, une nouvelle fois, sollicita l'intervention de Mani : Vous tolérez que l'on traite ainsi votre jeune épouse !

— Non, rassurez-vous. Ma bonté a ses limites. Mademoi-selle, si je puis me permettre un conseil d'ami, il serait préférable de vous éloigner. Quant à vous, Maunier, jusqu'à preuves du contraire, cette bague est à moi, c'est un cadeau de la comtesse dont je ne mets pas la parole en doute. Si, comme vous le prétendez, monsieur Patten la réclame, qu'il s'adresse à moi par avocats interposés.

L'Italien avait du mal à conserver son impériale dignité, très contrarié par cet imprévisible contretemps qui gâtait un triomphe espéré toute sa vie, depuis qu'il avait découvert l'histoire de l'orfèvre Aulus Manus dont les vestiges de la boutique étaient enfouis sous les fondations mêmes de son propre palais.

— Cette bague a été créée ici, sur ce sol, Maunier. Il y a plus de dix-huit siècles. Vous ne pouvez comprendre.

— Je comprends beaucoup mieux que vous ne le saurez jamais, comte Mani, répondit Antoine avec tristesse. Ignorant Olivia et sa mère, il se tourna alors vers Marie : Je pense que nous avons fait tout ce qui était possible de faire. Le comte l'a dit, désormais, tout se passera entre hommes de loi. Allons-nous en.

– Non ! Je ne partirai pas ! cria-t-elle. Pas avant que la vérité n'ait éclaté.

– Il est encore trop tôt, Marie, soupira Antoine.

– Trop tôt ! C'est comique ! Vous abdiquez donc ? Lâchement, stupidement ? Toutes griffes dehors, elle ressemblait à un chat en colère : Et votre mission, qu'en faites-vous ? C'était bien la peine de faire ces rêves merveilleux, d'avoir reçu ce don exceptionnel de voyance, tous vos pouvoirs...

– Un don exceptionnel ? Des pouvoirs ? coupa Olivia moqueuse. Rien que ça ! Je m'en doutais, Antoine, cette fille est amoureuse de vous. C'est bouleversant.

Marie se retourna vers elle. La gifle partit, un claquement sec dont la résonance fut disproportionnée au geste simple et qui eut sur Olivia un effet spectaculaire.

D'abord elle devint livide, si stupéfaite qu'elle resta sans réactions, dévisageant Marie comme si elle était une extra-terrestre. Puis à mesure que la marque des doigts commençait à rougir sur sa joue, elle se ressaisit, parut se gonfler de colère et de haine. Jamais encore on ne l'avait giflée.

– Sale petite garce ! siffla-t-elle, hors d'elle.

Marie était prête à parer la riposte. Elle n'eut pas à attendre longtemps. Olivia bondit pour rendre le coup et elles s'empoignèrent férocement.

– Séparez-les ! s'écria madame Reynal qui suivait chaque mouvement de sa fille avec une inquiétude grandissante. Olivia, arrête ! Ça suffit ! Amadeo, il faut les séparer !

Facile à dire ! Antoine, Toche et Mani tentèrent à l'unisson de s'interposer. Mais toutes deux avaient roulé par terre et on ne savait plus qui était qui et s'acharnait avec le plus de violence. Sa longue « stola » drapée, son étole fluide, entravait Olivia mais elle était plus grande, plus forte que Marie. En revanche, celle-ci possédait une souplesse, une agilité de félin et ses ongles labourèrent les bras nus de son adversaire. La douleur déchaîna Olivia. Dans une passe habile, elle prit le dessus et réussit à enrouler son écharpe autour du cou de Marie. Méconnaissable, hérissée d'une joie hystérique, elle se mit à tirer sur le fin tissu avec l'évidente intention d'étrangler la jeune fille.

— Olivia ! Ça suffit, cria Mani. Arrêtez ! Vous perdez l'esprit, Olivia !

Enfin, avec l'aide d'Antoine, il réussit à lui faire lâcher prise.

Très commotionnée, Marie se releva avec peine mais refusa la main que lui tendait Antoine. Bien plus, sourde à ses injonctions, elle se précipita derechef sur Olivia, toujours tremblante et électrisée, que sa mère et Mani n'arrivaient pas à calmer.

— Lâchez-moi, hurla-t-elle. Que je fasse la peau à cette garce !

— Vous montrez là votre véritable visage, Olivia Demat ! lui lança Marie.

— Cessez donc de provoquer ma fille. A cause de vous, elle perd la tête.

— Maunier, vous devez éloigner cette furie. Regardez dans quel état elle a mis Olivia !

— Elle a failli me tuer, protesta Marie.

— Ma fille n'est pas une criminelle.

— Détrompez-vous, reprit Marie. C'est une criminelle dangereuse !

Retenue maintenant par Mani, Olivia tenta de lui échapper et cria de plus belle. Cette fois, Antoine décida de montrer plus d'autorité. Il fit signe à Toche. Les deux hommes voulurent se saisir de Marie pour l'obliger à quitter la terrasse mais elle leur glissa entre les mains comme une anguille et revint affronter avec véhémence Olivia :

– Vous laissez enfin tomber le masque ! Vous vous montrez telle que vous êtes sous vos airs arrogants : une malade, une désaxée, sans honneur et sans pudeur, capable d'éliminer impitoyablement ceux qui se mettent en travers de votre route.

Au paroxysme de la colère, Marie proféra de si graves accusations qu'ils demeurèrent tous interloqués. A l'exception d'Olivia qui se mit à lui cracher au visage les pires insultes. Mani réagit instantanément, se sentant lui-même éclaboussé par la grossièreté de son épouse :

– Olivia, ma chère, modérez vos termes, je vous en prie. Cette créature divague, c'est manifeste.

A son côté, Valérie Reynal visiblement atterrée se tordait les mains en regardant sa fille.

– Vraiment, je divague ! s'insurgea Marie. Je divague si j'affirme que votre femme, la comtesse Mani, a assassiné les époux Rulaines ; qu'elle a tenté à trois reprises de vous supprimer, vous, Antoine, d'abord au parc Monceau, ensuite dans les bois de Villevenard, enfin en vous enfermant dans le souterrain ?

– C'est faux ! archi-faux ! hurla Olivia.

– Marie, je crois que vous vous égarez, se récria Antoine. C'est un homme qui m'a agressé au parc Monceau. J'en suis sûr. Et c'est Joseph, souvenez-vous, qui a refermé sur nous la porte secrète. Probablement est-ce encore lui qui a tiré sur moi. Il rôdait avec son fusil précisément dans les parages.

– Maintenant vous accusez Joseph ? s'indigna madame Reynal.

Glacial, Antoine la fixa calmement :

— Je ne pense pas qu'il agissait pour son propre compte. Il avait certainement reçu des ordres et vous le savez bien.

— Auriez-vous l'audace de prétendre qu'il les tenait de moi ?

Arrivé à ce point, Antoine comprit qu'il ne pourrait plus reculer. Il aurait dû d'ailleurs crever l'abcès depuis longtemps ; Marie n'avait pas eu tort de lui reprocher ses scrupules. Maintenant, il fallait rétablir la vérité, mettre un terme à cette scène insupportable entre les deux jeunes femmes. L'extravagante conduite de Marie le sidérait ; les propos orduriers d'Olivia le navraient. Il voyait madame Reynal trembler de peur. Autant lui dire en face ce qu'il pensait d'elle et tant pis pour les preuves ! Mais au moment où il ouvrait la bouche pour l'accuser, Marie le devança :

— Ne vous trompez pas de coupable, Antoine. C'est à Olivia que Joseph obéissait.

CHAPITRE 53

Cette fois, la mère et la fille se déchaînèrent ensemble et Olivia se débattit contre Mani qui la ceinturait toujours. Mais ni les protestations véhémentes, ni les menaces, ni les insultes n'entamèrent l'aplomb avec lequel Marie poursuivit sa charge :

– Oui, Joseph a tué sur vos ordres, mademoiselle Demat. Mais vous n'êtes pas en reste. C'est vous, au volant de la voiture de sport de Mani, qui avez, de sang-froid, renversé et mortellement blessé madame Rulaines. C'est vous qui avez, la première fois, emprisonné Antoine, alors qu'il s'apprêtait à quitter le château. C'est encore vous qui avez assommé monsieur Rulaines chez lui. Pour ce nouveau crime, Joseph vous assistait. Vous vous êtes, en quelque sorte, partagé la tâche.

Était-ce l'assurance avec laquelle la jeune fille s'exprimait ? Était-ce l'énormité de son discours ? Autour d'elle, on écoutait sidéré, abasourdi. Elle continua donc ses accusations avec encore plus d'assurance.

– Joseph vous était entièrement dévoué. Prêt pour vous à aller décrocher la lune, à manger dans votre main, à vous suivre aveuglément dans vos pires entreprises. C'était un homme fruste, loyal à sa manière. Il était aussi, accessoirement, votre amant. Tous les goûts sont dans la nature, n'est-ce pas Olivia ?

Antoine réagit le premier :

— Marie, vous rendez-vous compte de ce que vous dites ?

Olivia et ce rustre... Non, ce n'était pas vrai ! Ce ne pouvait pas être possible ! Sinon... Quelle était alors la réelle participation de madame Reynal dans cette sordide histoire ?

— Marie ! supplia-t-il.

— Je me rends parfaitement compte de mes paroles, je n'accuse pas à la légère, répondit-elle sans cesser de fixer Olivia.

Œil noir contre vert. Laquelle obligerait l'autre à baisser les yeux ? Leurs regards étaient également farouches, volontaires. Celui d'Olivia étincelait d'une lueur étrange, presque surnaturelle, infernale. Celui de Marie était profond, ardent, mystérieux. Fasciné par ce duel implacable, Antoine entendit monter en lui l'écho d'un murmure confus. Un rideau se déchira soudain dans sa mémoire. « Gare ; cieux... »

— Vous êtes monstrueuse, balbutia madame Reynal d'une voix blanche, en essayant difficilement de faire face.

— Moi ? Non. Votre fille, oui, répliqua Marie, inexorable.

Curieusement, Mani gardait le silence, tout comme Olivia qu'il tenait toujours étroitement prisonnière. Enfin, il se décida mais au lieu de s'indigner, de défendre l'honneur flétri de sa femme, il eut cette question :

— Mademoiselle Touzet, pourquoi parlez-vous de cet homme, de Joseph, au passé ?

— Parce qu'il est mort, monsieur.

Olivia poussa un cri. Marie enchaîna en quelques phrases, racontant comment il s'était enfui avec la voiture de Toche et en avait perdu le contrôle lorsqu'elle-même avait soudain surgi à côté de lui au volant.

— Il a manqué nous tuer tous les deux, ajouta-t-elle avec

un humour froid. Heureusement, j'en suis sortie indemne, ce qui n'a pas été le cas pour lui. Une chance encore, j'ai eu le temps de le faire parler avant qu'il n'expire. Cela a été très facile car il était terrorisé et réclamait des secours. Je lui ai promis d'aller en chercher mais auparavant, j'ai exigé de lui une confession pleine et entière et je l'ai obtenue. Hélas, il était trop tard pour sauver ce pauvre Joseph, acheva-t-elle avec un soupir convenu.

Un hurlement ponctua son récit. Il venait d'Olivia dont les traits haineux, déformés par la douleur, étaient ceux d'une étrangère :

— Joseph est mort par ta faute ! Tu me le payeras ! sanglota-t-elle convulsivement.

Mani, accablé, constatant qu'elle ne niait rien, ne chercha pas à la retenir. Seule madame Reynal fit une dernière tentative, sachant quelles forces sauvages pouvaient se déchaîner chez sa fille. Ce qu'elle venait d'entendre de la bouche de Marie l'avait fait vieillir de dix ans en quelques minutes.

— Ah, non, ne t'en mêle pas, maman ! cria Olivia. J'ai un compte à régler avec cette chienne. Tu peux prétendre n'importe quoi, cracha-t-elle en se rapprochant de Marie. Personne n'a été témoin des soi-disant aveux de Joseph. Et quel intérêt aurais-je eu à supprimer les Rulaines, des gens que je n'ai jamais rencontrés ? Tu ne me fais pas peur. Mais avant de te faire ravaler ton venin, j'exige que tu me répondes. Quelle raison t'a poussée à fouiner dans ma vie avec une telle audace ?

Exaspérée par le silence moqueur de Marie, Olivia se prit tout à coup à ricaner :

— Ah, mais c'est vrai, j'oubliais ! C'est l'amour ! Mademoiselle est éprise du si gentil, du si charmant Antoine Maunier. Seulement voilà, c'est raté. Le bon et naïf garçon est amoureux de moi. Alors, on devient jalouse, on est curieuse, on m'espionne. Qu'espérais-tu donc, petite traînée ? Conquérir Antoine, en lui révélant ma véritable nature ? Laisse-moi rire. Il voit le mal nulle part. Il ne t'aurait jamais crue. Même maintenant, regarde-le, il doute encore, c'est évident.

Olivia reprenait de l'assurance, recouvrait peu à peu le contrôle d'elle-même. Autour des deux femmes, pas un geste, pas un mot pour tenter de les séparer, comme si un sort pétrifiait Antoine et Toche, madame Reynal et Mani.

Contre la balustrade et ses guirlandes de feuilles et de fleurs, les deux silhouettes de Marie et d'Olivia se découpaient face à face, sur l'horizon bleuté de Rome. Si dissemblables, elles vibraient pourtant ensemble, de tous les courants qui montaient de la vieille cité, de tous les souffles mêlés des sept collines dressées en sentinelles. Dans l'atmosphère chargée de passions lumineuses ou mauvaises, livrée depuis toujours au combat du bien et du mal, elles incarnaient l'éternelle dualité des âmes.

— Réponds, vermine ! insista Olivia telle une harpie. Quel est ton véritable dessein ? Me prendre cet homme ?

Elle eut un rire étrange qui faisait mal et, dédaigneuse, désigna Antoine :

— Dans ce cas, tu as gagné, je te l'abandonne bien volontiers. Il est à toi.

— Ceci est à moi plus sûrement encore ! repartit Marie imperturbable en pointant son index sur la bague d'Octavie.

Quelques secondes s'écoulèrent puis Olivia rit de nouveau, presque détendue tant la prétention lui paraissait insensée. L'œil amusé, elle ôta lentement l'anneau de son doigt et prit un malin plaisir à l'exposer aux rayons du soleil sous le nez de Marie :

— Tu ne vas pas m'accuser de l'avoir volée elle aussi et me mettre la police ou les avocats sur le dos ?

– Je le ferai assurément si toi ou ta mère refusez de la rendre, affirma Marie en la tutoyant à son tour.

– Je rêve ! Olivia renversa la tête en arrière. Puis elle tendit la main par-dessus la balustrade en tenant la bague du bout des doigts : Je préférerais la jeter dans le vide.

– Olivia, non ! crièrent-ils tous ensemble.

Ce qui eut pour effet de décupler l'hilarité d'Olivia et son agitation :

– Ah, vous avez peur, hein ? Votre précieuse bague ! Elle n'a pas cessé de me pourrir l'existence. Qu'avez-vous donc tous avec elle ? La bague, la bague ! Pour toi, ma chère mère, elle a toujours été plus précieuse que les yeux de ta fille. « Un héritage magique qui doit nous rendre la prospérité. » Peuh... Et toi, Amadeo, tu l'as convoitée bien plus que tu ne m'as jamais désirée. Quant à toi, Antoine, ah, Dieu ! quel roman n'as-tu pas brodé autour d'elle ! Tout ça parce que j'ai eu le malheur de la porter le premier soir où tu m'as vue. Maintenant c'est cette folle qui s'y met ! lança-t-elle à Marie. De quel droit en ce qui te concerne ? Je précise que ce bijou n'a pas quitté MA famille depuis quinze générations. Il est à MA mère.

– Non !

– Comment, non ?

– C'est à moi qu'il appartient.

CHAPITRE 54

Une femme venait de répondre, d'un ton tranquille et doux, à Olivia. Personne ne l'avait entendue ni vue approcher. Depuis combien de temps était-elle sur la terrasse en observatrice ? Cette femme n'était plus très jeune mais on devinait qu'elle avait dû être fort belle. Grande et mince, un souple chignon gris dégageant des traits racés, vêtue simplement mais avec goût, elle ne sembla pas inconnue à Antoine très troublé, qui la regardait s'avancer calmement en direction de madame Reynal.

Cette dernière avait blêmi et sans le soutien de Mani se serait effondrée. Elle eut à peine la force de murmurer :

– Toi !

– Je n'ai donc pas trop changé après tout ce temps ? fit l'inconnue.

– Je croyais... J'étais convaincue...

– Que j'étais morte ? Eh bien non, vois-tu.

– Je... Je pensais que tu... que tu ne reviendrais jamais. Tu l'avais dit.

– Expliquez-nous, demanda Mani. Valérie, qui est cette dame ?

– C'est... c'est Rosine, ma sœur, bégaya-t-elle en éclatant en sanglots.

Les yeux exorbités, Olivia avait suivi l'incroyable coup de théâtre :

– Non ! Impossible ! Elle ment ! C'est une imposture ! Maman, tu m'as toujours affirmé que ta sœur était morte. Ne te laisse pas faire, défends-toi !

Le spectacle de sa mère complètement anéantie par l'apparition de Rosine, et métamorphosée en une créature gémissante, pitoyable, acheva son propre effondrement, la précipita dans une totale hystérie. Faisant volte-face, elle voulut s'en prendre encore à Marie qui suivait ses gestes avec une inquiétude croissante. Où était la bague ? On ne la voyait plus. Olivia la gardait dans son poing crispé qu'elle abattit soudain sur la jeune fille avec la fureur d'une démente.

Antoine se précipita mais ne put empêcher Marie de tomber et de heurter violemment le rebord de la balustrade. Une fois de plus, elle repoussa son aide :

– Occupez-vous d'Olivia ! Dieu seul sait de quoi elle est encore capable.

Du sang coulait de sa tempe. Il lui tendit son mouchoir qu'elle accepta :

– Merci. Ça va aller.

Antoine avait l'impression d'être le jouet d'une spirale diabolique où, à chaque révélation, la vérité apparaissait plus brutale. Il abandonna Marie pour se tourner vers Olivia. C'était elle, moralement brisée, qui avait besoin d'une main tendue.

Cette femme qu'il avait tant aimée était donc un monstre. Derrière l'admirable visage se cachait une créature double et perverse. Bizarrement, maintenant qu'il en prenait réellement conscience, il n'en était pas outre mesure surpris. Tant d'indices auraient pourtant dû le mettre sur la voie ! Mais il avait été aveuglé par le brillant plumage, captivé par le ramage enjôleur. Bien sûr qu'il était naïf ! Trop gentil, candide, stupide, idiot. Il méritait amplement les termes méprisants dont l'avait gratifié Olivia. Il s'était bêtement, tragiquement trompé. Obsédé par la bague et ses sortilèges, il l'avait naturellement associée à la beauté qui la portait.

La bague ! Olivia l'avait toujours.

Refusant d'accorder son attention à la femme qui venait de donner le coup de grâce à sa mère, elle secouait celle-ci avec véhémence en l'invectivant :

– Cesse donc de te lamenter ! Tu as l'air d'une larve. Redresse-toi ! Allez, du cran !

– Olivia, qu'as-tu fait ? Ce que cette fille a dit serait donc vrai ? Les Rulaines...

– Quoi, les Rulaines ? Tu ne vas pas prétendre que tu ne te doutais de rien et te mettre à les plaindre maintenant ! Il fallait les faire taire. Je l'ai fait pour toi, pour nous, et l'argent ! Tu oublies l'argent ! Il n'y a que cela qui compte.

Le gémissement de madame Reynal ressembla à un soupir d'agonie et eut pour effet de faire bondir Olivia :

– Où est la fière Valérie Reynal, mon indomptable mère, la châtelaine de Villevenard ?

– Tu n'as pas l'air de comprendre : la légitime châtelaine de Villevenard, ce n'est pas moi. C'est ma sœur Rosine. Tout ça n'aura servi à rien, balbutia sa mère, hébétée. Olivia, que vas-tu devenir ?

– Je ne crains rien ! siffla la jeune femme.

Mais ses yeux affolés avouaient le contraire :

– Je ne crains rien, répéta-t-elle en se drapant dans ses voiles. On ne peut rien prouver puisque Joseph est mort.

– Marie s'est trompée, Joseph a survécu. Il est soigné à l'hôpital de Coulommiers où la police a pu enregistrer son témoignage et ses aveux.

Quelqu'un s'était rapproché et s'exprimait sur un timbre neutre, un accent anglais raffiné. C'était John Patten qui jugeait le moment opportun pour intervenir. Il mentait avec assurance mais Olivia le crut et chancela.

CHAPITRE 55

Igor Vinkovo soutenant Marie, lady Barrett et Huguette qui avait retrouvé les bras de Toche, tous formaient un groupe soudé, apparu soudain comme par magie. Olivia les découvrit avec effroi. Que faisaient-ils tous ici ? Depuis quand étaient-ils arrivés ? Elle percevait leur hostilité ; ses pensées devenaient de plus en plus confuses. Elle quêta un réconfort auprès de Mani mais il la considérait maintenant avec une répulsion non dissimulée et réservait sa sollicitude à Valérie qui hoquetait sur son épaule. Olivia vit Marie ensanglantée mais nullement abattue, au contraire. Elle paraissait triompher, la narguer encore avec ses airs de justicière. Qui était donc cette fille ?

Puis elle tourna les yeux vers Antoine sur le visage duquel s'inscrivaient une tristesse et une pitié sincères qui la marquèrent comme un fer rouge. Il fit mine de l'approcher ; elle recula.

Au diable cet homme et sa bonté ! Elle avait dès le début cherché à le fuir mais elle avait beau multiplié les rebuffades, il s'était accroché et c'était vrai, elle devait se l'avouer, elle avait été bien près de s'attendrir. Oui, elle avait failli l'aimer et à cause des sentiments qu'il avait réussi à faire naître en elle, malgré elle, aujourd'hui elle le haïssait.

Sa tenue déchirée, ses cheveux emmêlés, les longues traînées de fard sur ses joues, son expression surtout, celle d'un être égaré, vomissant la terre entière, faisait d'elle à la fois une créature sinistre et pathétique.

– Olivia ! tu dois te calmer. Tu as besoin de soins.

L'imbécile ! C'était tout ce qu'il trouvait à dire. Mille fois, elle aurait préféré des insultes à cette compassion humiliante.

– Où va-t-on me soigner ? Dans une prison ou un asile ? rétorqua-t-elle sans cesser de reculer. Où comptez-vous m'enfermer ?

– Olivia, dit Antoine comme une prière, tout en continuant à s'avancer vers elle, de la même manière qu'il s'y serait pris avec un animal aux abois. N'aie pas peur. Allons, prends ma main.

Elle regarda les siennes. Dans celle de droite, la bague qu'elle serrait avec force commençait à entailler sa paume. Parvenue à l'angle de la terrasse, acculée, elle partit à rire, un rire de détraquée :

– C'est donc ça l'objet de ta petite comédie ? Me reprendre la bague ? Eh bien, si tu la veux, tu n'as qu'à me suivre !

Un nuage inattendu cacha le soleil à ce moment précis et un tourbillon gris de vent et de poussière balaya les toits de Rome. Antoine bondit mais, aussi vive que l'éclair, Olivia enjamba la balustrade et se jeta dans le vide en poussant un long cri rageur.

Il se pencha ; il n'avait pu retenir qu'un pan de mousseline verte.

CHAPITRE 56

Il s'était entièrement abandonné à Rome. Sans tracé
défini, il n'avait cessé de marcher depuis deux jours, quittant
des artères pleines de vie pour des jardins silencieux, se
grisant d'odeurs, s'emplissant les yeux des couleurs ocres et
blondes attachées aux murs. Il s'était laissé éblouir. Le plus
extraordinaire dans cette ville était de pouvoir bondir d'un
siècle à l'autre en quelques minutes, voire quelques secondes.
Il suffisait de changer de rue, de déboucher sur une place,
de se perdre dans une arrière-cour. C'était comme un spectaculaire, un formidable étalage où chacun était libre, à sa
convenance, de choisir l'époque ou l'atmosphère qui le faisait fantasmer : Moyen Age et Renaissance ; Baroque et Clas-
sique ; et tous les monuments à la gloire de la jeune Italie.
Sans effacer de son esprit la cité antique telle qu'il l'avait
connue, Antoine l'acceptait et l'admirait sous ses aspects
d'aujourd'hui, opulente, miséreuse, grandiloquente et racée,
disparate, fourmillant de chefs-d'œuvre. Magnifique.
Pas une seule fois dans sa flânerie hasardeuse, il n'avait
eu l'impression d'être perdu. Délaissant les avenues moder-
nes peuplées de gens élégants, il s'était mêlé aux touristes
qui fourmillaient piazza di Spagna ou autour de la fontaine
de Trevi et ne comptait plus les églises qu'il avait visitées. Il

avait contemplé les monumentales portes de bronze du Panthéon ; il avait arpenté les ruines des forums et, dans le Colisée, il avait cru percevoir une très lointaine clameur, courant sur les gradins. L'amphithéâtre méritait bien son nom, le colosse, même si la gigantesque statue de Néron, qui lui avait valu cette appellation, avait depuis longtemps disparu.

Il s'étonnait de n'éprouver aucune fatigue. Au contraire, à chaque pas, à chaque découverte, son allant, sa foi en la vie lui revenaient. Marcher le régénérait, l'allégeait du fardeau des semaines passées, l'aidait à évacuer les derniers regrets. Même la vision d'Olivia gisant brisée, ensanglantée, telle qu'il l'avait retrouvée après s'être rué au pied du Palazzo Mani, commençait à perdre de sa violence.

C'était lui qui avait fermé ses paupières.

Cet après-midi, traversant le Tibre, il avait déambulé au travers des petites rues du Trastevere, un quartier populaire de tous temps, qu'avaient habité les premiers Chrétiens, où Aulus s'était réfugié. Puis, il était monté sur le Janicule, la colline qui le dominait, pour se plonger une nouvelle fois dans la contemplation de la Ville éternelle.

Le jour s'étirait, très printanier, le genre de saison où les mauvais souvenirs s'enfonçaient d'eux-mêmes dans l'oubli. Mais voici que la pensée d'Olivia, qu'Antoine croyait pourtant atténuée, revenait le hanter. Jadis, la colline du Janicule avait été consacrée à Janus. Dieu des portes et des passages, selon la mythologie romaine, Janus était généralement pourvu de deux visages, sinon de quatre. Ainsi était-il en mesure de surveiller simultanément toutes les entrées et les sorties. Une dualité qui ne pouvait que troubler Antoine. Il imagina Janus sous les trait d'Olivia. D'un côté, il voyait une image lisse, respirant l'arrogance et l'ironie. De l'autre, il découvrait le buste inquiétant d'un être immoral, assoiffé de lucre.

Et dire que dès le début de leur relation, alors qu'il se perdait en conjectures sur sa personnalité véritable, il avait possédé la clef de toutes les énigmes : l'argent ! Au fond, il n'y avait pas de réel mystère Olivia. Simplement personne n'aurait pu se douter, et surtout pas lui ! qu'une femme aussi jeune pût être aussi avide et dépravée. Non, à bien réfléchir, Olivia n'était pas si complexe qu'on était tenté de le croire. En revanche, quelqu'un d'autre l'était, indéniablement, un petit Janus femelle qui avait tout vu, tout entendu et qui n'avait pas encore livré toutes ses facettes.

En redescendant la colline, Antoine s'aperçut qu'il était prêt à avoir une conversation avec Marie Touzet.

En fait, après le drame du Palazzo Mani, il avait choisi de l'éviter. Elle-même, de son côté, n'avait pas cherché à reprendre contact. Dans les heures qui avaient suivi le suicide d'Olivia, les secours, la police s'étaient succédé. Ceux qui s'étaient trouvés sur la terrasse avaient eu à faire leur déposition. Ils avaient tous témoigné dans le même sens. En aucun cas, on ne devait conclure au suicide sinon l'Église refuserait une sépulture chrétienne à Olivia, un scandale qui anéantirait l'honorable famille des Mani. Le comte et madame Reynal avaient supplié les témoins de la scène de ne pas les accabler davantage en racontant la vérité et tous avaient volontiers accédé à leurs prières.

Il était donc question, officiellement, d'un regrettable accident. Assise sur la balustrade, la jeune comtesse Mani s'était imprudemment penchée pour rattraper son étole que le vent avait soulevée. Elle avait basculé avant même qu'on n'ait pu la retenir.

John Patten, lady Barrett et Mani comptaient par ailleurs des relations influentes aussi bien dans les ambassades que dans l'entourage royal, ce qui ne manqua pas de faciliter les démarches, d'alléger l'enquête. L'éventualité d'un suicide ne fut pas évoquée une seconde. Quant aux domestiques et aux invités, qui n'avaient pas bougé de la loggia et des étages inférieurs, pas un ne se risqua à faire allusion à la querelle qui avait à deux reprises interrompu la réception. Si le comte Mani, fraîchement marié, épris de son épouse et maintenant veuf éploré, affirmait qu'il s'agissait d'un accident, pourquoi aurait-on émis des doutes sur l'affaire ?

Ensuite, tous s'étaient retirés, Rosine et Marie avaient regagné leur hôtel, Antoine et ses amis s'étaient retrouvés à la pensione Procia.

Tout en s'éloignant du Janicule, Antoine revit la mine effarée de lady Barrett au seuil du modeste établissement et sa déception quand il avait affirmé ne pas vouloir quitter les lieux. Lorsqu'elle résidait à Rome, l'Anglaise occupait un sompteux palais du XVIIᵉ siècle Via Sistina, gracieusement mis à sa disposition par l'un de ses oncles. John et Igor étant, bien entendu, logés avec elle, c'était tout naturellement qu'elle proposait à Antoine de les suivre. Du même coup, Toche et Huguette qu'elle avait invités eux aussi, s'étaient crus obligés de refuser.

– Bon, ne contrarions pas Tony, avait déclaré John Patten. Le principal est que nous nous soyons tous retrouvés et que cette histoire s'achève enfin. Même si la conclusion en est dramatique, j'estime qu'elle satisfait la morale.

– Et pour Marie, j'avais raison. Cette petite est très, très bien.

Igor était particulièrement fier de sa protégée.

– Il n'empêche qu'elle aura à s'expliquer, avait grommelé John.

– Je suggère que nous allions nous reposer. Quel voyage !

Paris-Rome d'une traite ! Et pourtant on ne peut pas reprocher à la Rolls d'être inconfortable.

Lady Barrett n'avait cependant rien de négligé, la mine poudrée, les plumes rutilantes comme au sortir d'un boudoir.

Ils avaient pris la route en direction de l'Italie quelques heures après le départ d'Antoine et de Toche, une décision brusque sur laquelle ils s'étaient mis d'accord sans hésiter après une réflexion d'Huguette. Perplexe devant le magazine *l'Écho mondain*, la petite rousse avait fini par observer à haute voix que l'Olivia Demat qu'elle avait rencontrée et qui avait aidé Antoine à sortir de Villevenard n'était pas du tout celle dont le portrait était publié en bonne page. Qui avait usurpé son identité ? D'après la description d'Huguette, John, Igor et Paméla en avaient eu très vite une certaine idée. De toute façon, un chose leur était apparue évidente : Tony allait avoir besoin d'eux ! Ils devaient à tout prix le rejoindre à Rome !

CHAPITRE 57

Sous le pont Sisto, le Tibre filait une eau noire et paresseuse. Antoine regagna la rive droite. Sa jambe blessée, dont il ne s'était pas beaucoup préoccupé jusqu'à présent tout à sa plongée dans la ville, commençait à le tirailler. Aussi, dès qu'il trouva une calèche libre, il héla le cocher. Tout à coup, il éprouvait une vive impatience à rencontrer Marie. Et si la jeune fille avait déjà quitté Rome ? Dans ce cas, ce n'était pas très grave. Ils se reverraient à Paris. Leur séjour à tous ne pouvait s'éterniser. Pourtant l'idée contrariait Antoine : c'était ici qu'il voulait lui parler, ici où « tout avait commencé », comme il l'avait dit à Toche. Quelle déception serait la sienne s'il l'avait manquée !

– Francia ! annonça le cocher en pointant son fouet sur la façade du palais Farnèse où flottait le drapeau bleu, blanc et rouge.

L'ambassade de France occupait depuis trois siècles cette extraordinaire demeure bâtie par les plus grands artistes de la Renaissance pour Alexandre Farnèse qui serait plus tard le pape Paul III. Antoine se sentit presque fautif de passer aussi vite devant ces murs prestigieux. Une vie entière serait-elle suffisante pour accorder à chaque trésor de Rome toute l'attention qu'il méritait ?

– Je reviendrai, se dit-il.

Il ne comptait plus le nombre de fois où il s'était fait cette promesse au cours de ces deux derniers jours.

Il n'avait pas l'adresse exacte de Marie Touzet. Il savait juste que son hôtel se situait Campo dei Fiori, pas très loin du palais Farnèse. La calèche, en effet, ne tarda pas à le déposer, en grinçant, au coin d'une place agréable investie par des marchands de fleurs. On oubliait facilement qu'autrefois, on y exécutait ceux qui avaient été jugés hérétiques. La statue du philosophe Giordano Bruno, brûlé vif en ces lieux, évoquait ces tristes sentences. Mais dans l'esprit d'Antoine, sans cesse en mouvement, se dessinait aussi une grande villa romaine pareille à celle qu'avait possédée Lucius Rubellus, le père d'Octavie. Une fois de plus, un décor se substituait à un autre, naturellement, sans qu'il fît le moindre effort, comme s'il tournait la page d'un album fantastique. C'était ici qu'avait vécu la jeune Romaine et qu'elle était morte dans les bras d'Aulus.

Ce fut ici qu'il retrouva Marie.

Elle était assise seule, à la terrasse d'un café. Un chapeau à bords arrondis la protégeait du soleil. Elle portait un tailleur en lainage chiné bleu clair qui découvrait ses jambes croisées, gainées de soie transparente. Une attitude élégante et décontractée qu'il ne lui connaissait pas. Elle n'avait pas remis ses lunettes et Antoine supposa que cet accessoire faisait partie du personnage peu attrayant qu'elle s'était composé depuis bientôt trois ans. Restait à savoir pourquoi.

La métamorphose était spectaculaire. Néanmoins derrière son indépendance affichée, très moderne, il se dégageait de Marie un sentiment de solitude et de sérieux qu'Antoine avait déjà eu l'occasion de souvent remarquer.

Tout en s'approchant d'elle, il se souvint que c'était également la même jeune fille qui, en pantalon de cuir noir, casquée comme un coureur de rallye, l'avait caressé, appelé chéri passionnément en le ressuscitant avec une flasque de cognac. Si Marie conservait elle aussi cette pensée, leur conversation allait s'avérer délicate.

Ce fut donc sur un ton un peu guindé qu'il ôta son feutre pour lui dire bonjour et solliciter la permission de s'asseoir à sa table. Avant de répondre, elle prit le temps de finir sa cuillerée de chocolat glacé et de s'essuyer les lèvres tout en l'étudiant sans même l'esquisse d'un sourire.

— Faites ! dit-elle de la voix pincée qu'il avait l'habitude d'entendre dans le cabinet Patten-Vinkovo.

Saurait-il bientôt débusquer la véritable Marie ?

Il prit place sur la chaise vide qui lui faisait face. Le garçon s'avança. Il lui commanda un café puis, se ravisant, opta pour un vin de la région après avoir demandé à la jeune fille si cela lui conviendrait. Espérait-elle comme lui qu'un peu de vin les mettrait plus à l'aise ? Elle accepta et, deux minutes après, on leur apportait une bouteille de montefiascone. Le garçon était très fier de leur apprendre qu'un prélat venu d'Allemagne, au Xe siècle, était mort pour avoir trop apprécié ce cru exceptionnel.

— Nous serons raisonnables, jura Antoine, désireux de détendre l'atmosphère. Nous devons l'être d'autant plus que nous dînons ce soir chez lady Barrett. Elle n'apprécierait que médiocrement de nous voir surgir éméchés. Vous y allez, n'est-ce pas ?

Paméla tenait à tous les réunir avant leur départ de Rome. Toche avait donné à Antoine le mot d'invitation ce matin, au moment où il sortait de sa chambre. Toche et Huguette étaient conviés de même que Rosine et Marie.

— En principe nous irons, répondit la jeune fille. Nous ne pouvons échapper à la curiosité générale.

— Nous serions en effet très déçus si vous nous faisiez faux bond. Comment se porte madame Touzet ?

A l'agence, Antoine posait régulièrement la question, par pure politesse. Aujourd'hui c'était différent.

— Elle va aussi bien que le permettent les circonstances. Hier elle est retournée au palais Mani pour une entrevue avec sa sœur. Vous savez, un jour elle avait fait le serment de ne jamais la revoir, de ne jamais revenir sur le passé. C'est moi qui l'ai obligée à sortir de sa retraite, de cet exil. Marie redressa la tête d'un air de défi : J'en assume toutes les conséquences.

Elle signifiait ainsi que la mort d'Olivia aurait été évitée sans leur intervention mais qu'elle ne regrettait rien.

— Je connais les sentiments que vous éprouviez pour Olivia. Mais j'ai agi selon le bon droit, reprit-elle avec conviction. Je vois une sorte de châtiment mérité dans cette fin lamentable. Et si Valérie Reynal pleure maintenant sur le sort de sa fille, qu'elle n'oublie pas qu'au départ, c'est elle la vraie responsable de tout. Ne me regardez pas comme ça, Antoine : je ne suis ni insensible, ni cruelle.

Elle était prête à se justifier, à se défendre et préparait déjà ses griffes. En même temps, ses yeux l'imploraient.

— Je ne vous reproche rien, fit-il doucement. Je m'interroge.

— Sur quoi ?

— Demandez plutôt sur qui : sur vous, Marie ! Racontez-moi, qui êtes-vous ? Qui est réellement la fille de Rosine ? Et pourquoi, de sa part, ce long silence, selon votre propre expression ?

— C'est juste, vous avez le droit de le savoir avant les autres.

Antoine se pencha, sonda le regard obscur, si familier :

— Alors dites-moi tout, Marie.

Pour la première fois, elle lui sourit :

– D'abord, ce n'est pas tout à fait mon vrai prénom et Touzet n'est pas mon véritable nom de famille : je m'appelle Anne-Marie Odile Reynal. Pour ma mère, j'ai toujours été Odile.

QUATRIÈME PARTIE

Le récit d'Odile

CHAPITRE 58

La naissance de sa fille, à la fin de novembre 1642, donna à Marion de Lorme la force de résister au chagrin, et d'émerger du vide effroyable laissé par la mort de Cinq-Mars. Cependant, sans ressources, comment conserver Villevenard ? Comment offrir à l'enfant d'Henri l'éducation qu'elle méritait ? Marion se résolut donc à vivre de ses charmes. Son cœur s'était refermé sur son grand amour mais son corps était encore jeune et ardent et les galants du Marais, envoûtés par sa beauté, savaient se montrer généreux. Tout en menant le train tapageur d'une courtisane de haut vol, la jeune femme fut en mesure, aussi, d'épargner discrètement un pécule confortable, sur lequel, plus tard, les huissiers ne purent faire main basse. A la disparition prémarurée de la jeune femme, quand tous ses biens furent saisis jusqu'à la plus modeste paire de gants, une somme assez importante d'argent restait à sa fille. Élevée et choyée par sa grand-mère, Anne de Lorme définitivement retirée à Villevenard, la petite grandit sous le nom d'Henriette-Marie Delon.

Le secret de sa naissance ayant été bien gardé, personne, et surtout pas la redoutable maréchale d'Effiat, n'eut vent de son existence. Marion avait souhaité une vie tranquille pour sa fille, à l'abri de la cour, à l'écart de la société libertine qu'elle-même avait fréquentée et il semble que, selon son vœu, Henriette-Marie fît un mariage paisible et réussi.

Elle avait hérité de sa mère la beauté et le regard de nuit et d'étoiles qui devait fréquemment réapparaître parmi les générations suivantes. Marion avait eu le temps de lui révéler l'identité de son père, la passion qui les avait unis et la légende attachée à la bague qui désormais était la sienne. Cette histoire fabuleuse transmise de mère en fille fut si fortement ancrée à Villevenard qu'elle finit par faire partie de l'air même que l'on y respirait.

Car ce fut toujours une femme qui se retrouva à la tête du domaine et, dans ce long cortège de châtelaines, pas une ne manqua à la mémoire de Marion ; pas une ne laissa tomber dans l'oubli le symbole que signifiait ce très vieil anneau marqué du O. et du R. et sur lequel Vénus esquissait un sourire ambigu. Le réunir à l'autre ne cessa, bien sûr, d'être le rêve commun à toutes. Sans pour autant les empêcher de vivre et d'aimer simplement, la promesse d'un amour partagé avec l'âme sœur et inscrit dans la nuit des temps accompagna chacune d'entre elles, plus ou moins, siècle après siècle. Jusqu'à Rosine et Valérie.

Pour la première fois, elles étaient deux. Les demoiselles Reynal. Également belles, intelligentes et séduisantes. Là s'arrêtaient leurs ressemblances.

Très tôt en effet, la différence de leur nature frappa leur entourage. Si, dès le berceau, Rosine se montra calme et attentive, Valérie manifesta vite un caractère colérique et impérieux, une vraie peste qu'aucune réprimande ne pouvait discipliner. Et avec ça, jalouse de sa sœur aînée qu'on lui citait à tout propos en exemple.

L'écart et la mésentente, qui ne cessèrent de s'aggraver entre elles les années passant, s'assombrirent définitivement à l'adolescence de Valérie.

La famille se partageait alors entre Villevenard pour les fêtes et les vacances et l'appartement du boulevard de Courcelles à Paris. Georges Reynal, leur père, dirigeait une importante société d'import-export en liens étroits avec l'Italie. Les deux sœurs évoluaient, par conséquent, dans un milieu prospère où l'argent était facile et les relations brillantes. Bientôt Rosine fut en âge de sortir dans le monde. Sa beauté lui valut immédiatement tous les succès. Pendant ce temps, Valérie, jugée encore trop jeune pour fréquenter les bals, trépignait, envieuse et malveillante, une insupportable enfant gâtée.

Car elle avait le don de parvenir à ses fins, sachant habilement enjôler son monde, masquer son entêtement par un sourire. Elle était, par ailleurs, très gaie, féminine et rusée, des artifices efficaces sur la plupart des gens, sur son père en particulier, et Rosine trop bonne pour voir en elle autre chose qu'une amusante et jolie chipie. La seule à ne pas être dupe était leur mère.

Anne-Marie Reynal n'avait pas failli à la tradition et, comme toutes ses aïeules avant elle, avait protégé le secret et le trésor de Villevenard, ce legs mystérieux qui, après elle, devait revenir à Rosine. Ce qui fut fait.

Avant d'être emportée encore jeune par un cancer foudroyant, Anne-Marie passa la bague au doigt de sa fille aînée, faisant d'elle l'unique héritière du château. En compensation, il était prévu que Valérie reçût au décès de Georges Reynal l'appartement parisien ; l'argent, les autres valeurs étant partagés entre les jeunes filles. Tout était équitable et aurait dû leur convenir. C'était compter sans la jalousie et l'orgueil de la cadette. Valérie cria aussitôt à l'injustice.

Se considérant la seule digne de succéder à leur mère, elle ne supporta pas l'idée d'être écartée de la lignée de Marion, de n'avoir aucune chance de faire revivre la légende qui depuis son enfance l'enflammait. Sa déception se mua en haine à l'égard de Rosine et en soif amère de prendre un jour sa place.

– Fin du premier acte, lança Marie après cette évocation.

Ou bien, dorénavant, devait-il l'appeler Odile ? La question, pour Antoine, demeurait encore floue, de même que les sentiments qu'elle suscitait en lui. Une chose était indéniable : il était suspendu à ses lèvres et avait écouté, sans songer à toucher à son verre, sans faire le moindre geste, le récit qu'elle menait avec vivacité.

La brune Rosine, la blonde Valérie ; la jeune fille sage et raisonnable, l'enfant difficile et imaginative : Antoine se les figurait très bien telles qu'elles avaient été en leur jeunesse, courant dans les jardins de Villevenard baignés d'une atmosphère de charme et de magie. Il se rappelait le témoignage de Georges Rulaines : « Rosine, une créature adorable. Valérie, charmante quand elle s'en donnait la peine ; une enjôleuse. »

Odile but une gorgée de montefiascone avant de poursuivre. Le second acte s'ouvrait sur la rencontre de sa mère avec Édouard Demat.

CHAPITRE 59

Rosine en tomba tout de suite amoureuse. Il est vrai qu'il était charmant, très cultivé, un peu artiste. Ses parents disparus, il arrivait d'Algérie où il avait liquidé l'exploitation de terres et de vignes qu'ils possédaient près d'Oran. Sa fortune lui permettait de vivre à Paris une existence bohème, touchant à tout, musique, théâtre, peinture, sans réellement s'atteler à une création d'envergure. Absolument pas le genre d'homme qu'on aurait pensé voir auprès de la sérieuse Rosine. Mais selon la loi assez répandue qui pousse les extrêmes à s'unir, les deux jeunes gens se plurent et Édouard fit sa demande en mariage à monsieur Reynal. Les fiançailles furent célébrées en juin 1899, à Villevenard.

– Ma mère était folle de bonheur. Ce ne fut, paraît-il, qu'un tourbillon de plaisirs, fêtes, pique-niques, goûters et bals. Une époque heureuse, souligna Odile qui avait l'air d'en garder la nostalgie, comme si elle l'avait elle-même vécue. L'été où j'ai été conçue ! Car ma mère se donna sans restriction et je suis persuadée que mon père était, de son côté, sincèrement épris. Son attitude, ses regrets ensuite, prouvent qu'il ne se moquait pas d'elle, au contraire, qu'il n'avait pas eu l'intention délibérée de la blesser, ni même

323

de la tromper. C'est pourtant ce qui arriva. Vous entrevoyez la suite.

Antoine acquiesça. Il ne devinait que trop bien ce qui avait pu se passer.

En ce temps d'insouciance, dans la douceur estivale de la Champagne, Villevenard était un paradis et comme tout paradis, un serpent y guettait sa proie. En l'occurrence, un ravissant démon avait jeté son dévolu sur le fiancé de sa sœur.

Tous charmes déployés, sans scrupules et sans vergogne, Valérie se jeta au cou d'Édouard Demat, trop faible pour lui résister. Rosine les surprit, un jour, dans une situation sans équivoque. En quelques secondes, son existence bascula.

– Elle n'a pu pardonner ni à l'un, ni à l'autre, expliqua Odile. Ma mère est une femme loyale et entière. Elle adorait mon père ; elle éprouvait beaucoup d'affection pour sa sœur. Leur trahison l'anéantissait. Et ce fut encore plus terrible lorsque Valérie, triomphante et narquoise, lui annonça qu'elle était enceinte.

Blessée, mais digne et fière, Rosine préféra s'effacer. Renonçant à ses biens, à son héritage, abandonnant jusqu'à la bague dont sa sœur s'empara avidement, elle quitta la partie, jurant de ne jamais revenir. Personne ne sut qu'elle aussi attendait un enfant ni ce qu'elle devint par la suite. Beaucoup finirent par la croire morte et Valérie accrédita cette version. Seul Georges Reynal sut la vérité et le chagrin qu'il éprouva en apprenant la conduite de sa fille cadette précipita sa fin.

Qu'importe ! Elle triomphait, elle possédait tout. Enfin presque. Édouard Demat ne voulut jamais l'épouser, fidèle au souvenir de Rosine. Il reconnut néanmoins Olivia, lui légua sa fortune. Lui aussi mourut jeune, bien avant la guerre, dans des circonstances qui ne furent jamais élucidées. Suicide ? Accident ?

– Valérie porte malheur à ceux qui l'approchent, constata Odile. La manière dont elle a élevé Olivia ne pouvait pas donner de bons fruits.

– Olivia était donc votre demi-sœur.

– Exactement. Un mois nous séparait. Je suis née en mars 1900, elle en avril.

– Fin du second acte, murmura Antoine. Qu'êtes-vous devenues, votre mère et vous ? Comment avez-vous survécu seules et sans argent ?

CHAPITRE 60

– Il est vrai que ma mère avait à peine de quoi vivre une semaine à l'hôtel quand elle s'est enfuie de Villevenard.

Le chagrin et le dégoût de Rosine étaient immenses mais il y avait ce petit être qu'elle portait pour lequel il lui fallait se battre. Elle tint bon ; chercha du travail ; trouva d'abord un emploi de vendeuse dans un magasin de lingerie ; donna quelques cours de piano. La chance aidant, elle finit par trouver un poste de professeur de littérature française dans un pensionnat de la banlieue parisienne, fréquenté par de jeunes et riches étrangères. Entre-temps, elle avait changé de nom, optant pour Touzet.

– Le nom de la sage-femme qui m'a mise au monde, précisa Odile.

Toutefois la petite fille avait été déclarée sous le véritable patronyme de sa mère, Reynal.

Rosine parlait rarement de sa famille, de son passé et toujours par bribes, quand la peine était trop lourde. Alors elle se laissait aller un peu aux souvenirs, encouragée par Odile, avide de savoir. La fillette faisait preuve d'une maturité précoce. Leurs conditions de vie modeste, leur isolement, voire un véritable repli sur elles-mêmes, lui avaient forgé un caractère fermé, volontaire, assez intransigeant. Elle admettait difficilement le choix qu'avait fait sa mère de demeurer dans l'ombre et n'était pas du tout encline à l'indulgence alors qu'au fil du temps, Rosine s'était dépouillée de sa rancœur.

Odile passa rapidement sur son enfance studieuse et Antoine ne lui posa pas de questions. Ils comprenaient que ses jeunes années n'avaient pas dû être très gaies et cela expliquait beaucoup de choses, en particulier cette fameuse impression de solitude qu'il avait encore notée chez elle, tout à l'heure. Ayant promis à sa mère de ne jamais chercher à renouer avec sa famille, elle avait tenu parole. Du reste, elle ignorait à peu près tout de Valérie et d'Olivia. En revanche, elle n'avait pas oublié l'histoire de la bague que Rosine, un jour de spleen, lui avait racontée, frappant profondément son imaginaire d'enfant.

— Ce qui nous amène au troisième acte, annonça-t-elle. Mais avons-nous encore le temps ? A quelle heure le dîner de lady Barrett a-t-il lieu ?

— Ne vous préoccupez pas de ça ! répondit Antoine. Il n'est pas si tard. Continuez ! Nous en sommes bientôt au moment où vous êtes entrée à l'agence. Nous avions besoin d'une secrétaire.

— Et vous m'avez vue débarquer.

CHAPITRE 61

Avec ses jupes strictes, ses lunettes, ses manières à la fois de chat perdu et de vieille fille, inclassable, déroutante et fort peu sympathique, elle avait d'emblée établi une distance entre eux.

— Avant de travailler pour messieurs Patten et Vinkovo, j'avais tâté un peu de tout, traductrice, sténographe, interprète. Ma mère m'a poussée à m'instruire puis à me débrouiller. Selon elle, une femme doit être indépendante, capable de gagner honorablement sa vie, une opinion que je partage, cela va de soi.

— Mais pourquoi avoir adopté un style aussi rébarbatif ? s'étonna Antoine. Jusqu'à ces jours-ci, je vous ai toujours connue mal fagotée, désa...

— Désagréable ? Allez-y, dites-le ! poussa-t-elle avec malice.

— Avouez que vous l'êtes souvent. Vous avez découragé toutes mes approches amicales.

— Je ne le nie pas.

— En fait, vous n'avez réservé vos sourires qu'à Igor Vinkovo.

— Avant lui, je n'avais jamais rencontré un homme gentil et désintéressé en même temps.

329

— Et vos fiançailles avec ce jeune soldat... Est-ce que... Enfin ce que vous avez raconté à Igor...

Antoine s'écartait maladroitement du sujet, mais là, tout à coup, il devenait primordial d'éclaircir un peu l'expérience sentimentale d'Odile.

— Je savais qu'Igor s'empresserait de répéter à tout le monde ce que je lui confiais, fit-elle en riant. Eh bien, tout est faux, je n'ai jamais été fiancée.

— Pour quelle raison, alors, avez-vous inventé cette histoire ?

— Pour me protéger ! rétorqua Odile, cette fois d'un ton péremptoire. Ma mère m'a également appris à me méfier du monde en général et des hommes en particulier. Mon statut de « veuve blanche », comme on appelle ces malheureuses dont le fiancé n'est jamais revenu de la guerre, me met à l'abri des séducteurs de tous poils qui abusent des femmes.

— Vous avez une bien piètre opinion de la gent masculine, déplora Antoine.

— Vous en savez la cause. De plus, croyez-moi, une fille seule s'expose à des rencontres pas toujours plaisantes. Mieux vaut, pour elle, avoir de bonnes défenses.

— D'où votre panoplie de suffragette et votre statut d'amoureuse inconsolable.

— Efficace, n'est-ce pas ? lança-t-elle très fière d'elle-même.

— Vous nous avez fait tous marcher pendant près de trois ans. Bien joué, Odile !

Il employa son prénom avec facilité. Rien d'étonnant au fond. A mesure que s'égrenaient les confidences, Marie s'effaçait de plus en plus au profit d'une personne infiniment plus chatoyante.

— Mon personnage m'a donné une grande liberté de

manœuvre. Personne ne faisait attention longtemps à moi, j'en profitais pour voir, entendre, et me renseigner.

— Ce qui vous a permis de découvrir, avant nous tous, les agissements d'Olivia et de Valérie.

— Vous oubliez, Antoine, que j'avais un avantage sur vous. Je connaissais déjà tout des anneaux, je savais à peu près où devait se trouver celui d'Octavie.

— Et vous m'avez laissé le chercher désespérément comme un fou !

Odile ne releva pas l'adjectif mais il était évident qu'il lui paraissait convenir parfaitement à la conduite d'Antoine.

— C'était à moi de le récupérer. Vous en conviendrez maintenant.

— Nous aurions pu nous entraider.

— Ne vous ai-je pas aidé quand c'était nécessaire ? s'insurgea-t-elle en récusant ses reproches.

— Excusez-moi. Tout de même, quelle cachottière !

— Si vous voulez bien m'écouter encore, vous me jugerez après.

— Soit ! lui accorda Antoine. Remontons jusqu'à cet après-midi de novembre dernier, au lendemain de la vente aux enchères, lorsque John et Igor nous ont réunis chez eux.

Antoine était encore sous le choc de son premier voyage dans le temps. Il en voulait un peu aux deux décorateurs d'avoir mis lady Barrett et leur secrétaire dans la confidence. Il observait aussi combien la jeune fille, sans en avoir l'air, portait d'intérêt à son aventure.

Pour elle, il s'agissait bien plus que d'une vive curiosité. En fait, elle vivait un bouleversement total !

CHAPITRE 62

Ce jour-là, devant la bague d'Aulus, l'émotion d'Odile fut en effet si forte qu'elle craignit de s'évanouir. Toutefois personne ne s'en rendit compte : Antoine accaparait toute l'attention. Il s'était mis à décrire son expérience étrange, son voyage à Rome sous l'Empire et la rencontre d'Aulus et Octavie, tout ce qu'avait raconté Rosine en plus précis, en plus détaillé, en plus vivant.

C'était donc vrai ! La merveilleuse histoire n'était pas une simple tradition familiale plus ou moins enjolivée !

Odile se sentit alors heureuse et exaltée, au point de tout leur révéler : « Oui, il existait bien une seconde bague, oui, elle avait elle aussi la réputation de posséder un pouvoir magique, de donner ou d'ôter le bonheur ! » Antoine était si troublé, si effrayé par ce qui lui arrivait, que la jeune fille était remplie de compassion à son égard. En parlant, elle l'aiderait à sortir de son douloureux désarroi.

Mais elle le précipiterait tout droit chez Olivia et sa mère !

Soudain, dans le salon raffiné des deux décorateurs, Odile considérait d'une façon radicalement différente son jeune collègue de travail. Jusqu'à présent, elle l'avait jugé sympathique et facile, plutôt beau garçon, mais justement, ses succès féminins, sa légèreté, son éternelle bonne humeur l'agaçaient. Or voici qu'Antoine prenait une autre envergure. Sans qu'il en eût encore pleinement conscience, visiblement dépassé par les événements, il portait néanmoins en lui toute une mémoire mythique, la même qui coulait dans les propres veines d'Odile. Le destin l'avait choisi ; A et M étaient ses initiales qui s'accordaient aux siennes. Le cycle s'achèverait-il sur eux ? Cela paraissait évident.

Odile s'était si bien caparaçonnée qu'aucune amourette, pas le moindre flirt n'étaient encore parvenus à se faufiler dans ses sentiments. En quelques minutes ses défenses sautèrent ; elle fut amoureuse, traversée par un courant impétueux qu'elle décida pourtant de refouler aussitôt, avec soin. Pas question de l'avouer ! C'était à Antoine de comprendre et de faire le chemin jusqu'à elle.

Et même aujourd'hui, en ce crépuscule mauve et doré qui s'étendait sur le Campo dei Fiori, Odile se garda bien d'ouvrir son cœur. Ainsi passa-t-elle sous silence non seulement sa passion mais ce qui en était immédiatement découlé : sa jalousie pour cette femme qu'Antoine désirait retrouver avec tant d'acharnement. La jeune fille continua donc de parler sans trahir d'émotion.

Tandis que John Patten lançait leur petit groupe à la fois sur la piste de l'inconnue et sur celle de la bague, Odile décidait d'entreprendre parallèlement ses propres recherches.

D'abord elle tint à s'assurer qu'il s'agissait bien d'Olivia. Certes Antoine avait évoqué un château en Champagne mais était-ce Villevenard ? Si oui, Valérie et sa fille y résidaient-elles encore ?

Olivia Demat était une figure connue de la vie parisienne. Rompant le serment qu'elle avait fait à Rosine de ne jamais s'y intéresser de près ou de loin, Odile se mit à enquêter. En quelques jours, elle réussit à rassembler beaucoup d'éléments sur sa demi-sœur et sur Valérie.

– En fait, expliqua-t-elle à Antoine, j'ai su très vite la liaison que ma tante – puisque je dois la désigner ainsi – entretenait avec le comte Mani et j'ai souvent vu Joseph, boulevard de Courcelles.

– Comment vous y êtes-vous prise pour être au courant de tout ça ? demanda Antoine qui ne pouvait éviter une certaine souffrance en pensant à la duplicité d'Olivia.

– C'est facile d'observer autour de soi et de faire parler les gens, se contenta de répondre Odile avec un haussement d'épaules.

Son front têtu le dissuada d'insister.

– Pourquoi ne pas m'avoir ouvert les yeux tout de suite ? soupira-t-il.

– Vous ne m'auriez pas crue et vous le savez. Vous étiez complètement aveuglé par cette fille !

Odile ne put, cette fois, s'empêcher d'exprimer son agacement. La mort d'Olivia était encore trop récente pour avoir déjà gommé sa légitime rancœur ; elle n'était pas du tout prête à pardonner.

– Oui, en effet, reconnut-il. Je me suis laissé abuser par des apparences très séduisantes.

Antoine remarqua le coup d'œil exaspéré qu'Odile lui jeta.

– Le diable sait se travestir à son avantage, glissa-t-elle. Olivia a été à bonne école avec Valérie mais chez elle, tout a pris les pires proportions. Hier, ma mère a entendu les regrets et la confession de sa sœur qui a été vite dépassée par les excès d'une enfant qu'elle a toujours trop gâtée.

CHAPITRE 63

Une éducation déplorable, un exemple maternel consternant, une absence totale de moralité, un besoin effréné de dépenses, ne pouvaient que faire des ravages chez une créature par ailleurs très belle.

Après avoir dilapidé l'argent de Georges Reynal et celui d'Édouard Demat, les deux femmes qui partageaient le même goût du luxe, durent assez tôt vivre d'expédients. Valérie trouva de riches protecteurs. Pour elle, c'était normal, elle ne faisait que suivre l'exemple de son ancêtre Marion de Lorme. Elle agissait pour le bien et l'avenir de sa précieuse Olivia dont elle ignorait, ou plutôt voulait ignorer, les propres écarts de conduite. Valérie était persuadée que, tôt ou tard, leur situation s'éclaircirait. Elle croyait en la prophétie. C'était chez elle une idée fixe, l'immortalité, le retour aux origines. Mais jamais Olivia n'y adhéra. Pour elle, très ancrée dans le présent, ce n'était que chimères. Il n'existait qu'une assurance de bonheur : posséder une immense, une solide fortune. Comme celle du comte Mani par exemple.

Car le hasard, plein de malices, avait jeté Valérie dans les bras de l'Italien.

Pour elle, la rencontre de cet homme persuadé qu'il était la réincarnation de l'orfèvre Aulus Manus fut foudroyante.

Pour lui aussi d'une certaine manière, puisqu'il était hanté par le même but passionné que le sien. Mais bien qu'il fût très attaché à Valérie, il ne pouvait être question, selon Mani, d'en faire sa femme. Ce privilège revenait de droit à Olivia désirable à le rendre fou, et, pour lui, la splendide, la digne émanation de la jeune Octavie.

Valérie ne put faire autrement que de l'admettre du moment qu'elle restait sa maîtresse. Olivia accepta bien entendu la proposition du comte, trop heureuse d'entrer en possession de ses titres et de ses biens. Mani ne mit qu'une seule condition au mariage : celui-ci ne serait pas célébré sans les bagues. Aux deux femmes de réussir à les réunir.

– La plupart des gens taxeraient l'obsession de Valérie et du comte de folie douce, observa Odile. Mais nous savons, vous et moi, que leur rêve est fondé sur une extrordinaire réalité. En revanche, Olivia l'a toujours considéré avec mépris et ironie. Elle enrageait de voir retardé un mariage qui devait combler ses appétits de luxe et de grandeur. Plusieurs fois, elle fut tentée de rompre avec Mani, de rechercher un autre prétendant fortuné.

Il était beaucoup question, depuis quelque temps, de mettre sur le marché la succession Orestein. Des bruits circulaient sur cette collection d'antiques où figuraient, entre autres, des bijoux romains. Valérie Reynal, qui avait appris la présence parmi eux d'une bague semblable à la sienne, sentait la victoire acquise et avait hypothéqué l'appartement de Paris afin de disposer de l'argent nécessaire. Elle était sûre du résultat.

– Vous connaissez la suite, enchaîna Odile. Le bijou leur échappa à cause de votre intervention et de celle d'Igor.

– Est-ce Mani qui accompagnait madame Reynal à Drouot ? Je n'ai pu les voir distinctement.

– Il ne s'agissait ni de l'un, ni de l'autre mais d'Olivia dissimulée sous des voilettes et de Joseph.

– Ce sont eux qui ont ensuite saccagé l'appartement de John et d'Igor.

– Ils s'y sont mis tous les trois, sans tenir Mani au courant de leurs méthodes.

– L'un d'eux m'a assommé quand ils sont venus plus tard fouiller chez moi. Je pencherais pour l'une des deux femmes, pour Olivia.

Odile prit le temps de finir son verre. Le soleil allait se coucher sur Rome. Un vent plus frais traversait le Campo dei Fiori. La terrasse s'était vidée de ses clients. Antoine régla leurs consommations au garçon qui tournait autour d'eux. S'il voulait passer à la pensione Procia, s'habiller pour le dîner de lady Barrett, il était l'heure. Mais à vrai dire, il n'avait aucune envie d'interrompre Odile, ni de la quitter, même provisoirement.

– Vous n'avez pas froid ? s'inquiéta-t-il. La nuit tombera vite.

– Marchons un peu. Mon hôtel est près d'ici.

Ils quittèrent leurs sièges ; firent quelques pas. La jeune fille n'avait pas l'air plus pressée que lui.

– Pour reprendre où nous en étions... commença Antoine. Elle l'interrompit tout de suite :

– C'est moi qui vous ai frappé !

– Quoi ?

– C'est moi, la première fois, qui ai pénétré chez vous en utilisant le double de vos clefs que vous laissez à l'agence. Je savais que ce jour-là vous deviez accompagner lady Barrett au Café de la Paix. Malheureusement, vous êtes rentré plus tôt que prévu. J'avais l'intention de prendre la bague d'Aulus pour la mettre à l'abri. Je ne voulais pas vous faire mal.

– Odile ! En tout cas, vous avez une force d'Hercule.

— Pardonnez-moi.

— Vous vous êtes rachetée après, en me soignant avec votre pommade à l'arnica.

Ils rirent ensemble mais leur accès de gaîté fut bref. Le temps n'était pas encore venu de se sentir libre et léger.

— Je pense aux Rulaines, fit Antoine sans transition.

— J'y pense aussi. Comme vous l'a raconté son mari, Germaine Rulaines et Valérie se détestaient. La bague était à l'origine de leur antipathie mutuelle.

Germaine, qui l'avait convoitée dès qu'elle l'avait vue des années auparavant, fut saisie par son besoin maladif de collectionneuse. Elle ignorait tout de la légende ; le bijou lui plaisait pour sa seule beauté. Elle aurait fait n'importe quoi pour l'obtenir. Après le passage d'Antoine et de John aux Frênes, elle essaya donc une nouvelle tentative en relançant Valérie.

Une tentative aussi infructueuse que la première. Germaine Rulaines eut le malheur d'insister, de s'emporter et d'évoquer sa rencontre avec un certain Antoine Maunier, menaçant de tout révéler à ce jeune homme. Elle eut aussi la maladresse de faire allusion au passé, aux circonstances troubles qui avaient entouré la surprenante disparition de Rosine, le décès d'Édouard Demat, toutes choses que madame Reynal ne tenait pas à voir répandues en public et parvenir aux oreilles de Mani. Les Rulaines en savaient beaucoup trop.

Face à l'embarras de sa mère qui cherchait un moyen de calmer madame Rulaines, mais toutefois sans lui faire part de son plan, Olivia décida de réagir. Pour elle qui ne s'encombrait jamais d'états d'âme, il n'existait qu'une seule solution au problème : supprimer les gêneurs. « Qui veut la fin, veut les moyens. »

Avec la complicité servile de Joseph, elle pista Germaine

Rulaines et fut aidée par les circonstances. Au volant de l'auto de Mani, elle fonça sur la pauvre femme. Valérie se douta-t-elle des manœuvres meurtrières de sa fille ? Probablement, même si, bien après toute l'affaire, elle devait persister à le nier. Restait à savoir jusqu'à quel point Olivia avait voulu également la mort d'Antoine.

Odile était trop fine pour ignorer combien la question devait le tourmenter. Même si la passion qu'il avait éprouvée pour sa demi-sœur n'avait été qu'une erreur, un feu de paille, elle laissait néanmoins des traces. Antoine devait apprendre maintenant à faire place nette en lui et surtout à recouvrer l'estime de soi, après avoir été si magistralement abusé. Il ne cessait pas de se traiter d'idiot, de déplorer sa naïveté alors qu'il était un homme généreux, un cœur pur, trop noble pour déceler le mal chez quelqu'un qu'il aimait. Odile estimait primordial de mettre du baume sur ses blessures d'amour-propre, même au prix de mensonges.

— Quand j'ai réussi à faire parler Joseph, lui dit-elle, il m'a avoué qu'Olivia ne souhaitait que vous effrayer ; qu'elle lui avait donné l'ordre de vous écarter de sa route, non de vous tuer. Je suis convaincue qu'il a dit vrai. Joseph a agi par jalousie en cherchant par trois fois de vous éliminer pour de bon : il s'est servi d'un poignard, puis de son fusil, enfin il ne vous a pas rouvert la porte du souterrain après que tout le monde eut quitté Villevenard, comme le souhaitaient Olivia et aussi Valérie, au courant cette fois-ci. Joseph vous haïssait. Après son coup manqué au parc Monceau, il a même essayé de pénétrer dans la clinique où l'on vous avait transporté. Heureusement, il a été intercepté à temps par le gardien. De toute façon, il aurait eu du mal à vous atteindre, vous étiez bien surveillé. Antoine, à mon avis, Olivia tenait plus à vous qu'elle ne l'aurait jamais avoué. C'est bien d'ailleurs ce qui la mettait en rage. C'est ici, ajouta Odile vivement.

CHAPITRE 64

Ils étaient arrivés devant l'albergo Santa Maria, une maison d'hôtes installée dans un ancien couvent et tenue par des religieuses. Celles-ci recevaient une clientèle exclusivement féminine.

Sous un réverbère qui venait juste de s'allumer, Odile leva sur Antoine un visage malicieux :

– Le voudrais-je que je ne pourrais pas vous faire entrer. Les messieurs sont interdits dans cette pieuse demeure.

– Je vais donc vous laisser. Lady Barrett doit vous envoyer sa voiture, je crois ?

– C'est prévu en effet.

Ils se retrouveraient donc dans une heure via Sistina, une séparation très courte qui contrariait pourtant Antoine. Ils venaient de parler longuement, d'éclaircir bien des points d'ombre. Mais il en existait d'autres. Ils n'avaient pas tout abordé, il s'en fallait de beaucoup. Par exemple, ils avaient évité d'évoquer la bague d'Octavie disparue lors de la chute d'Olivia. Tous s'y étaient mis pour la retrouver mais leurs recherches étaient restées vaines. Encore ce matin, Toche et Huguette avaient prévu de retourner sur place ratisser les lieux.

Antoine avait des questions à poser à la jeune fille, des

343

aveux à lui faire qui ne nécessitaient pas la présence de leurs amis. Il n'avait pas du tout envie de rompre si vite l'atmosphère de confiance, d'intimité qui les avait peu à peu enveloppés au fil du récit d'Odile.

— Excusez-moi, fit-elle, ma mère doit m'attendre.

— Un instant ! s'écria-t-il en la retenant par la main.

Il y avait une chose qu'elle lui avait dite et qui, subitement, réveillait en lui un souvenir très particulier :

— A propos de la clinique, reprit-il cette fois en chuchotant presque. L'infirmière de nuit... mon ange gardien, c'était vous, n'est-ce pas ?

Il se rappelait le clair de lune, une présence rassurante, l'impression de sérénité mais aussi la passion qui couvait dans la chambre entre lui, blessé, et la femme qui le veillait.

— C'était vous, répéta-t-il. J'en suis sûr.

— Peut-être, répondit Odile d'un ton énigmatique, tout en le fixant éperdument.

Puis elle lâcha sa main, se détourna et poussa la porte de l'auberge.

« Gare ; cieux » : le regard ; les yeux... Pour Antoine l'avertissement chuchoté par ses trois compagnes du passé prenait maintenant tout son sens. Quand, sur la terrasse du Palazzo Mani, il avait vu s'affronter Odile et Olivia, étinceler leurs regards, il avait enfin déchiffré les mots et compris l'évidence. Il se demandait aujourd'hui comment il n'avait pas plus tôt reconnu les yeux d'Octavie, d'Agnès, de Marion dans ceux d'Odile, dans ses prunelles noires, clairsemées d'or où se fondaient volonté, douceur et sensualité.

CHAPITRE 65

Odile grimpa les marches quatre à quatre, pénétra en trombe dans la chambre et se précipita à la fenêtre pour voir Antoine s'éloigner dans la rue. Rosine, qui pliait des vêtements dans une valise, la rejoignit et lui entoura les épaules de son bras. Elle attendit que le jeune homme eût disparu pour s'adresser à sa fille :

— Les bagages sont prêts, Odile. J'ai écrit le mot d'excuses que nous donnerons au chauffeur de lady Barrett. As-tu pris les billets ?

— Oui. Ils sont dans mon sac. Une chance que nous ayons ce train de nuit.

— Tu es toujours résolue à partir ce soir ?

— Bien sûr ! Pas toi, maman ? Tu ne tiens pas plus que moi à affronter la curiosité de lady Barrett et des autres.

— Évidemment, c'est trop tôt. Mais cela m'ennuie un peu : ce sont tous des amis pour toi, ils l'ont prouvé, chérie. Ils t'apprécient beaucoup, même John Patten quoi qu'il puisse prétendre. Et ils adorent Antoine. Lorsque je les ai trouvés l'autre jour, à l'entrée du Palazzo Mani, arrivant tout juste de France, ils étaient sincèrement inquiets, prêts à faire n'importe quoi pour lui.

— Ils vont tous me manquer. L'agence va me manquer.

– Ne prends pas de décision hâtive, Odile.

– Mais nous serons si occupées ! Il y aura Villevenard.

– C'est vrai. Le château sera pour toi une lourde charge, ma petite fille.

– Ça ne m'effraye pas.

Elles rassemblèrent leurs derniers effets, puis fermèrent à clef leurs petites valises.

– Valérie m'a dit qu'elle quittera Rome ces prochains jours et viendra nous rejoindre afin que nous fassions ensemble le nécessaire auprès du notaire, des avoués, annonça Rosine. Après, si Mani veut toujours d'elle...

– Je me moque de ce qu'elle peut devenir ! coupa sèchement Odile.

Sa mère la considéra d'un air peiné et attendri :

– Chérie, il ne faut pas laisser la haine et la rancune t'empoisonner le cœur. Moi-même, j'ai mis trop longtemps à pardonner. Le mieux bien sûr serait d'oublier.

– Crois-tu ? Peut-être as-tu raison. Tout dépendra.

La jeune fille regardait à nouveau dehors, dans la direction qu'Antoine avait prise. Elle soupira puis son expression volontaire s'adoucit :

– Finalement cette bague, notre bague, que nous avions perdue, retrouvée pour aussitôt la perdre encore, m'aura permis de découvrir qui est réellement Antoine.

– Et de l'aimer, conclut Rosine, sachant tout ce que sa fille lui taisait. Je ne t'ai pas appris à avoir assez confiance. Je le regrette. La vie peut aussi, parfois, offrir des surprises heureuses.

– Je l'espère, murmura Odile.

ÉPILOGUE

Dans sa robe de chambre noire, sous son bonnet enfoncé sur le front, le bonhomme paraissait fluet, prêt à se briser ou à s'envoler au moindre souffle. Mais sa mine narquoise, ses yeux vifs, brillants, trahissaient une force vitale hors du commun. Assis dans la petite entrée de la pensione Procia, il contemplait un objet qui luisait dans sa main.

Miraculeusement, l'or n'avait pas une éraflure ; l'intaille était intacte ; les initiales O. et R. étaient toujours parfaitement lisibles et il ne manquait pas une pierre précieuse au chaton. L'anneau avait rebondi sur les pavés loin du corps chiffonné de vert autour duquel la foule s'était très vite rassemblée avec horreur. Il avait roulé dans la rigole en pente, jusqu'aux pieds du vieil homme qui l'avait ramassé et soigneusement essuyé contre sa manche.

Avait-on jamais admiré un tel travail, un tel scintillement ? Tous ces petits éclats qui s'échappaient du bijou ressemblaient à des signaux émis à très grande distance, par des êtres depuis longtemps disparus. A l'instar d'une étoile qui clignote dans la nuit bien après que l'astre se soit éteint.

Le bonhomme avait l'air de comprendre ces messages et de les méditer, soupesant le pour et le contre. Autour de lui, dans la pensione Procia, il y avait eu beaucoup de propos et de mouvements depuis quelques jours. Il était souvent question d'une bague, recherchée sans succès. Maintenant, les Français s'apprêtaient à repartir. Bientôt, le calme allait revenir et il ne resterait que lui, si vieux, si fragile qui, pour le moment, hésitait encore.

Longtemps le petit homme regarda sourire Vénus au creux de sa paume. Puis il finit par sourire franchement à son tour, quand fut prise sa décision.

– Souhaitons qu'ils sachent te mériter, marmonna-t-il.

Il quitta son siège et s'avança au-devant d'Antoine.

Cet ouvrage a été composé par
IGS-CP à l'Isle-d'Espagnac (16)
et achevé d'imprimer par l'Imprimerie France Quercy à Mercuès
Dépôt légal : juin 2006 - N° d'impression : 61441/
N° d'édition : 0608/01

Il y a 1800 ans...
tout a commencé.

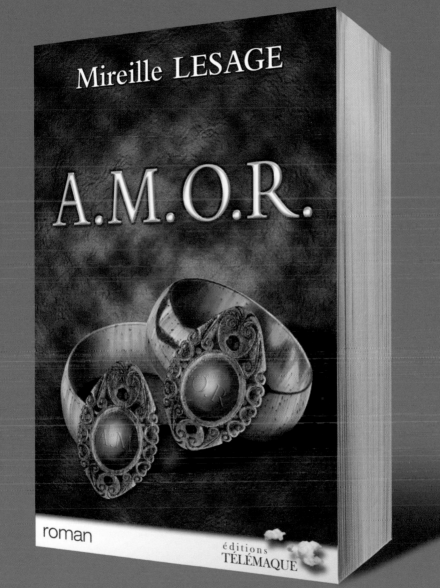

Mireille LESAGE

A.M.O.R.

roman

éditions
TÉLÉMAQUE

Découvrez A.M.O.R. ,
le 1er volet du cycle des anneaux

editionstelemaque.com

Avec *Les Ailes du matin ou L'envol de Clémence*, Mireille Lesage a renouvelé le genre des grandes sagas historiques.
AMOR est peut-être à ce jour son œuvre la plus captivante, ouvrant un cycle nouveau aux frontières du mythe amoureux et du drame historique.

Elle vit et écrit dans les Côtes-d'Armor, face à la mer.